劍來

第二部 一 古宅風雨夜

烽火戲諸侯 著

高寶書版集團

◆目錄◆

第一章　月兒圓月兒彎

早起的鳥兒有蟲吃，馬無夜草不肥。理是這個理，可憐起早摸黑的陸沉，哪怕算命攤子開得比隔壁早，撤得比隔壁晚，仍是既沒得吃，更不肥。

如今小鎮百姓更相信頭頂魚尾冠的老道人，覺得他才是真正的神仙，算得準不說，還不會一有機會就登門蹭吃蹭喝，而且無論前來求籤之人是妙齡少女還是貌美婦人，老道人從來目不斜視，滿身正氣，更不會像某人，成天變著法子坑騙稚童的糕點吃食。

做生意，可不就是最怕貨比貨，所以陸沉最近這段日子可謂飽嘗人情冷暖，別說發財，估計都快揭不開鍋了。就連以前聊得很投機的小姑娘們，現在不但不看手相，每次經過攤子的時候，還會假裝不認識。陸沉只好安慰自己，這些沾著鄉野草木香氣的可愛小姑娘表面上對自己很生分，無非是羞赧的緣故，不好意思跟自己打招呼罷了，實則情意滿滿呢，要不然為何每次路過，身上的漂亮新衣裳都不帶重樣的？

陸沉次次都不願意辜負了這些少女情懷，眼尖的他總會連名帶姓地誇上幾句，姑娘們大多腳步慌張幾分，快步走開。至於一些個膽大的婦人，要麼回拋一個媚眼，要麼罵一句「死樣」，只可惜就是沒誰照顧算命攤子的生意。

這讓陸沉有些憂傷，每天枯坐在攤子後邊，不是用袖子擦拭籤筒，就是對著竹籤哈一口熱氣，要不就是抱著後腦勺前後晃蕩，或者乾脆趴在桌上，側頭望向熱熱鬧鬧的隔壁攤子，人比人，氣死個人。

好在陸沉一天到晚坐冷板凳也沒惱羞成怒，時不時就主動跟老道人聊幾句有的沒的，這讓琢磨著是不是要換個風水寶地的老道人稍稍放寬心，最後都覺得有些於心不忍，想著這趟小鎮之行收穫頗豐，差不多足夠半年開銷，提點幾句也無妨。

在沒有生意上門的間隙，老道人招手讓陸沉過去坐。

對方屁顛屁顛跑過去坐在長凳上，滿臉熱忱和期待：「老仙長何以教我？可是有錦囊妙計相授？」

老道人提起手邊的小茶壺，喝了口涼茶，嘆了口氣，開門見山問道：「你是不是剛入行沒多久？」

陸沉愁眉苦臉道：「不算短啦，就是生意一直做得不如別人。」

道家道統又分三教，道祖座下三位弟子各為一教掌教，同源而不同流，在各天下開枝散葉，勢力極大。而大驪王朝所在的浩然天下，道家三教衍生出來的各大宗門勢力也是根深蒂固，各洲皆有道主、天君和真人占據著洞天福地。

老道人用手點了點這個滿臉晦氣樣的「晚輩」，然後指了指自己頭頂：「你入行還不短？那你真是命大，竟然還沒被抓去吃官家牢飯！貧道問你，戴著這麼個蓮花冠幹啥？你曉不曉得，咱們東寶瓶洲有資格戴這麼個樣式的道觀門派屈指可數！為首就是南澗國的神誥宗，掌門真人正是一洲道主的祁老神仙，去年剛剛晉升為天君老爺！其餘幾座道觀，哪個不是當地一等一的仙家府邸，哪個需要下山當算命先生，然後在這兒擺著破爛攤子，跟一群渾身土腥味的鄉野村夫、市井婦人打交道？怎的，你小子難不成是神誥宗的玉牒神仙，還是那幾座大道觀的在冊道士？」

陸沉擺手道：「都不是、都不是。」

老道人氣不打一處來，正要好好訓斥幾句，突然「咦」了一聲，神色滿是訝異。

原來，隔壁攤子那邊來了一大一小兩人，中年男子雖然面有病容，但是氣勢挺足，一看就像是個當官的，有官威！少年白衣玉帶，面如冠玉，一看就是富貴門庭裡薰陶出來的公子哥。兩人安安靜靜站著，像是在耐心等待。

老道人那點憐憫心頓時一掃而空，再看那個走了狗屎運的年輕道人就倍覺礙眼了。

陸沉笑著道謝告辭，走回自家攤子後邊坐著：「怎麼，是求籤還是看相？」

中年男子坐在凳子上，搖搖頭，笑道：「既不抽籤也不看相，反正事已至此，用不著。」他猶豫了一下，還是施了個生平首次的抱拳禮，坦然道，「我是人間君王，按照浩然天下的禮法，可以不跪任何仙人。掌教真人大駕光臨我們大驪龍泉，我既不用下跪磕頭，又不能用儒家揖禮相迎，就當作是山下江湖的一場萍水相逢，我斗膽以江湖人的方式恭迎陸掌教，還望陸掌教不要見怪。」

陸沉笑問道：「奇了怪了，你一個皇帝，為何不自稱朕，或是寡人？」

大驪皇帝宋正醇苦笑道：「真人在前，委實不敢。」

陸沉打趣道：「貧道還以為大驪的宋氏皇帝是天不怕、地不怕的英雄好漢，當初阿良一路殺到你們白玉京飛劍樓前，你膽子不就很大嘛，就是不下跪。貧道當時在南澗國遠遠看戲，都忍不住要替你捏一把冷汗。」

宋正醇自嘲道：「這一跪，大驪宋氏列祖列宗積攢下來的精神氣就會全部垮掉，所以死也不能跪的。」

陸沉點了點頭，突然笑道：「你是因為擅自祕造白玉樓一事來跟貧道搖尾乞憐呢，還是因為陸家術士坑了你一把，來這裡興師問罪？」

宋正醇笑道：「當然都不是，一個不願意，一個沒膽子。我本就需要為敕封大驪北嶽一事親自露面，其實來的半路上，墨家許弱就不惜以本命飛劍傳信，勸我最好不要在掌教真人面前出現，國師也是差不多的意思，兩人話說得都很直接，半點不客氣，尤其是我們那位國師，最清楚我的脾氣，怕我一個破罐子破摔，就冒犯了掌教真人。」

陸沉隨意打量了一下病入膏肓的宋正醇，嘖嘖道：「貧道很好奇一件事。阿良那一拳打斷了你的長生橋，既幫你擺脫了傀儡命運，卻也讓你命不久矣，你是感激，還是怨恨呢？」

宋正醇坦誠道：「兩者皆有，甚至說不上感激多還是怨恨多。浩然天下自古就有規矩約束君王，中五境錬氣士一律不得擔任一國之主，下五境錬氣士不可坐龍椅超過一甲子。加上當皇帝的人確實先天就不適合修行，所以我當初經不起誘惑，被人蠱惑，走了旁門左道的捷徑，偷偷修行到了十境，其實本來就是大錯特錯，因為我太想親耳聽到大驪的馬蹄聲在老龍城外的南海之濱響起了。」說到這裡他神采煥發，如迴光返照的老朽病人，「如果真有那麼一天，我相信一定會比天上的春雷聲還要響！」

陸沉對此不置可否：「你能夠在這麼短的時間裡清理門戶，還有魄力拒絕中土神洲的陸氏家族，很不容易。當然，這跟墨家主支突然選定你們大驪王朝有著莫大關係。可不管怎麼說，你這個皇帝當得……很是跌宕起伏啊。」

宋正醇毫不意外。雖然仙人下來一樣需要恪守當初禮聖訂立的複雜規矩，但是眼前這個年輕英俊的道人可不是一般意義上的仙人。他這趟之所以執意前來，何嘗不是心存敬畏和仰慕，是一種最簡單、最純粹的情緒。

高山仰止，景行行止。雖不能至，心嚮往之。

如果真的能夠走到跟前，親眼看上一眼，亦是人生一樁天大幸事。

宋正醇突然流露出一絲僥倖和忐忑：「掌教真人在此，我能否逃過一劫？」

陸沉笑著搖頭：「貧道雖能延長你的壽命，但只要貧道出手，恐怕你就得放棄祖業，跟著貧道去往別處天下才能真的活命，否則你真當禮聖的規矩是擺設，文廟裡頭的那些個神像一個個全是死的？」

宋正醇嘆息一聲，久久無言。

陸沉斜眼打量他身側那個神色古板的少年，笑呵呵道：「宋集薪，或者喊你宋睦？這麼巧，咱倆又見面啦。那你知不知道，齊靜春很看重你，當初繼承文脈香火的關鍵人物，有你一個？可不單單是齊靜春對貧道施展的障眼法那麼簡單，否則我家雀兒絕不會叼走你丟出的那枚銅錢。只可惜，你的命不錯，運氣卻差了一點點，就這麼一丟丟。」陸沉伸出彎曲的拇指、食指，只留出一條縫隙，譏諷道，「齊靜春送給你的幾本書是真正的一脈文運所在，你竟然一本都不願意帶走。你要知道，天地有正氣，可虛無縹緲的正氣那是自有其靈性的，別人給你的東西，你自己雙手接不住，怨不得誰啊。」

宋集薪心境大亂，汗流浹背。

宋正醇輕聲喝道：「宋睦！」

宋集薪總算恢復一絲清明，但還是渾身顫抖，搖搖欲墜。

陸沉繼續調侃道：「小子，這就慌啦？悔青腸子了？宋集薪，你有沒有想過，雙手捧住了好東西，你承擔得起那份後果嗎？驪珠洞天一事，齊靜春為何而死？拋開你的齊先生自己求死，不願躲入那座老秀才留給他的洞天不提，最主要是因那天道反撲。你小子只要沾上一點，就意味著在很長的歲月裡不得安寧。就算你當上了大驪皇帝，又如何？就算大驪鐵騎的馬蹄把南海之濱踩爛了，又能如何？」

宋正醇一隻手重重按住少年的肩膀，沉聲道：「不要多想什麼！」

陸沉不再咄咄逼人，懶洋洋道：「世人總是喜歡悔恨擦肩而過的好事，忙著羨慕別人的際遇和福緣，哈哈，真是好笑又好玩。」

宋正醇收回手掌，手心早已滿是汗水，臉色越發慘白：「陸掌教，能否放大驪一馬？」

陸沉一愣，猛然一拍桌子，大笑道：「一語成讖！」

他先是環顧四周，最後瞇眼望向高處：「如何？這可不是貧道強人所難。放心，以後如何，就靠『順其自然』四個字了。貧道沒工夫在這邊空耗光陰，說句難聽的，如果不是齊靜春，貧道才不樂意在你們的地盤寄人籬下。」

隔壁攤子的老道人迷迷糊糊。自打那年輕道人在自己的攤子落座後，他便一直在犯睏打盹。只是老道人自己都不清楚，他的壽命已隨著一條紋路悄然綿延而增長，這就是渾然不知的福緣加身了，因為陸沉被陸家導致的糟糕心情在今天總算有了好轉，便隨手「法外開恩」了一次。

宋正醇帶著宋集薪告辭離去，百感交集，不敢回頭。

陸沉沒來由地感慨了一句：「天地造化，妙不可言。」

三教和諸子百家的聖人們，以及千年豪閥中的豪傑梟雄，其實都很忙碌的，為了這即將到來的大爭之世，各自落子布局。

這一切，春風化雨，世俗百姓沐浴其中，善惡有報，福禍自招。

陸沉打了個響指，天地清明，轉頭望向西邊大山方向：「走吧走吧，之後一切都跟你無關了。」

老道人打了個激靈，抹了抹嘴角口水，一臉茫然地四處張望，並沒發現異樣，便唏噓歲數到底大了，不服老不行，受不住這倒春寒的冷風。

老道人發現，那個年輕人又笑嘻嘻地坐在自家攤子前的長凳上，一副洗耳恭聽的欠揍模樣。

老道人想著先前好大一樁生意給狗叼走了，哪裡還願意給這後生傳授金玉良言，否則豈不是自己給自己挖坑，以後給搶了生意找誰哭去？便很不耐煩地揮動袖子：「滾滾滾，你小子沒啥慧根悟性，貧道教不了你，趕緊讓開，別耽誤貧道做生意！」

陸沉雙手死死按住攤子，厚著臉皮道：「別啊，老仙長給說道說道，以後小道好去自家地盤吆喝。」

老道人皺緊眉頭，隨即舒展開來，微笑道：「千金難買老人言，規矩懂不懂？」

「啊？」陸沉驚訝出聲，「能不能先欠著？」

老道人眼見著四周無人，便顧不得仙風道骨了，瞪眼道：「滾蛋！」

陸沉一臉肉疼地掏出一塊碎銀子放在桌上：「老仙長，你這也太不像神仙中人了，怎麼還有銅臭氣呢？」

老道人一把抓過銀子收入袖中，咳嗽一聲，開始滔滔不絕地說起了江湖經驗，只挑虛的講，大而無當，聽了也沒屁用，堅決不說行走江湖真正需要的行家言語。只不過，桌對面那個年輕後生彷彿全然沒聽明白，聽著老道人的誇誇其談還很一驚一乍，滿臉敬意，深以為然。時不時地，年輕道人還會猛然一拍大腿，擺出受益匪淺的恍然狀，把老道人給嚇得不輕。

不知不覺，老道人原本已經改變的掌心紋路重新恢復原貌，一絲不差。

世間得與失，不知也不覺。

大隋京城的元宵節，滿城燈火，亮如白晝。

山崖書院的讀書人那晚幾乎紛紛下山去湊熱鬧了，書院夫子們對此並不反感。年輕人總待在書齋裡搖頭晃腦就沒了朝氣，若是太過拘謹死板，良田裡的讀書種子是斷然無法茁壯成長為參天大樹的。

李槐想要去，結果李寶瓶說大隋京城的犄角、旮旯都被她走遍了，這會兒去山下哪裡是看燈，分明是看人，沒勁。她還欠著授業先生的好幾篇罰抄文章，得挑燈夜戰！林守一說他要繼續去藏書樓看書，謝謝說要修行，到最後，就只有最好說話又最沒事情做的于祿跟著李槐一起下山，結果在山腳遇到了大隋皇子高煊，三人便結伴而行。

高煊之前就經常來山崖書院逛蕩，聊來聊去，高煊實在跟不上李寶瓶的思路，林守一又是冷冷清清的性子，而謝謝經常被那位「老祖宗」呼來喝去，端茶送水、洗衣掃地，哪裡像是一個修行天才該有的待遇，簡直比丫鬟、婢女還不如，於是高煊就跟于祿最熟了，時不時會陪著于祿一起在湖邊釣魚。

大隋的這個元宵節，君臣共歡，普天同樂。李槐為此特意別上了那根刻有「槐蔭」的墨玉簪子，走路的時候高高挺起胸膛，趾高氣揚。這個小兔崽子好像天生就有一種奇怪的獨有氣質，土鱉歸土鱉，可就是運氣好。比如像現在，能夠讓昔年盧氏王朝的太子殿下及如今的大隋高氏皇子一左一右為他保駕護航，這燈會看得值了。

山崖書院書樓內，林守一挑燈夜讀，突然有些心神不寧，嘆息一聲，放下書本，走到窗邊，想起了一個動人的少女。他默默告訴自己要好好讀書，好好修行，將來……一想到某些美好的場景，平日裡不苟言笑的林守一整張臉龐都漾起了溫暖笑意，顯得越發英俊。

李寶瓶也在挑燈用功，只不過她除了看書還需要抄書。蘸了蘸墨汁之後，李寶瓶滿臉肅穆，高高提起持筆的胳膊，輕喝一聲，以雷霆萬鈞之勢迅猛開工！唰唰唰，能夠把楷體字寫得那麼快若奔雷也夠可以了，一看就是抄書抄出熟稔技巧的傢伙。

寫滿一張紙後，她就會隨手抹開到一旁，默念「走你」兩個字。

一個負責今夜巡視的老夫子站在窗邊，看到這一幕後，哭笑不得，既無奈又心疼。老夫子剛好是小姑娘的授業恩師之一，他悄悄轉身離去，沒有打攪小姑娘的抄書大業，只是想著以後是不是讓小寶瓶少抄些書？

書院副山長茅小冬正在自己的屋子裡默默打譜。其實這麼多年顛沛流離，老人最恨自己的幾件事之一，就是捨不得丟了這份愛好。好幾次戒了下棋的癮頭，可每次無意間看到旁人下棋就挪不開步子，在旁觀戰，往往會越看越不得勁，暗暗腹誹這一手下得真臭。若是瞧見了妙手則更是心癢癢，一回去就忍不住複盤全局，然後繼續一邊罵自己沒定力一邊樂哉下。一些個多年棋友總喜歡拿這個開玩笑，將茅小冬的戒棋調侃為「閉關」，復出為「出關」。

茅小冬下棋，是某個姓崔的王八蛋教的。更氣人的是，不管他如何努力，尋找最頂尖的棋譜，跟國手切磋棋藝，潛心鑽研各個流派的棋理，能做的都做了，可是棋藝漲得還是慢悠悠，怎麼都下不過崔瀺。

茅小冬收起棋譜和棋子，摘下腰間戒尺細細摩挲。

崔東山先前找他談了一次，他勸崔東山不要癡心妄想，這麼早就抖摟身分，小心死在大隋京城，到時候還連累書院。他說得很直接，如果大隋誤以為山崖書院也參與其中，雙方沒能談攏，那麼他茅小冬會第一個將大驪國師絞殺於大隋國境之內。

他喟嘆：「讀書人，怎麼就成了生意人了呢？」

一棟幽靜別院內，白衣少年崔東山坐在簷下，聽著新掛上去的一串鐵馬在安靜祥和的春風夜幕裡叮咚作響。

崔東山突然轉頭望向跪坐於一旁的少女謝謝，問：「妳有爺爺嗎？」

謝謝愕然，這個問題怎麼回答？難道暗藏玄機？要不然天底下誰會沒有爺爺……她覺得這肯定是一個考驗心志的陷阱。

正當少女小心醞釀措辭的時候，崔東山哈哈笑道：「原來妳也有啊。」

謝謝無言以對。好冷的笑話。

最後兩人一起抬頭望向夜空。

中秋明月，豪門有，貧家也有。極慰人心。

富貴且內斂的李家大宅內，僕役、丫鬟眾多，祖祖輩輩都是李氏的體己人。李氏歷代當家人對於下人從來都是體恤有加，先前朱河、朱鹿這對父女就是一個例子，以至於有府上老人打趣朱鹿是丫鬟身子、小姐命。

家主李虹是萬事不上心的人，喜歡收藏瓷片和讀書注疏，除了偶爾跟長子李希聖聊天，不太露面。李虹的妻子，也就是李希聖三兄妹的母親，作為當家主婦，算不得如何好說話，但是賞罰分明，在家族內極有威信，已經是十境修士的李氏老祖對這個持家有道的兒媳婦也從不拿捏架子。她沒有讀過多少書，但識得字，因為需要查帳。

李家有個傳承已久的習俗，就是逢年過節，蒙童歲數的孩子要死記硬背帶某個字的成語或俗語，若是長輩們問起，孩子們能夠順暢地回答出來，就可以拿到一封喜錢。去年除夕是「嘉」字，今年元宵則是「桃」字。

李夫人會在這天讓貼身丫鬟拿著一摞喜錢，路上遇見了「守株待兔」的孩子便會開口笑問，然後孩子們就會說出早就準備好的答案。一聲聲稚氣的回答清脆悅耳，李夫人微笑不已，比如「桃李不言，下自成蹊」，比如「桃之夭夭」、「桃腮杏臉」等，都是非常美好的說法。哪怕有孩子脫口而出了一個不知道從哪裡聽來的「凡桃俗李」，李夫人也沒生氣，一樣笑著給出喜錢。只是當她聽到「投桃報李」的時候，笑容似乎有些牽強；等聽到「李代桃僵」後，又變得滿臉怒氣，嚇得說話的孩子不知所措。

她語氣生硬地詢問孩子的姓氏，得知姓陳後便轉身離去。臨走前，還是讓丫鬟給了孩子喜錢，可眾人都看見了她冷若冰霜的神色，這在以前並不常見。

李家上下都知道李虹最偏愛幼女李寶瓶，而李夫人更親近次子李寶箴。自從李寶箴離家遠遊京城後，她就經常寄去家書，詢問兒子何時歸家。每當李寶箴在書信中說起京城趣事，李夫人拿著書信就會笑出聲，只是等放下書信後，就又會惆悵憂心，生怕兒子在京城那麼個大地方受委屈。

她將一封封家書整整齊齊地疊放在紅漆小匣內，李虹為此還調侃：「就寶箴那麼聰明的孩子，哪怕出門在外，也是萬萬吃不了虧的，妳該擔心別人才對。」

李希聖從學塾返回，發現爺爺站在自己院中的小水池旁，像是等了好一會兒，連忙快步走去。

李老太爺率先走向屋內：「去你書房說。」

到了布置素潔的「結廬」小書齋，李老太爺示意李希聖一同坐下說話，笑道：「寶箴性子太跳脫，離開家鄉那麼遠，又是小兒子，你娘親擔心他是人之常情，你別覺得她偏心，為此傷感。」

李希聖微笑道：「當然不會。」

李老太爺緩緩道：「那謝實點名要三個人，其中有你，我並不奇怪。你爹不曉得你的天賦，那是他眼瞎，我甚至覺得你半點不比那個神誥宗的賀小涼差。一洲道統的玉女怎麼了，了不起啊？我孫子也就是沒有宗門栽培，說不定你就是金童了，到時候結成了神仙眷侶，呵呵，這倒是不錯……」說到最後，他自己倒樂呵了起來。

李希聖有些無奈，爺爺這喜歡跟人較勁的脾氣是改不掉了。當初為了成為驪珠洞天四姓十族當中第一位十境修士，他執意冒險破境，誰勸都沒用。若非李希聖偷偷給爺爺算出了一個上中卦，他還真不敢就由著爺爺一頭撞進去，閉生死關。

李老太爺冷笑道：「至於馬苦玄那個小子，真不是我背後說人壞話，他家本來就是一窩子賊胚壞種，哼，我可不覺得他有大出息。上善若水，至剛易折，自古而然。半點不懂得藏拙，鋒芒畢露，一年破三境咋了，有本事到了觀海境後再來一次連破三境！」

李希聖沉默不語。

李老太爺突然問道：「你怎麼把那支『風雪小錐』和那些符紙一併送給陳平安了？倒是留一半給自己啊！你信不信，那小子根本就不知道那些紙筆的金貴？」

李希聖笑道：「看來爺爺其實還不算心疼寶瓶。」

李老太爺吃癟，惱羞成怒道：「誰說的！我不心疼小瓶子誰心疼？行了，送了就送了，我不過就是隨口一提，你看我會讓你把東西要回來嗎？」

李希聖會心一笑。

李老太爺瞅見了孫子的笑意，伸出手指凌空點了兩下：「傳家寶說送就送，爺爺不攔著，也不會逼著你反悔，但是不耽誤我罵你一句敗家子。」他將雙手放在椅把手上，有些疲憊，「爺爺就這麼點本事，當初拚了老命不要也才驚險萬分地躋身十境，上五境根本不用奢望。希聖，以後爺爺就沒辦法為你做什麼了。」

李希聖趕緊站起身，輕聲道：「爺爺，別這麼想，您已經做得不能再好了。」

李老太爺站起身，繞過桌子，幫他正了正衣襟：「不管是不是去北俱蘆洲，不管以後是不是會棄儒從道，你都是爺爺的好孫子。天底下做人的道理講不盡，可我相信我的孫子做人會很正，一直會！」

李希聖有些眼睛發澀，使勁點了點頭，後退兩步，長拜到底，朗聲道：「言傳身教，誠心正意，我李家不輸任何人！」

李老太爺喃喃道：「你當然是，小瓶子也是。」

唯獨漏掉了一個公認最聰慧的李寶箴。

大驪皇帝宋正醇共有子女十餘人，不算多，卻也不用擔心香火。自從大驪皇后病逝，后位就一直空懸，對此，朝野上下不是沒有異議，尤其是禮部官員，私底下有過數次諫言，但全部被宋正醇隨手擱置在案頭。加上這些年大驪邊軍南征北戰，所向披靡，大抵上轉移了廟堂文武的注意力，所以除了星星點點的言論，關於大驪皇后以及太子的人選，朝堂上始終沒有大規模議論。

隨著南下之勢已成定局，東寶瓶洲的半壁江山，大驪文武不敢說唾手可得，但是確實有資格去想一想了，那麼選娶皇后、冊立太子這兩件事，就難免讓人心思浮動起來。這既是為大驪的江山社稷考慮，也是一樁極大的賭局，誰的眼光更準，越早押對注，誰在未來的大驪廟堂上，就越能夠占據重要的一席之地。然而，如今大驪宋氏的家務事實在是有點撲朔迷離，以至於連最精明幹練的廟堂老狐狸都不敢輕易出手。

藩王宋長鏡本就在軍中威望極高，如今竟然都堂而皇之「監國」了，還是陛下自己的意思，這簡直讓人感到匪夷所思。難不成陛下是打算禪位給弟弟，而不傳給任何一位皇子？但是陛下這些年雖說不算如何事必躬親，勤勉執政，願意將諸多重要政務和軍機大事分權下去，可絕對不是什麼懈怠朝政的憊懶昏君，誰要敢這麼想，不是瘋子就是傻子，而群星薈萃的大驪朝堂之上，還真沒有一個瘋癲傻子。

就在元宵節的晚上，在萬人空巷、家家戶戶出去趕燈會的佳節時分，大驪京城迎來了一場毫無徵兆的變故，宮城、皇城、內城、外城，整個大驪京城，在一些個富貴華麗的豪閥宅門外、一些個不起眼的市井百姓人家，還有諸多老字號的酒樓、店鋪和道觀，幾乎同時湧現出一撥撥大驪精銳將士，包括擅長近身搏殺的高品武祕書郎、禮部衙門祕密豢養的死士以及欽天監在內眾多鍊氣士。

他們強行闖入所到之處，若有人膽敢阻擋，殺無赦；若是無人露面，就在欽天監官員的指點下開始拆去各種物件：高高矗立的牌坊、懸掛門外的桃符、門口的石獅子、祠堂的匾額牌位等等，五花八門，什麼都有。

宋長鏡那一夜親自坐鎮，大馬金刀地坐在外城走馬道之上閉目養神，身邊還站著那位離開白玉京飛劍樓的墨家鉅子。

宋長鏡當晚唯一一次出手，是截殺試圖潛逃的一抹虹光，與其在西北外城一帶酣戰一場，拳罡恢弘，一陣陣寶光四起，照徹夜幕，甚至比萬千燈火加在一起還要光明。

一戰過後，房屋建築毀去千餘棟，死傷近萬人，哀號遍地。

這場驚天動地的大戰發生之時，宋正醇已經去往披雲山，大驪京城的氣氛變得微妙至極，恐怕就算當天宋長鏡突然派人昭告全城，即日起他就是大驪新帝，都不會有太多中樞重臣感到震驚。

京城之內人人自危，而距離京城並不遠的長春宮，陸陸續續有祖師輩分的大錬氣士返回，雖然帶著一身血腥味和凶煞氣，但是人人神色自若，所以長春宮大體上安詳如舊。

一座高山半山腰處的茅屋內，某位脫去一襲華貴宮裝的婦人望著一道道飛掠身影落入長春宮各處，有些哀怨和憤懣。哀怨的是自己從下棋人淪為了旁觀者，而且還是那種遠離棋盤的可憐人；憤懣的是自己竟然錯過了這樁註定會名垂青史的盛事。

婦人咬牙切齒，一個風度翩翩的少年郎笑著走到她身邊，輕輕握住她的手，安慰道：「娘，外邊風大，等到風小了，您再出來。」

婦人反手握緊兒子的手，瞇起那雙充滿鋒芒銳氣的漂亮眼眸，低聲道：「和兒，娘親一定會把本該屬於你的東西加倍拿回來！」

宋和有一張彷彿天生稚氣純真的容顏，看似天真無邪道：「可是娘親，陛下不是告訴過我們，東西不管大小，只有他想不想給，沒有我們想不想拿的份嗎？」

婦人嘴唇微顫，似乎悲苦欲哭，長眉挑起，又像是憧憬喜悅。

與此同時，另外一座山頭的高樓內，一名船家女出身的卑賤少女正在聽師父講述大驪京城內剛剛發生的慘烈戰況。

少女托著腮幫，趴在桌子上，聽得聚精會神。桌上擱著一只瓷瓶，裝有少女剛從樹上剪下的兩三枝桃花。可是最後，少女不知為何，又想起了在家鄉遇見的那個青衫讀書郎，他的模樣乾乾淨淨，像是夜夜笙歌、燈紅酒綠的紅燭鎮大泥塘水面上漂過的一片春葉。她也想起了棋墩山小道上跟自己擦肩而過的白衣男子，只記得當時他走得好像有些悲傷。

少女心不在焉，被師父輕輕敲了一下額頭。

駐顏有術的婦人微笑道：「想家了？」

少女有些心虛，便紅了臉。人面桃花相映紅。

在東寶瓶洲和北俱蘆洲之間的廣袤大海上，有大魚泛水北上。

原本在市井巷弄最不起眼的一家三口，如今身處山上神仙扎堆的渡海大魚之上，哪怕只是住著最簡陋的末等旅舍，仍是相當扎眼。一些不入流的野修、散修甚至對這家的母女起了覬覦之心。跨越兩洲的旅程相當漫長，若是能夠找點趣事，何樂而不為？

好在這條承載著無數貨物的跨洲大魚上有一名九境仙師和一名七境武夫連袂坐鎮，所以一些個蠢蠢欲動的青壯鍊氣士，吃相不敢太過難看。怎麼看，那一家三口都不像是有背景的，即便是某位仙師的親戚家眷，多半也是不入流的小門小派，否則也不至於住著最廉價的房間。

有人就藉著客套寒暄的機會敲響房門，坐下喝茶的時候，洩露出一些隱晦的暗示，把婦人嚇得臉色慘白，倒是婦人的女兒滿臉冷笑，說等她爹回來再說。當時門外還站著好些個同樣不懷好意的人，其中還有一個中五境的鍊氣士，而且還是腰間懸劍的劍修。

去買吃食的憨厚漢子回來聽說這麼個事後，既沒有戰戰兢兢，也沒有拍桌子瞪眼，放下裝著最簡單午餐的食盒後，只說出去聊。

婦人欲哭無淚，少女握住娘親的手，說：「沒事兒，有爹在呢。」

婦人一下子就哭了出來，說了句讓少女感到心酸的話：「我是怕你爹給人打啊。」

漢子跨過門檻後，輕輕關上門，抓雞崽子似的，一手握住那人的脖頸提在空中，步步走向那撥臉色微變的北俱蘆洲鍊氣士。

那名最不動聲色的劍修身邊，有人剛要說些恫嚇言語，卻發現自己喉嚨滾燙，像是被塞進去了一塊炭火，滿臉漲紅，雙手摀住脖子，嗚嗚呀呀的，一個字都說不出來。

漢子將手中奄奄一息的鍊氣士隨便一丟，對那名劍修道：「你家老祖宗姓甚名誰，宗門是什麼？」

劍修冷笑道：「我們可是什麼都沒做，擅自啟釁私鬥，按照這艘渡船的規矩，你是會被丟下海的。」

漢子根本懶得廢話，一拳打斷那名劍修的長生橋，將那把根本來不及出招的本命飛劍強行「連根拔出」氣府，瞬間捏爆。

劍修七竅流血，倒地不起，其餘修士幾乎同時跪地求饒。

一切動靜聲響早已被漢子運用武道神通隔絕在了那間房屋的門外。

漢子淡然道：「將這名劍修的根腳，還有你們各自姓名、幫派一起報上來，吃過我一拳之後，我以後自會找你們老祖宗的麻煩。」

有人心思微動，故意胡謅，漢子武道修為近乎通神，對於鍊氣士的心湖漣漪洞若觀火，當場就一拳打碎那名鍊氣士長生證道的根本，沒好氣道：「我既然能一拳打死你，還願意好好跟你說話，那你們就好好聽。」

其餘人等一個個如喪考妣。

坐鎮渡船的九境修士和七境武夫迅速趕來——修士是一名氣勢威嚴的老者，武夫則是一個身高八尺的魁梧老人，懸佩一柄大腰刀。

九境為鍊氣士金丹境，山上俗語「結成金丹客，方是我輩人」，是成功破開八境龍門境的天之驕子，所以金丹境又被譽為鯉魚跳龍門後化腐朽為神奇的「點睛之筆」，整座氣海會凝聚、濃縮為一顆滴溜溜旋轉各處氣府的金丹。

結丹的體內意境，修士之間各有不同，有些天才修士結丹時氣勢宏偉，甚至會引來天地異象。金丹境大修士各自「丹室」之間的大小有著巨大差異，品質也有雲泥之別，但也存在著「大而空、小卻妙」等特殊情況，天意難測，莫過於此。

老修士看著廊道裡的慘況，勃然大怒，正要拿規矩壓人，老武夫輕聲提醒道：「洪老，此人至少是八境武夫。」他還不忘加重語氣，強調了兩個字：「至少！」

老修士迅速觀察了一下自己與那漢子的距離，發現絕不會超過十丈，這讓他有些為難。十丈之內，跟一個至少八境的純粹武夫廝殺搏命，一點都不有趣。

好在漢子沒有咄咄逼人，而是把事情大略說了一遍，然後有不長眼的傢伙覺得有了底氣，悲憤大喊道：「洪老神仙，地上劍修是青苗尖的唐休風，他的本命飛劍都給那瘋子從體內硬生生拔出來澈底捏爆了！這是生死大仇，青苗尖不會放過他的！」

若是沒有這個提醒，老修士還不好下定決心，結果這麼一說，他趕緊打量了一下地上劍修的慘澹氣象，咽了咽口水，終於可以確定，那個出手狠辣的漢子不是什麼至少八境，而應該至少是八境大成之境，極有可能摸著了九境山巔境的門檻，否則無法將一名中五境劍修的本命飛劍輕鬆毀掉。

老修士對他行禮道：「放心，此事我們會秉公處理，一定給前輩一個公道。」

漢子點點頭，然後想了想，對那些呆若木雞的傢伙說道：「那一拳先欠著，我回頭找你們老祖宗收帳好了。」又望向老修士和同道武夫：「你們可別殺人滅口，這樁事情我自有計較。」

老修士無奈笑道：「我們不會如此行事。」

漢子不再說話，走回自己房門前，敲了敲女兒故意門上用來安慰娘親的屋門，說道：「柳兒，是爹。」

少女腳步輕盈地打開房門，漢子進屋後就帶上了門。

婦人快步上前，臉上還有淚痕：「李二，怎麼樣，沒被人欺負吧？有沒有哪裡被打了？需不需要擦點藥膏？」

李二撓撓頭，憨憨笑道：「沒呢，船上的管事剛好路過，我就趕緊把事兒跟人家說了。嘿，妳猜怎麼著，人家很講道理，就把那些人趕走了，還要他們以後不許靠近咱們仨，所以沒事了。我就說嘛，出門在外，還是好人多一些。」

李柳忍住笑意。爹這趟遠遊沒白走，都學會滿嘴瞎話了。

婦人這才微微放下心，使勁拍著胸脯，顫顫巍巍道：「幸好，幸好。」

晚上，海上生明月。李柳站在欄杆旁，遠眺那輪圓月。

楊老頭曾經說過，她天資好，李槐有洪福。

何謂天資？那就是李柳生而知之。她當初在山崖書院對崔東山做出那個挑釁動作，不是她不知天高地厚，而恰恰是她最知道天高地厚。

婦人也是個心大的，事情過去之後，立即就沒覺得有啥委屈，這會兒就已經呼呼大睡了。李二躺在她身邊，聽著她的如雷鼾聲，輕輕握住她的手，緩緩閉上眼睛，從來不會說什麼膩人的情話，他也說不出口，好在媳婦也不愛聽那些。

媳婦好、兒子好、女兒好，就是他這個當爹的不咋的，李二閉著眼睛笑起來。

以靈氣充沛著稱於世的書簡湖碧波萬里，風景宜人，湖內有千餘島嶼星羅棋布，約莫半數都由品秩高低不一的鍊氣士占據或是租借，而最大的一座青峽島，是截江真君劉志茂的府邸所在。

劉志茂修的是旁門道法，他的真君頭銜雖然不是王朝正統敕封而來，僅是山上朋友的吹捧，但是劉志茂道法之高深早已在一次次生死大戰中得到證明。不過劉志茂的口碑實在不堪，所謂的道上朋友有很多，卻只能算是泛泛之交，且門內弟子良莠不齊，並沒有冒出可以扛起大梁的年輕俊彥。儘管如此，劉志茂仍然能夠占據書簡湖的青峽島，完全可以說是憑一己之力，在虎狼環伺當中屹立不倒。

劉志茂在那趟北上遠遊之後可謂春風得意，因為他帶回了一個對外宣稱是關門弟子的小傢伙。屁大一個孩子，虎頭虎腦的，一開始誰都把他當作一隻走了狗屎運的小土鱉，尤其是劉志茂的開山大弟子，對這個師父的關門弟子最是看不順眼。

這孩子自然是顧璨，他每天嘻嘻哈哈的，彷彿渾然不覺那些或鄙夷、或陰森的視線。後來，青峽島上上下下跟他相處久了，才知道這是個一肚子壞水的小壞種，不但小小年紀就擅長裝癡扮傻，而且極其記仇，頗有師父劉志茂的風範，應了那句老話：「上梁不正下梁歪」。去年年末，青峽島就惹出了一樁驚動整個書簡湖的大禍事，而顧璨正是罪魁禍首之一。

青峽島上雖然是劉志茂一家獨大，但是也有幾個附庸小門派，除此之外，劉志茂還盛情邀請了一些臭味相投的客卿供奉，終年享樂，可一旦出手，必然斬草除根。至於附近幾座島嶼的島主，也是一撥正邪不定的狠辣貨色，全是硬生生殺出血路的野修、散修。

顧璨身邊還跟著他的娘親，是個資質平平、無法修行的尋常婦人，但是生得委實誘人，於是劉志茂的客卿當中就有人起了花花心思，想要收她做通房。那名尖嘴猴腮的年老客卿戰力極強，百餘年經營拉攏，隱約之間自成山頭，便是劉志茂都要忍讓三分。

一天藉著酒勁，此人大步闖入婦人所在的宅院，一腳踹開大門，入了屋子，扛起婦人就要回家雲雨快活一番，肆意大笑，無人膽敢阻攔。那會兒，劉志茂的大弟子剛好找了個由頭將顧璨支開，騙到了青峽島後山，說是要在瀑布處代師授藝，傳授給他一門祕不外傳的道家高深口訣。結果當老客卿扛著婦人返回豪宅大院，正要生吞活剝了她的那一刻，不僅僅是老客卿，甚至不光是青峽島，整個書簡湖的大鍊氣士都察覺到了異樣。

一時間，湖水翻騰，大浪拍天，氣機紊亂，駭人至極，以至於兩名閉關已久的九境修士都不得不破關而出，去查看到底是何方神聖，竟敢不惜犯眾怒興風作浪，擾亂書簡湖渾厚異常的山水大氣運。

所有鍊氣士都目瞪口呆地望向青峽島，心神震撼。

一條渾身龍氣的蛟龍之屬從青峽島附近緩緩抬起一顆巨大頭顱，死死凝視著某座宅院，而青峽島山頂，滿臉戾氣的顧璨與他應該尊稱一聲「二師姐」的女子並肩而立。

顧璨眼神充滿了恨意，望向那條頭一次浮出水面的恐怖蛟龍，發號施令：「小泥鰍！吃吃吃，把他們全部吃了！一個都不要留，一個都不要逃了！我娘親要是受了丁點兒的委屈，我就打死你！」

那天，連同老客卿在內，一棟豪宅大院裡的百餘人全部被那條土黃色的蛟龍給吞入腹中。堂堂九境大修士的老客卿一開始還不信邪，在府邸上空與那條龐然大物一番拚死抵禦，法寶盡出，竟是無法撼動那條畜生絲毫，只惹來更加暴躁的殺意，最後，牠整個身軀躍出湖面，掠向天空，將那名試圖逃竄的老客卿身軀一口咬斷，那一雙比燈籠還要大的冰冷眼眸之中，散發出近似人類的促狹笑意。

顧璨在山巔獰笑：「好好好！小泥鰍，再去將那個王八蛋大師兄吃了，誰敢攔你，一併吃掉！」

哪怕是給顧璨通風報信的女子，如今站在他身邊，也感到了一陣寒意——她被小師弟的殺性給結結實實地嚇到了。

劉志茂突然出現在山巔，和顏悅色道：「你的大師兄雖然有錯，但是師父會好好責罰他的，你就放他一條生路吧？」

顧璨笑了：「師父，你要麼打死我，然後由著小泥鰍在這裡胡鬧，要麼就少個徒弟。師父你老人家有弟子幾十個，差一個不算什麼嘛，以後有我幫著師父揚名立萬，莫說是死了個大師兄，便是二師姐一起沒了，也不重要嘛。」笑容燦爛的孩子高高揚起腦袋，直直地跟老人對視，「師父，你說呢？」

劉志茂臉色陰沉不定，最後驀然哈哈大笑，慈祥地摸了摸顧璨的腦袋：「你這孩子，有師父當年的風采，好，很好。」

顧璨笑得瞇起眼：「放心，師父，你以後要想殺誰，我是你的關門弟子，肯定都聽你的。反正小泥鰍也喜歡吃人，尤其是山上的神仙，吃起來特別補，小泥鰍高興得很呢。

唉，小泥鰍也真是的，出了家鄉就長得這麼快，就連師父你老人家的那只大白碗也住不下了，只能放養在大湖裡。師父，你還有沒有更大的碗啊？」

劉志茂笑著搖頭，顧璨也呵呵乖巧笑著，唯獨那個二師姐，毛骨悚然。

被顧璨暱稱為小泥鰍的龐然大物隨後又將苦苦哀求的青峽島大師兄吃掉，巨大身軀在島上犁出一道道溝壑，搖搖擺擺返回書簡湖。

那一晚，顧璨陪著心驚膽戰的婦人一起在院子裡賞月。

他吃著月餅，含糊不清道：「娘，別怕啊，以後沒人敢欺負妳的。」

婦人環顧四周，然後低斂眉眼，將孩子摟過抱在懷中，壓低嗓音道：「璨璨，以後跟你的小泥鰍說話別那麼凶。」

顧璨依偎在娘親溫暖的懷抱裡，只有在這個時候，他才會沒那麼重的戾氣，才略微像個正常孩子。他咧嘴笑道：「放心，小泥鰍跟我心意相通，我對牠的好，牠曉得的，我們關係好著呢，就算是姓劉的……」

婦人趕緊伸手摀住他嘴巴，一手拿起月餅，柔聲道：「吃月餅，少說話。」

顧璨拍了拍肚子：「娘親，真吃不下啦，我又不是小泥鰍，整天就想著吃吃吃，跟個大飯桶似的。」

婦人柔柔笑著，輕輕撫摸孩子的腦袋，抬頭望著月色，眼眶有些濕潤：「璨璨長大啦，能夠保護娘親啦。」

顧璨突然有些委屈，噘起嘴巴，自言自語道：「陳平安，我就說嘛，小鎮裡和小鎮外，除了你，都是壞人，你還不信！」

顧璨掙脫開婦人的懷抱，跳到地上，雙手環胸，老氣橫秋道：「娘親，我可是答應過陳平安，要給他找十七、八個稚圭那種模樣的女子，下次他來青峽島，我就一起送給他。娘親，妳說好不好？」

想起那個泥瓶巷少年，心底既有愧疚又有暖意的婦人掩嘴嬌笑，嫵媚動人：「好好好，你高興就好。」

顧璨一下子變得病懨懨的，沒了先前的氣勢：「娘親，如果陳平安非但沒有高興，反而生氣，我咋辦啊？」

婦人打趣道：「喲，我家璨璨還有怕的人啊？」

顧璨紅著臉，哼哼道：「我可不怕陳平安，我……」說到這裡，到底還是孩子的顧璨一下子紅了眼睛，低著頭，「就是覺得陳平安在的話，才不會讓人欺負我們……我就是想陳平安了，他什麼都會幫著我的，天底下就只有陳平安是好人……」

婦人不知如何安慰兒子，因為她自己也嗚嗚咽咽哭了起來。

月兒彎彎照九州，幾家歡喜幾家愁。

天下牌坊集大成者，潁陰陳氏是也，以至於天下儒家將「醇儒」二字單單給了潁陰陳氏。這支由中土神洲遷往南婆娑洲的氏族，在當初那場浩浩蕩蕩的衣冠四渡中其實並不矚目，因為它只是中土神洲「義門陳氏」的八支之一，而且枝葉最少。

這一切，等到潁陰陳氏扎根南婆娑洲，尤其是當那位兩袖清風、肩挑日月的老祖橫空出世後，迎來了翻天覆地的變化。

一座學宮，一座書院，全部建造在潁陰陳氏的家族土地之上。一座座牌坊樓，隨著一代代潁陰陳氏子弟的建功立業、著書立言，得以連綿不絕地矗立起來，所以每一位來此的客人必然要先經過那條布滿牌坊樓的道路。無一例外，面對這份輝煌家業，他們都會感到震撼，甚至是自卑；相對地，就是潁陰陳氏子弟的自豪，自豪到哪怕老祖宗親口傳下，他讀書讀出來的那輪肩頭大日給人借走百年，仍是無一人覺得丟人。

一名家鄉遠在東寶瓶洲的高大少年就在此求學，是家族嫡女陳對親自帶來的。家族上下沒有人嘲笑少年的貧寒出身，也沒有人因為少年天賦異稟而刻意熱情，從頭到尾，他們都心平氣和，對少年以禮相待，這讓少年心安了幾分。

少年就是劉羨陽，那個曾經對著最要好的朋友揚言一定不要死在家鄉那麼小個地方的陽光少年。他離開家鄉後，果真很快就看到了好像比天還要高的大山；一望無際的蔚藍大海上，有無數長有翅膀的五彩飛魚在翱翔；各種精怪出沒在雲海之中，甚至還有浩浩蕩蕩的御劍仙人在空中瀟灑遠遊。

他一開始不是沒有顧慮，擔心這個什麼潁陰陳氏跟清風城許氏、正陽山搬山猿一樣，暗中垂涎他的那部劍經——那部能夠讓他醒也練劍、夢也練劍的奇怪劍經，但是他很快就打消了這個念頭。當他踏足陳氏家族後，一名氣度儒雅的老人——據說是潁陰陳氏的掌寶老祖——一口氣送給他一把用青神山神霄竹打造而成的摺扇、一隻品相極高的吃墨魚，還有一縷翻書風。

神霄竹珍稀至極，是最好的打鬼鞭材料之一，只要是世間生長於地下的精怪鬼魅，全都畏懼神霄竹製成的法器。吃墨魚被世族仙家飼養在筆洗之中，以吃墨汁為生，百年後背脊會生出一條金絲線，五百年後有望成為墨龍，繼而成為讀書人夢寐以求的「墨寶」，幾乎所有書香門第都會豢養此物。不過，吃墨魚對墨汁的要求極高，否則寧可餓死也不願遷就。至於翻書風，劉羨陽清楚記得，當時哪怕是眼高於頂的家族嫡女陳對在看到那縷清風後也大為意外，甚至還有些淡淡的嫉妒。

對於這些，劉羨陽當然很喜歡，但是遠遠談不上欣喜若狂。他知道自己的立足之本還是那部劍經，所以每天除了按時去陳氏學塾聽課，就是待在宅院內修行劍法。既然見過了高山和大水，下一步，他就想要靠自己的本事，御劍越過大山之巔，走到大水盡頭！總有一天，他會再見到那個姓陳的傢伙，可以跟他吹噓外邊的天大地大。

劉羨陽有時候又有些擔心，如果某天自己回到了那座小鎮，陳平安會不會已經是一個上了年紀的莊稼漢，早已娶妻生子？他當然不會這樣就不認他這個兄弟，但是很怕那個時候，兩人可能坐在青牛背上聊過了兒時的糗事就沒話說了。

當時他故意走得很匆忙，避開了陳平安，因為害怕自己在分別的時候會不爭氣地流眼淚，給陳對這些外人笑話，會瞧不起他劉羨陽。而一些想說的心裡話也是服輸的話，他當時還是有些彆扭的，所以到最後什麼都沒有說。現在他很後悔，他應該大大方方告訴陳平安，除了燒瓷一事不如他，其餘他教給陳平安的亂七八糟的事情，每一件陳平安最後都比他做得更好。

劉羨陽有空的時候，會在潁陰陳氏的地盤上到處走走。經過一座座牌坊樓，走到一條大江之畔，在一處類似青牛背的石崖上坐著獨自發呆，一坐就能用上半天光景，這對於發奮練劍的高大少年而言，實在是很奢侈的一件事。

這天暮色裡，劉羨陽又枯坐了兩個時辰，猛然回神後，打算起身返回。返程還有十數里路要走，而且方圓千里之內，如果沒有意外，不許任何人御風凌空。

將相公卿需要下馬而行，這條雷打不動的陳氏規矩已經傳承了千年之久。

劉羨陽剛站起身，就發現一名身材消瘦的白髮儒士緩緩走上石崖。

劉羨陽作揖行禮，看不出是否是君子、賢人身分的老儒生站定後笑著還禮。若是在南婆娑洲別的地方，君子、賢人那是相當稀罕的存在，可在這人才輩出的潁陰陳氏，若是沒有一個賢人之身，簡直就要不好意思出門跟人打招呼。

老儒生站在劉羨陽身旁，望著大江滾滾而流，輕輕跺腳踩在石崖上，笑著開口道：「知道這塊石崖的名字嗎？」

劉羨陽只得停下腳步，搖頭道：「不知。」

老儒生笑道：「書上記載，潁陰陳氏江崖有石，狀甚怪，名為山鬼。曾經有一位詩仙在此吟過詩詞，只可惜沒有流傳開來，實為憾事。『一杯誰舉？笑我醉呼君，崔嵬未起，山鳥覆杯去。四更山鬼吹燈嘯，驚倒世間兒女……』」

老儒生自顧自吟誦著那篇不曾傳世的詩詞，滿臉惆悵，充滿了緬懷意味：「『神交心許，待萬里攜君，鞭笞鸞鳳，誦我遠遊賦。』其實這篇詩詞，在那位詩仙的眾多詩篇當中算不得上乘，可是我當時就站在你那裡，詩仙就站在我這裡。我那會兒年紀小嘛，聽過之後，就覺得真是好，哪怕這麼多年過去了，還是覺得好。」

劉羨陽可沒聽出什麼好壞，又不願壞了老儒生的興致，只好沉默。

偏偏老儒生轉頭笑問道：「你覺得如何？」

劉羨陽只好老實回答：「不知道。」

老儒生笑著點頭，劉羨陽繼續沉默。

老儒生又問：「你是在這裡求學吧？覺得氛圍如何？」

劉羨陽想了想：「很好。」

老儒生還是問：「好在哪裡？」

劉羨陽有些無奈，敷衍道：「什麼都好。」

老儒生開懷大笑。

劉羨陽看了眼天色，真得回去了，剛要行禮告別，老儒生像是個天底下最喜歡問問題的人，又問道：「我看你是練劍之人，那麼練劍可有疑惑之處？」

劉羨陽倒是沒怎麼害怕和猜疑，畢竟這裡是潁陰陳氏的地盤，但是交淺言深是忌諱，這個他當然懂得，所以笑著搖頭：「不曾有。」

老儒生微笑道：「善。」

他有些感慨。自己作為不計其數的亞聖門生之一，說此言是天經地義的事情，那個傢伙如今把這個字當作口頭禪，那真就有點荒誕不經了，偏偏說得好像比自己還順溜。

老儒生目送劉羨陽告辭離去，收回視線後，望向江水，兩袖有清風，微微扶搖。

也曾是翩翩少年郎，也曾仗劍遠遊他鄉。

夜幕降臨，月牙掛枝頭，老儒生肩頭亦有一輪小小的明月。

老儒生姓陳，名淳安。

一堵高聳入雲的城牆之中，一個以劍氣刻就的大字，它的一橫就是一條寬敞大道。

在這條「道路」上，燃著一堆熊熊篝火，圍著的六個年輕人，最大的也不過才及冠之年。這六人無一例外，全部是劍修。

火光映照出一張張年輕的臉龐，其中最出彩的是一男一女，男子正是歲數最大的及冠青年，一身血跡斑斑的長衫卻給人素潔之感，雖然算不得英俊非凡，但是乾乾淨淨的溫厚氣質配上幾乎凝如實質的滿身劍氣，讓人倍覺驚豔。少女英氣勃勃，眉如狹刀，鋒芒畢露。她盤腿而坐，橫劍在膝，單手托著腮幫，眺望高牆以南，眼神凌厲。

雙方大戰暫且告一段落，下一場攻守必然會更加慘烈。

另一名胖劍修有一張圓嘟嘟的臉龐，笑起來雙眼就會眯成一條縫，看似人畜無害，但殺氣數他最濃。他喝著烈酒，隨手遞給身旁的獨臂少女後，抹嘴笑道：「如果不是阿良丟過來的六把劍，咱們這次未必活得下來。嘿嘿，下次便是阿良要我暖被窩，小爺我也洗乾淨屁股答應下來！」他重重拍了一下腰間佩劍，劍身篆刻有二字劍名——紫電。

出劍之時，紫電縈繞，銳利無匹，極為不凡。

胖子身邊那個神色木訥的獨臂少女默然喝酒，身姿纖細，卻背著一把寬厚巨大的劍，名為「鎮嶽」；年紀最長的那位，則選擇了讓他一見鍾情的「浩然氣」。

獨臂少女又將酒壺拋給坐在對面的少年。少年臉色黝黑，滿臉疤痕，懸佩著「紅妝」劍——不僅名字秀氣，劍身也漂亮。

少年接過酒壺，仰頭灌了一口，接著又喝了一大口，馬上被一個面容俊美的少年罵道：「姓董的，給你祖宗留點行不行？」

董姓少年還強上了，打算喝第三口，俊美少年氣得就要打賞他一記老拳。他是唯一一個擁有兩把佩劍的傢伙，一把叫「經書」，一把叫「雲紋」，一同疊放在大腿上，只是雲紋劍好像失去了劍鞘。

董姓少年抬起胳膊，可還是被一拳砸中，身體搖晃，灑了滿臉酒水。

他一下子就凶性爆發，轉頭怒目而視，俊美少年亦是針鋒相對：「怎麼，想要幹架？他娘的要不是你廢物，小蛐蛐會為了你死在南邊？」

董姓少年瞬間紅了眼睛，氣得嘴唇鐵青。

眉如狹刀的少女輕喝道：「都閉嘴！」

當她出聲後，董姓少年和俊美少年都不再惹事，前者還默默將酒壺遞給後者。

少女站起身，冷聲道：「『雲紋』和酒壺一起給我。」

俊美少年悻悻然遞過去。

少女走到「道路」邊緣——下邊就是萬丈懸崖，罡風猛烈，充斥於天地之間的紊亂劍氣、凶悍劍意更是無處不在。

在這個仁義道德沒半點用的蠻荒天下，空中懸掛著三個月亮，有圓月，有半月，還有月牙。

所以說，在這裡，道理是講不通的，一切只靠手中劍！

少女一手持無鞘長劍，一手抬臂提著酒壺，壺口朝下，澆在那把長劍身上，輕聲道：「小蚰蚰，喝酒了。」

少女身後五人，幾乎同時在心中默念道：『小蚰蚰，喝酒！』

俊美少年傷感過後，很快就驅散心頭愁緒。在這裡，只要戰事一起，哪天不死人？

他試探性問道：「寧姚，先前咱們一人一把劍，六個人剛剛好。如今小蚰蚰走了，妳要不要拿著那把雲紋劍？」

「不用。」寧姚將手中飲過酒的長劍拋還給俊美少年，面朝南方。

一路往南，就駐紮著蝗群一般的妖族大軍，很快就會對這堵高牆展開下一輪攻勢。

寧姚突然想起一件事，破天荒笑了起來。

『你好，我爹姓陳，我娘也姓陳，所以……我叫陳平安！』

哈，這個笨蛋。

沾魏檗的光，陳平安住在了一處盡顯豪奢的地方，雕梁畫棟，房間之多，裝飾之精，讓陳平安覺得皇帝老爺住的地兒也不過如此。

除此之外，鯤船還安排了兩名婢女，名為春水、秋實，是孿生姐妹，有著相似的容顏，只不過一個體態豐腴，一個纖細苗條。她們負責伺候貴客陳平安的衣食住行，低眉順眼，言語輕柔，讓陳平安十分不適。陳平安哪裡消受得起這份美人恩，仍是事事自理，不管兩名少女如何勸說，還是堅持己見。

夜幕降臨，陳平安討要洗腳盆，將布滿老繭的雙腳放入滾燙熱水當中，兩名少女就站在不遠處，眼神幽怨。陳平安只覺得渾身不自在，好說歹說才勸服她們去外邊屋子休息。

兩名少女坐在外屋，湊近腦袋，輕輕柔柔地嘰嘰喳喳，用家鄉方言軟軟糯糯說著閨房話，當陳平安的腳步聲響起，她倆立即站起身，恭敬肅立，等待吩咐。

瞥見少年還是踩著那雙草鞋，哪怕在屋內仍是不願摘下背後劍匣，她倆眼角餘光微微交匯，嘴角都有些笑意，有趣而已，可不敢譏諷。再說了，這艘打醮山鯤船每年載人載物跨越三洲，往返一趟，兩名少女作為天字房的頭等丫鬟，見多了奇奇怪怪的鍊氣士老爺，她們甚至會覺得少年容貌的大驪貴客說不定已是四、五十歲的年齡了，這在山上實在太常見。出門遠遊，瞧著年紀越小的角色越要小心，千萬別輕易挑釁。

秋實端起洗腳盆出門倒水，春水笑著詢問陳平安是否去聽琴，今夜鯤船有一位師門與打醮山世代交好的黃粱閣仙子會應邀撫琴，天字房的貴客無須花錢便能去往單獨廂房。

陳平安當下還背著那把阮邛鑄造的「降妖」，當然不願拋頭露面，婉言拒絕，這讓春水有些失落。畢竟，若是貴客陳平安願意動身，哪怕附庸風雅也好，她和妹妹秋實可就能夠順勢「洗耳」了，她倆是真的喜歡那仙子的琴曲。

北俱蘆洲黃粱閣多是女修士，幾乎人人擅長琴棋書畫茶，將某一門手藝鑽研到精絕境界的仙子就會獲得「明目、清心、洗耳」等等美譽。

鯤船上這位仙子的琴聲便能「洗耳」，一是讚譽她手底下流瀉而出的琴聲悅耳動聽；二是「洗耳」一事貨真價實，琴聲入耳，確實可以洗滌耳部竅穴的陳年積垢。

春水與秋實涉足修行已經七年，受限於資質平平，如今只是二境鍊氣士，甚至不算打醮山的記名弟子，所以哪怕琴聲「洗耳」效果微小，兩名少女仍是不願錯過一絲積攢修為的機會。陳平安不知其中關節，或者說以他的謹慎性格，即便知道了實情，多半也不會去。他一個連古琴都沒見過的純粹武夫，又有重寶在身，哪敢招搖過市。

兩名少女什麼事都不用做，但是又需要住在這間天字房的一間廂房裡，於是三個人就這麼面面相覷。陳平安越發羡慕魏檗，若是他坐在自己的位置上，雙方一定談笑風生，哪裡會有如此尷尬的氛圍。

其實春水、秋實並不尷尬，反而覺得新奇，畢竟眼前少年這種客人還是少見。以往客人也有怪的，但屬於那種性情乖張冷僻的怪，比如有客人怪到需要自己去打掃每個房屋的死角，棟梁也擦拭，床底也擦拭，忙忙碌碌，還不願意她們幫忙，好像有一點兒灰塵就會落在心坎上。還有客人很怕黑，會自己從方寸物裡掏出一顆顆碩大鮫珠，桌上也擺，床上也放，光線亮得刺眼。更有乾枯老叟，帶著一群臭氣熏天的乾屍。乾屍俱是婦人，偏偏個個穿紅戴綠，塗抹脂粉，行動自如，只是不會說話，場景無比瘆人，嚇得她倆一晚上沒敢閉眼睡覺，生怕一個不留神，天亮時分自己就成了乾屍之一。

陳平安總覺得乾瞪眼不是事兒，又不好當著外人的面練習劍爐立樁，只好硬著頭皮率先打破沉默，用並不流利的東寶瓶洲雅言問道：「春水姑娘、秋實姑娘，妳們打醮山在北俱蘆洲哪裡？」

一打開話匣子，陳平安就發現氣氛融洽了許多，因為那兩名少女彷彿天生就擅長閒聊，之後幾乎輪不到他插嘴，只需要豎耳聆聽就行了。陳平安客氣邀請她們拿瓜果解渴，她們都紅著臉答應了，一個低頭側臉吃著，另外一個便給陳平安解釋打醮山；一個說累了，另外一個便接上話頭，讓陳平安聽得津津有味。

原來，打醮山是北俱蘆洲的本土大派，位於西南方，此前因為無上五境大錬氣士坐鎮長達了兩甲子光陰，按照規矩，自己摘掉了「宗」字頭銜，從打醮宗降為祖師開山時的打醮山。打醮山祖上是真正闊過的，巔峰時期曾經有兩位上五境神仙，呼風喚雨，名動一洲。雖然宗門中興的兩位祖師爺都是上五境第一境的玉璞境修士，但不管如何，一宗兩玉璞，仍是極為光耀的存在。

兩名少女雖然不算正宗打醮山弟子，卻有著極強的榮譽感，跟陳平安說了許多宗門祖師的傳奇事蹟：有人在跨洲航程中遇上成群結隊的深海凶獸，力戰退之，劍光燦爛，勝過了海上明月。還有人最擅長雷法，從西南一路遠遊至北俱蘆洲的東北邊境，贏得了「神霄天君」的綽號，斬妖除魔無數，至今北俱蘆洲還有無數百姓感恩，家中供有功德牌位，代代香火不斷。

這些光輝事蹟，陳平安聽過就算了，略有神往而已，並不深思，但是對於「玉璞境」這個說法很感興趣，忍不住開口詢問。因為宗門出現過上五境，春水哪怕只是二境鍊氣士仍是曉得諸多事情，她便說了些自己知道的內容，說那傳說中的玉璞境可謂鍊氣大成，返璞歸真，身軀體魄趨於圓滿，渾如金玉之資，無須法寶傍身，天然能夠水火不懼、邪祟不侵，正常情況下，壽命從五百年到一千年不等，故而人間的王朝更迭、山河變色，對玉璞境修士而言，實在很難提起興趣。

春水說到這裡，吃完一顆翠綠瓜果的秋實不小心打了個飽嗝，臉色微紅，羞赧難當。為了將功補過，秋實趕緊接著為陳平安解釋：「陳公子，奴婢還聽人說起，躋身上五境之後，鍊氣士已經不用擔心離開洞天福地後會被天地間的汙濁之氣以江河倒灌的方式侵蝕體魄，自身靈氣的累積逐漸達到一個瓶頸，所以在山上還是山下修行已經區別不大，遠比第十境元嬰境修士的『不動如山』要更為靈活隨意。」說到這裡，秋實眼神癡迷，「世間所有女鍊氣士最希望躋身這個境界啦，因為只要到了第十一境，就能夠擁有一次改變，或者說美化原貌的機會，並且保證『不壞氣數』。所以許多第十境的女修，哪怕本是白髮蒼蒼的老嫗，都可以重返年輕，而且之後青春常駐，容顏至死不變。」

陳平安好奇問道：「為什麼老百姓忌諱破相，玉璞境就可以保證『不壞氣數』？」

秋實無言以對。她是知其然不知其所以然，上五境的風光哪裡是她一個二境鍊氣士能夠知道的。

春水心思更加細膩，也更願意多想一個為什麼，便笑道：「陳公子，真相如何，奴婢不敢斷言，但是奴婢有些想法，說出來僅供公子參考。世俗凡人，打從娘胎起就成為『定式』的面相，確實涉及一個人的氣數，所以山底下俗世的老百姓忌諱破相，並非沒有理由。但是鍊氣士的破相，在躋身中五境後，其實就已經不太容易出現了，至於玉璞境為何能夠改變面相而不破壞氣數命理，奴婢覺得是……」

她伸出雙手，在桌上做了一個搭建房屋的姿勢：「奴婢和秋實這樣的下五境修士，鍊氣就像搭建屋子，只有一、兩根棟梁。萬事才開頭，若是『破相』了，就等於是斷了一根梁柱，房屋倒塌都有可能。」她又做了一個波浪陣陣的手勢，「可是中五境和上五境的神仙們，他們已經建成了一座牢固的房子，甚至是如人間皇宮一般的建築群，那麼一次破相，即便斷了幾根房屋棟梁，想必也是影響不大的。而玉璞境女鍊氣士改變容顏，可能就像是翻修了一遍建築外貌，或者像是在屋頂覆蓋上一層嶄新的琉璃瓦，便更加漂亮了。奴婢這麼說，陳公子能夠理解嗎？」

陳平安點頭道：「說得通。」

春水微微羞赧：「這些只是奴婢的胡思亂想，讓公子笑話了。」

陳平安笑道：「我覺得很有道理。」

秋實眨著眼眸，滿臉遺憾道：「可是玉璞境的老神仙，奴婢和姐姐這輩子都沒能見著一回呢，哪怕是遠遠看一眼的機會都沒有過。」

春水眼神微微深沉：「不見才好。別說是上五境的神仙，哪怕是中五境的，一旦打起架來，比凡夫俗子也好不到哪裡去。」

秋實嘟起嘴：「遠遠看一眼就好嘛。」

春水無奈道：「咱們的眼力就那麼點，總遠不過上五境神仙的法寶吧？一不小心，死了都不知道自己是怎麼煙消雲散的。」

陳平安對此沒有插話，人各有喜好憧憬，而且關係不熟，沒必要指手畫腳。

鯤船的船頭突然有人猛然間張大嘴巴，伸手指向天下極西方向，回過神後，趕緊招呼同伴們，竭力嚷嚷道：「快看快看！」

浩然天下的天幕被強行破開一個不知大小的窟窿，有東西墜落，像是被人一拳從天上打了下來。雖然下墜速度極快，但因為天幕穹頂距離陸地實在太遠，所以只要無意間望向那邊的人，都可以發現這驚世駭俗的壯觀一幕，就像一顆彗星拖曳著璀璨的雪亮長尾，急速衝向人間大地。

整條鯤船都轟動了，以至於秋實跑出去一問之後，回到屋子就火急火燎告訴陳平安，趕緊去天字房自帶的觀景臺看看，千萬不可以錯過。陳平安便帶著春水、秋實穿過書房，推門來到外邊的觀景臺，果然看到了遙遠西方那抹無比耀眼奪目的墜落流星。

天幕破開處，有一個洪亮嗓音帶著無比暢快之意重重響起，緩緩傳遍人間鍊氣士的心湖：「阿良，貧道這一拳如何！」

這些話，你們浩然天下想聽也得聽，不想聽也得聽，真是霸氣。

相信這一刻，世上無數鍊氣士、妖魔鬼怪和山水神祇都會仰起脖子扭向西邊，震驚於說話之人的道法之高、拳力之強。

陳平安同樣張大了嘴巴——怎麼，阿良你給人打下來了？

那抹流星在西邊某大洲的大地上撞出一個巨大的深坑，然後又反彈到幾乎與中土神洲大嶽穗山等高的地方。那個身影在空中頂點處停了停，像是在尋覓方向，最終一閃而逝，天地之間幾乎無人能夠捕捉其身影。那屈指可數有實力跟蹤身影之人則無一例外，對此見怪不怪，全都懶得計較了，最多是在默默推衍天機變數。

陳平安喃喃道：「這一拳，有點……猛啊……」

結果有人一巴掌拍在他腦袋上，氣急敗壞道：「猛個屁猛！」

陳平安轉過頭，看到一張熟悉的臉龐，只是沒有斗笠了。

陳平安呆呆看著這個男人，一時間說不出話來。

春水、秋實嚇了一大跳，一時間有些惱火此人的不講規矩，太胡來了。

鯤船就是一個「小天地」，是有自己的規矩的，比如不可私鬥，若有糾紛，必須通報鯤船執事；不可擅自運用術法神通；若有凡夫俗子登船，不可隨意欺辱等等，條條框框，稱得上是繁文縟節。只不過有實力購置鯤船進行跨洲商貿的門派，無一例外，都是名列前茅的山上勢力，每艘渡船一般都安排有高階修士和純粹武夫，同時僱用大批擅長搏殺的散修，這才是重中之重。

歸根結底，規矩是死的，拳頭是活的。因此，各條廊道之中，牆壁上有裝飾模樣的粉綠樹枝，上面棲息有一種名為光陰蟬的靈物，日夜不眠，能夠將捕獲景象儲藏起來，極其細微的氣機漣漪都逃不過牠們的感知。若是光陰蟬被人打死，會發出刺耳的淒切蟬鳴，所以鯤船用牠監督毛賊小偷。

要知道，鍊氣士也是魚龍混雜，況且修行一事，心湖漣漪被無窮擴大，若是野修、散修沒有上乘正統的法訣凝神靜心，往往會善惡皆極端，只憑喜好肆意行事。再加上修行本就是一個無底洞，金山、銀山也要掏空，人無橫財不富，再來一個富貴險中求，自然不缺人心鬼蜮。

陳平安「嘿」了一聲，開心笑了起來。

來人正是阿良。他風塵僕僕，光著腳，袖子捲起，神色有些疲憊，但是眼神熠熠，鬥志昂揚。這跟當時牽著毛驢、腰佩竹刀的男人很不一樣，那會兒自稱阿良的男人吊兒郎當，說著不著調的言語，總給人喜歡吹牛、靠不住的無賴感覺。

此時此刻，他沒了行走江湖的斗笠，沒了銀白色養劍葫，甚至連竹刀都沒有了。

二境的時候，陳平安看不出阿良的深淺，甚至會覺得朱河和阿良都能過過招，但是從二境到三境，只是純粹武夫的一境之差，再來看阿良，陳平安覺得眼前的阿良比起竹樓內氣勢驚人的崔瀺爺爺只強不弱，可是阿良強出多少，陳平安仍然看不出來。不過這又有什麼關係呢？能夠這麼快就再次看到阿良，陳平安笑得……很想喝酒了。

阿良站在視野開闊的觀景臺上，瞧見了春水、秋實這一雙孿生姐妹，眼睛一亮，立即斜靠欄杆，擺出一個自認瀟灑絕倫的姿勢，伸手按住額頭，然後往上一抹，捋了捋頭髮：「姑娘們，妳們好，我叫阿良，是一名劍客。」

春水性情沉穩，一言不發；秋實卻是潑辣一些的脾氣，皺著眉頭問道：「我不管你是誰，這艘鯤船除非在雲海之中遇見突發狀況，否則不允許任何乘客使用術法，更不允許擅自闖入別人房間！還阿良呢，怎的，你就是天上掉下來的那個大神仙呀？如果真是，你答不答應收我為徒？我求你啊。」

阿良壞笑道：「我行走江湖這麼多年，還真沒收過一個真正的弟子，沒辦法，劍術高了點，確實容易讓人自慚形穢，連跟我拜師學藝的心思都生不出來。小姑娘，妳是頭一個這麼直接開口的，我喜歡！」

秋實剛要出言譏諷，被姐姐春水輕輕握住胳膊。秋實到底是調教有序的天字房婢女，雖然氣惱眼前男子的不守規矩和滿嘴油滑，還是硬生生止住了跑到嘴邊的話語。

春水比起秋實要心思縝密許多，眼前男子好歹是貴客陳平安的朋友，又沒做什麼傷天害理的事情，規矩一事，她們打醮山鯤船當然要講，但絕不會講得生硬刻板，否則打醮山這筆油水十足的生意早就給別家搶走了。出門在外，和氣生財，是顛撲不破的道理。

春水先望向陳平安，笑問道：「公子，這位……阿良是你朋友吧？是住在鯤船別處房間的客人嗎？」說到阿良的時候，春水心裡也有些彆扭。至於說此阿良就是彼阿良，她打死都不信。這就像滿是雞糞狗屎的市井巷弄來了個與一洲首富同名的傢伙，誰會覺得他是那個高不可攀的首富？

陳平安只說阿良是他朋友，發現春水還在等待另外一個關鍵問題的答案，靈光一閃，笑道：「他跟我們大驪北嶽正神魏檗也是朋友。」

兩名少女頓時豁然開朗，春水拉著秋實施了個婀娜多姿的萬福，一起告辭去往正廳，把觀景臺讓給陳平安和那個不速之客。

秋實在跨出書房門檻後輕聲問道：「姐，要不要知會馬管事一聲？」

春水搖頭道：「不用。別畫蛇添足，如果馬管事覺得這份關係可以運作，肯定會大張旗鼓。那個男人如果真是大驪北嶽正神的朋友，跟船主老爺可能會相談甚歡，但是多半會嫌棄咱倆不懂事。妳想啊，誰喜歡背後嚼舌頭的人？」

秋實聽出了言外之意，悶悶道：「姐，妳是不是想離開打醮山啊？」

春水眼神溫柔，笑著擰了擰妹妹的精緻耳垂：「水往低處流，人往高處走。以後自己出息了，才可以多報答一些宗門的養育之恩，否則成天給奇奇怪怪的人端茶送水、疊被洗衣，總歸不是個事。難道妳忘了，我們也是鍊氣士啊。」

秋實滿臉發愁，趴在桌子上，哀嘆一聲：「姐，反正我聽妳的，我懶得想那麼多。」

觀景臺上，陳平安問阿良：「跟人打架呢？」

阿良「嗯」了一聲：「對啊，一個臭不要臉的傢伙，是道教裡頭除了道祖外最能打的一隻老王八。我呸，仗著天時地利和護身法器而已。沒事，我這就回去還他一拳！」

陳平安積攢了一肚子的心裡話全部被嚇了回去。

阿良走到欄杆旁，打量了一番陳平安，嘖嘖道：「小子，這才幾天沒見面，都快有我阿良千分之一的風采了！可以的可以的，厲害的厲害的！」

陳平安不知道說什麼，好不容易憋了一句客氣話：「有空常下來玩啊。」

阿良吃癟，沒好氣道：「你大爺啊……」

沒你小子這麼不看好我阿良的。咋的，在你心目中，我阿良就只有挨打的份？你是不知道那個身穿羽衣的臭牛鼻子老道，先前被我一拳打得撞死無數頭化外天魔。

只是這些內幕，阿良沒好意思說，畢竟當下一拳是輸了，他阿良可不是那個老秀才，沒臉皮說這些有的沒的。一切等他打贏了對手再說！到時候就只跟這小子說一句：「想當年我打得一個掌教老道屁滾尿流，陳平安，真不騙你，我阿良從不吹牛」。

話說回來，那個臭不要臉還真笑納了「真無敵」稱號的道祖二弟子，他阿良看不慣歸看不慣，打起架來，那是真挑不出毛病，看他阿良沒帶劍，就也捨棄了那把四大仙劍之一的神兵利器，兩人就純粹以拳頭和道法過招，在青冥天下的更高處，一邊相互打架，一邊斬殺天魔，確實痛快！遲早有一天，他要打得那臭牛鼻子老道自認「真有敵」才行。

阿良瞥見陳平安腰間的朱紅酒葫蘆，哈哈笑道：「喲，如今還會喝酒啦？」

陳平安點了點頭：「還是不太能喝，每次只能喝一點。」

阿良瞥了眼天上：「陳平安，咱們還能聊一會兒，你挑重要的說。」

陳平安大致說了近況，阿良伸出大拇指：「既然如此，就放心南下，這趟江湖，好好走著。趕緊變得更強，將來來天上玩。人間很好，但天上強敵如林，也很精彩的！」

陳平安有些愧疚：「阿良，我雖然背著劍，可還沒開始正式練劍。」

阿良咧嘴笑道：「練拳到了極致，就等於是在練劍，莫著急！」

陳平安欲言又止，阿良拍了拍他的肩膀：「別這麼想，石拱橋老劍條一事，最早確實是齊靜春捎了消息給我，但是之後他又反悔，說另外選了一個比我更合適的人。我倒是不生氣，齊靜春什麼脾氣，天底下我最清楚。就算不生氣，我還是會奇怪啊，是何方神聖，能夠讓齊靜春這個榆木疙瘩開了竅？所以才有了後邊我們那次相逢。事後我也就釋然了，因為我想明白了一件事：就算我走到了你們小鎮那座石拱橋，她也不一定會選我。當時在小山坡上，我跟你說了『囊中之物』四個字，是我阿良吹牛皮了！」

陳平安呆呆的。阿良也會吹牛？

阿良笑得瞇起了眼，整張臉龐都擠在一起，像是把一團和煦陽光折疊了起來，開懷大笑道：「怎麼，還不允許我吹一次牛啊？就像這次我給人一拳打落人間，丟不丟人？丟死人了！但我阿良還不是來見你陳平安了，為啥？」

陳平安一頭霧水：「為啥？」

阿良指了指天上：「真正的強者不在於什麼無敵，而在於活著，輸得再慘都別死了，而是每次都能夠站起來，再次憤然出拳出劍！」

阿良指了指南方，笑呵呵道：「過了臭牛鼻子老道的倒懸山，在劍氣長城那邊，我阿良砥礪劍道很多年，你以為次次都風光無限，所向披靡嗎？絕對不是的，給人揍得比喪家之犬都不如的次數多了去了！當然了，單對單廝殺，我阿良不懼天下任何人，但扛不住那些個大妖臭不要臉地圍毆老子呀。我就該跑跑，該罵罵，好不容易逃出生天了，然後偷偷殺回去，摘了頭顱，揚長而去，把大妖腦袋往長城那幫小兔崽子面前一丟，都不用我阿良說什麼，一個個就已經嗷嗷叫了。你是不曉得那邊的大姑娘、小媳婦，那眼神能吃人哇！我怪難為情的……」

陳平安忍不住拆臺道：「之前的，我都信，但是最後這個，我是不太信的。」

阿良尷尬道：「看破不說破嘛。」

一時間，有些沉默。

阿良抬頭望向西邊天幕破開的大洞，那裡正在緩緩合攏。

陳平安突然高聲問道：「阿良，喝不喝酒？」

阿良愣了愣，哈哈笑道：「先欠著！哪天等你走到了劍氣長城，如果有兔崽子拿這樁糗事笑話我，你記得告訴他阿良保證很快就會一拳打得那道老二整個人砸入青冥天下！」

他輕喝一聲：「去也！」

鯤船劇震，緩緩下沉十數丈才好不容易止住下降勢頭。

上空傳出一陣轟隆隆聲響，然後那抹虹光上升到了鯤船鍊氣士都望不見的頂點，爆發出一陣聲勢更加驚人的炸裂聲，以至於數百里雲海全部粉碎一空。

阿良就這麼澈底消失，下一刻出現在了東寶瓶洲與中土神洲的海域上空，又一次巨響，便一鼓作氣掠過了中土神洲的東海之濱以及那座巍峨通天的穗山，盤腿坐於虛空之中的金甲神靈睜開了眼。路過黃河小洞天外的彩雲間白帝城時，有一個魔道巨擘立於城頭，望向一閃而過的身影。如此反復，在天幕併攏的前一刻，阿良來而復去，就此破空而去。

陳平安站在觀景臺上，久久不願挪步。

阿良無敵、不無敵暫且不好說，瀟灑是真瀟灑。

他收回視線，摘下名為姜壺的養劍葫，輕輕喝了口酒，不由自主地感慨道：「練拳百萬之後，是應該抓緊練劍。」

重新放好酒葫蘆，陳平安不再那般拘謹，深吸一口氣，滿臉笑意，竟是就這麼大大方方練習起了劍爐立樁。

之前劇烈的震動惹來鯤船上上下下的惶恐不安，春水害怕觀景臺那邊出現意外，冒著惹來貴客惡感的風險穿過書房來到門檻附近，發現那個與大驪北嶽正神交好的修士已經消失不見，而陳平安好像在修行，趕緊默默轉身，一聲不吭，返回正廳的時候還有意放輕了腳步。

打攪一名鍊氣士或是純粹武夫修行是山上、山下的大忌。打醮山在百餘年前就惹出過一樁天大的風波，一位九境試圖破開十境瓶頸的「年輕」長老在閉關期間被死敵潛入山頭，壞了大道根本，此生只能滯留在金丹境，以至於澈底崩潰，變得無比暴戾，動輒虐殺侍妾婢女，甚至還將一名觀海境的得意弟子打成殘廢，差點斷了他的長生橋。一向對其視如己出的掌律祖師不得不親自出手，將其拘押在後山牢獄。

之後，百年不曾下山的掌律祖師做了一個驚世駭俗的決定——她去祖宗祠堂領了打醮山開山始祖的佩劍，仗劍下山，闖入仇人宗門大開殺戒，親手血刃仇寇之後，大笑之中重傷而返，回到宗門不到一年便溘然長逝。關於此事，尤其是掌律祖師的復仇是否值得，打醮山子弟只敢私下討論，但是掌律祖師的那股子豪邁氣概，哪怕是打醮山之外的宗門仙家一樣讚賞有加，覺得極有打醮山開山始祖的風範，在那之後，對已經被摘去「宗」字的打醮山多有善意之舉。

陳平安給自己訂立的目標是練拳百萬，不是出一次拳就算一次，而是一次完整的六步走樁才算。他本想著，下次與阿良見面時，自己能做成一件事情，可阿良傳授給他的「十八停」在破開六停關隘後，與前六停是截然不同的景象，如江水流淌，緩慢而渾厚，容不得他胡來，這讓他有些無奈。

陳平安如今走樁，哪怕心裡想著事情，都不耽誤拳架的淬煉體魄、裨益神魂。練拳如讀書，「讀書破萬卷，下筆如有神」，書上的道理，不愧是聖人教誨，真不騙人。

陳平安在略作休息的時候，趴在欄杆上遠眺雲海，夕陽西下，雲海像是鋪上了一層金色外衣，金光粼粼，蔚為壯觀，讓人心曠神怡。他所在的這棟樓最為高聳，其餘幾棟都要矮上一大截，一些樓房的觀景臺上還站著幾個同樣欣賞晚霞雲海的鍊氣士。

正在此時，陳平安看到了一個背影，以他目前的眼力，能夠清晰看到那人背後斜挎著個包袱，包袱底下是一柄木劍。那人身穿老舊道袍，髮髻別著木簪，緩緩側身俯瞰陸地，伸出手掌遮在眉眼處，神色恍惚，風拂過他的鬢角，髮絲輕輕飄蕩。

他饑腸轆轆，正在掂量著錢囊裡的餘錢，看能否支撐到南澗國下船。

陳平安撤回幾步，繼續練拳，直到夜幕深沉。

當他返回正廳的時候，發現秋實趴在桌上打盹，春水嫻靜地坐在一旁，笑望著書房。與陳平安對視後，她趕緊伸手去拍打妹妹的肩頭，陳平安擺擺手示意沒關係。春水猶豫了一下，還是將秋實拍醒，少女清醒後趕緊轉過頭去擦了擦嘴，以免在客人面前露出醜態。

陳平安坐在桌旁，從青瓷盆裡抓起一個翠綠欲滴的水果，類似未成熟的柑橘，但是剝開之後吃起來尤為甘甜。他又遞給兩個少女，春水不願接過，見她如此，秋實只得悻悻然一起拒絕。只是陳平安強行放在她們身前的桌面上，她們也就不再堅持。畢竟，將這個北俱蘆洲鮮草山的特產長春橘吃入腹中，抵得上她們一句苦修積攢的靈氣了。

春水輕輕嚼著長春橘，微微出神，儀態不輸書香門第裡的大家閨秀。不像妹妹秋實，開開心心的，只覺得不吃白不吃，有便宜不占是傻瓜。

陳平安率先吃完，發現秋實眼巴巴瞅著桌上的橘皮，問道：「橘皮還有用處？」

秋實大大咧咧回答道：「陳公子，炒菜的時候，撕扯幾塊橘皮丟進去，可香啦！」

陳平安眼睛一亮，笑著抓起兩只橘子，又遞給春水、秋實：「妳們吃橘子，記得把橘皮留給我。」

春水、秋實面面相覷，沒想明白這裡頭的因果。

難不成這個手握鯤船天字號玉佩的少年，不務正業到了喜歡親自下廚的地步？儒家聖賢們諄諄教導的君子遠庖廚，都不講究啦？

陳平安可不管別人的眼光，收起三份橘皮放入袖子，然後催促姐妹二人趕緊吃。

既然貴客都這麼「不講究」了，饒是春水吃著長春橘都沒了負擔，更別提沒心沒肺慣了的秋實了。

春水心裡突然有些暖洋洋的。

原來是這樣啊，原來是這樣一個春風和煦暖人心的少年郎啊。

最後陳平安袖裝橘皮去往臥室睡覺，兩名婢女則在書房一側的廂房休憩。陳平安只需要扯響床頭的銀質鈴鐺，她們就會隨叫隨到，而且那串鈴鐺可不是俗物，若是有汙穢邪風漏入房間，鈴鐺就會自行響起。

陳平安摘下裝有降妖、除魔的劍匣，放在床榻裡邊，直挺挺地躺在舒服到讓他不適應的床上，但是一隻手掌仍是擱在了劍匣之上，然後開始有意識地用楊老頭傳授的吐納方法呼吸。

其實養劍葫內的兩柄飛劍——初一和十五皆已開竅生出靈智，哪怕陳平安睡得很死，遇上危急情況，無須睡眠的它們一樣能夠自行禦敵，但是陳平安還是不敢睡得太死。

就這樣睡意淺淡地一覺睡到了拂曉時分，當春水躡手躡腳地穿衣起床，輕輕打開她那邊的房門時，陳平安就第一時間睜開了眼睛，因為陳平安早就發現，春水和秋實的腳步是有細微差別的。出門在外，怎麼小心謹慎都不為過。

春水沒有來敲門喊醒陳平安，在外邊有條不紊地打掃房屋。直到秋實起床，響起腳步聲，陳平安才停下劍爐立樁，穿上草鞋。剛下床走出去幾步，他又默默退回床邊，微微加重腳步力道走向房門。拉開門後，今日換了一身衣裳的春水施了個萬福，略微側身之時，衣裳便越發熨帖她的豐腴身材了，把陳平安看得一愣，當下便有些臉紅，好在皮膚黝黑，不太瞧得出來。

春水讓秋實去廚房端來食盒，該是早餐的點了，她則詢問陳平安今天是否要出門走走，順便介紹了這艘渡船的一些個遊玩之處。

三人一起吃著豐盛早餐，陳平安還是不打算出去逛蕩，覺得練拳之餘，可以待在書房裡看書。春水、秋實對此當然不會有異議，不過秋實還是有些遺憾，若是房間客人在鯤船購物，她們是有賞錢的。

陳平安就這樣過著枯燥乏味的日子，春水依然如舊，秋實則有些無聊了。那個公子哥真夠無趣的，每天要麼在觀景臺上走奇怪的拳架子，來來回回，輕飄飄、慢騰騰的，一點氣勢都沒有嘛，看得她犯睏；要麼站在那裡對著遠處的雲海或是日出日落，一動不動，能夠站上一個時辰不挪步；最多就是在書房看書、練字，她一開始還會幫著研墨，只是看久了陳平安一板一眼的字體，實在是提不起興致，倒是姐姐，始終站在少年身旁，偶爾站得腳痠了，就坐在書桌不遠處。

陳平安每天吃飯的時候，都會問今天鯤船在哪個王朝版圖的上空，還會讓春水、秋實幫著介紹那些王朝的風土人情，說到儒家學宮和書院時，陳平安便好奇地詢問為何東寶瓶洲只有觀湖和山崖兩座書院。

秋實一手捧腹大笑，一手指著懵懂少年，一語道破天機：「因為你們東寶瓶洲實在太小啊。我們北俱蘆洲就有六座之多，更別提泱泱中土神洲了。」

春水悄悄瞪了一眼妹妹，秋實還是忍不住笑：「陳公子這個問題確實好笑嘛。」

陳平安直撓頭，原來浩然天下這麼大啊。

這一天，陳平安在觀景臺走樁之後，漫無目的地望著雲卷雲舒，突然又看到了那個背負木劍的年輕道士。

春水來到陳平安身旁，順著他的視線望去，柔聲道：「看道袍樣式，應該是祖庭位於中土神洲的龍虎山張家道士。有一句膾炙人口的俗語傳遍浩然天下，山上、山下都不例外：『凡有妖魔作祟處，必有桃木張天師』。」

陳平安「嗯」了一聲。

鬼使神差地，那名背負桃木劍的落魄道士轉頭望來，依稀看到了同樣背劍的少年，以及身旁的動人婢女，他有些失魂落魄——窮的、餓的。

陳平安頂著貴客的頭銜，卻不是什麼金貴嬌氣的人物，所以不需要兩名婢女真正如何伺候，秋實便把心思放在了外邊，每天就像是個消息靈通的耳報神，說道鯤船上近期發生的奇人趣事，滔滔不絕，添油加醋，比說書先生還精彩。

對於這些，陳平安聽過就算，他更多的興趣還是在腳下。

一天暮色中，鯤船遭遇強勁罡風，必須下降航道高度，使得陳平安發現一塊陸地版圖上有烈火熊熊燃燒，一根根煙柱飄蕩在空中，像是田圃裡的一棵棵樹苗，歪歪扭扭。

春水知曉許多東寶瓶洲內幕，在書房查閱過輿圖，很快就得出答案：原來那是一場涉及雙方國運的血戰，世代交惡的兩大王朝經歷長達數百年的綿長戰事之後，終於孤注一擲，傾舉國之力，並且出動了大量鍊氣士。

經此一役，雙方必然元氣大傷，如此一來，整個東寶瓶洲以觀湖書院為界線的北方地帶，除去文武並重的大隋高氏，其實能夠跟大驪宋氏抗衡的王朝越發稀少了。

春水望向生靈塗炭的大地，輕聲感慨道：「若是打得慘了，說不定東寶瓶洲就要多出一座古戰場遺址。幾十年後，等到氣機穩定下來，應該就會有真武山或是風雪廟的聖人坐鎮其中，成為一處嶄新的兵家地界。」

陳平安望向時不時亮起璀璨光芒的地面，猜測應該是身負神通的鍊氣士在相互廝殺。

除此之外，還有很多讓陳平安感到頭腦一片空白的風景：一群仙鶴長鳴，緩緩攀升，從雲海之中浮現，振翅飛入更高的雲海，像一幅流動的畫卷，還有大雁結陣南飛。一名御空飛行的鍊氣士懸停在一根雲柱之外，以獨門法器汲取雷電，將其收入囊中；更有乘坐青鸞的大鍊氣士，掠空速度遠勝鯤船，一閃而逝，一身寶光流轉。

陳平安聽說鯤船有一座專門以飛劍傳信的「信鋪」，功用類似人間驛站，就寫了兩封信托秋實去寄。信中所寫並無祕事，主要還是跟人報一聲平安，說一些從秋實那邊聽來的奇聞逸事，哪怕給人看去都無所謂。本來陳平安是打算人手一封的，只是信鋪的價格實在昂貴，寄往大驪龍泉要收山上神仙專用的雪花玉錢十文，寄去大隋山崖書院更貴，得二十文，嚇得陳平安只敢給魏檗和李寶瓶各寄一封，讓兩人幫著傳話。

陳平安站在觀景臺上，在春水的指點之下，發現靠近圍欄的一座獨棟小樓內時不時會有精光一閃，星星點點，不易察覺。

春水笑著耐心解釋道：「鼠有鼠路，鳥有鳥道，飛劍傳信亦是如此。天空某一層最適宜飛劍遠行，阻力極小，便有以此作為立身之本的鍊氣士在這個高度上勤勤懇懇，開闢出一條條專門的通道。世間傳信飛劍在升空後都會去往這條『羊腸小徑』，只要是大一些門派的弟子都知道這條規矩，所以一旦御風遠遊，就會主動避開。」

秋實剛剛返回書房，靠在門檻處嬉笑道：「不是沒有傻乎乎的野路子鍊氣士，好不容易學會了凌空飛行，剛想著天高任鳥飛呢，結果一頭撞進去，就給劈裡啪啦撞了個鼻青臉腫。這還算運氣好的，運氣背的，被刺穿眼珠子、脖頸，從高空摔落下去，當場斃命，變成一攤爛泥。可憐，真可憐。」

陳平安問了一個門外漢的問題：「世上就沒有人吃飽了撐的，去攔截傳信飛劍？」

秋實點頭道：「當然有啊，鍊氣士裡頭腦子拎不清的傢伙多了去了，只不過飛劍這條羊腸小徑俗稱為『雲紋小徑』，專門有雲紋修士盯著，就指望著這個發財呢，巴不得有傻子來做剪徑毛賊。幾把傳信飛劍值不了幾個錢，但是一旦抓到毛賊，就可以強行索要一筆天價賠償。毛賊是窮光蛋的話，就跟他掛名的世俗王朝討要；若是不曾記錄在案的野修，又身無分文，那就沒法子啦，只能認栽，反正損失也不大。」說到這裡，秋實一臉羨慕，「那些雲紋修士個個肥得流油！每次登船遠遊，最差最差，都會住在中等房屋裡頭。」

春水柔聲道：「其實真正傳承上千年的仙家門閥，一般也不會使用飛劍傳信，世上有很多玄妙祕術，可以讓人彷彿面對面閒聊。比如一對子母榆錢，你以術法摩娑一枚榆錢，再開口說話，擱放在別處的另外一枚榆錢就會自動顫動發聲，對方就聽得到。」

陳平安嘖嘖稱奇。

秋實看著一臉認真、仔細傾聽的陳平安，心想這麼個窮小子，怎麼就跟大驪北嶽正神攀上了關係？那得踩中多大的一坨狗屎才行啊！好在陳平安窮就是窮，見識短淺就多問問題，從不打腫臉充胖子，反而讓天性單純的秋實覺得這樣很好。若是沒錢還喜歡擺闊，什麼都不懂卻硬要裝懂，那才是可憐又討厭。

閒聊多了，姐妹二人難免會提起自己的家鄉北俱蘆洲。北俱蘆洲多劍修，劍修殺力巨大，自然就多跋扈之輩。跋扈到了什麼程度？舉最簡單的例子，南婆娑洲位於正南方，東寶瓶洲位於正東方，便俗稱為「南婆娑、東寶瓶」。北俱蘆洲分明位於浩然天下的東北方，卻偏偏自稱為北俱蘆洲，這讓位於正北方位的皚皚洲便只能是皚皚洲了，愣是丟掉了那個「北」字。哪怕是性情婉約的春水，談到北俱蘆洲如何如何的時候，也會略顯倨傲自得，只是她自己沒有察覺罷了。秋實當然更是如此，喜歡說「我們北俱蘆洲」如何如何，「你們東寶瓶洲」怎麼不咋的，說到這些的時候，少女滿眼放光，神采奕奕，像是一隻驕傲的小黃鶯。

這一天，陳平安終於準備離開這間天字房了，這讓春水都有些喜出望外，秋實更是開心地蹦跳起來，口口聲聲喊著「陳公子」，對他作揖致謝，這讓陳平安有些愧疚。

原來秋實傳來一個大消息，說今晚在鯤船船頭會掛出一幅打醮山祖傳的花鳥條幅，能夠遠看萬里之外的場景。陳平安對此沒有感到太多驚奇，因為當初那個風雪夜，青衣小童就端出一只水碗，水幕之中能夠清楚看到仙子蘇稼的御劍身姿。他不是為了長見識去的，而是不得不去，因為花鳥條幅即將展現的人和事，都和他有關係。

正陽山和風雷園將要展開一場生死戰，這個消息突如其來，事先毫無徵兆，讓整個東寶瓶洲都感到措手不及。哪怕只是隻言片語傳出一洲南北，就已經讓人感到陣陣寒意：東寶瓶洲兩個最頂尖的劍修大派，老中青三代劍修各自出陣一人，捉對廝殺。

年輕俊彥一輩，只分勝負，不分生死；中堅一代，可以分勝負，也可以分生死，一切看交手雙方的意思。東寶瓶洲誰不知道，兩派之人一旦在山門外碰頭，都有可能直接打得你死我活，到了涉及山門榮辱的關鍵時刻，以正陽山和風雷園的脾氣，多半是要分出生死的——年紀最長的兩派老祖，則是只分生死！

殺氣騰騰。彷彿還未出劍，就讓觀戰之人嗅到了濃濃的血腥氣。

正陽山年輕一輩的出戰劍修正是仙子蘇稼，那個擁有一枚上品養劍葫的修道天才。風雷園那邊，則是一個園主嫡傳弟子，名聲甚至還不如劉灞橋，但是這種一洲矚目的巔峰大戰，風雷園豈會兒戲？

陳平安帶著春水、秋實走下樓，去往船頭。

打醮山祖傳下來的花鳥條幅有各種栩栩如生的彩墨飛禽在畫卷之上飛來飛去，還會發出各色聲響，清脆空靈。當條幅完全展開，長達五、六丈，寬達兩丈，懸掛於船頭的高空之上時，若是遠觀，儘管錬氣士們能看清楚，仍然會覺得不盡興。再者，劍修出劍快若奔雷，細微如髮，雷霆萬鈞，劍道蘊含的精微意氣轉瞬即逝，近距離觀摩才是上上之選。於是位置就分出了三六九等，三座獨門獨棟的宅院在第一排位置上，不但準備了瓜果點心，還有渡船花重金請一些旁門左派調教、栽培出來的美婢，以及杏花坊的幾個當紅花魁，至於那三撥人願不願意領情，難說。之後就是陳平安這樣的天字房客人，心情好的話，可以攜帶婢女，若是單獨前往，自然更無不可。至於其他大多數人都是各自搬了椅子、凳子，跟市井百姓湊熱鬧看廟會沒啥區別。

春水、秋實年紀不大，卻是熟稔此事的，還有領事幫著開路，暢通無阻地找到了座位，位置極好，使得貌不驚人的草鞋少年一時間惹來頗多好奇視線。

三把紫檀大椅，椅子兩兩之間有一張案几，放著一小碟名為苦雀舌的北俱蘆洲特產名茶，不用泉水煮，生嚼茶葉即可，入嘴微澀，漸漸發苦，熬到約莫半炷香後，竟是渾然一變，甘甜清冽遠勝茶水，所以被笑稱為「半炷香茶」。

大戰尚未拉開帷幕，三人閒來無事，春水就對嚼著茶葉的陳平安講解妙處。原來此物能夠清肝明目，是三洲豪閥世族的心頭好，不缺錢的文豪碩儒最喜歡互相饋贈這種靈茶，以至於在一些個崇尚茶道的王朝，此茶促成了一股雅賄之風。而官員遭貶謫，好友送行，更是砸鍋賣鐵也要湊出些苦雀舌，算是寄予「苦盡甘來」的美好寓意。除此之外，案几上還有各色精美糕點和靈物瓜果，價格不菲，只是比起一兩難求的苦雀舌，就要遜色許多。

陳平安一邊豎耳聆聽春水的解說，一邊不露聲色地觀察四周，最主要還是前方三撥客人，毫無懸念，他們是山上神仙中的有錢人。

在陳平安正前方的是一大家子，身材極高的婦人坐在主位上，顴骨高聳，論姿色絕對稱不上美，但是氣勢淩人，嘴唇習慣性抿起，喜歡眯眼觀人。她身邊是一個殷勤跑腿的文雅男子，相貌堂堂，面如冠玉，但是只要跟婦人說話，就滿臉笑意，弓背彎腰，不像是什麼一家之主，若非屁股底下的座位騙不了人，反倒更像是浪蕩貴婦私下豢養的小白臉。他懷裡抱著一個四、五歲大的孩子，模樣隨他，粉雕玉琢，頗為討喜，氣度則完全隨婦人，就不那麼可愛了。一個鶴髮雞皮的老嫗是家族的教習嬤嬤，身邊跟著一個俏麗丫鬟，氣質跟老嫗如出一轍，很冷。

還有一個身材高大健碩的中年男子端坐在婦人左手邊的椅子上，偶爾轉頭望向那個殷勤男子，嘴角便滲出一絲譏諷。兩人若是對視，高大男子非但不會遮掩輕視之意，反而堂而皇之地扯開嘴角，而那名文雅男子竟然還主動點頭賠笑。

陳平安藉著欣賞那幅畫卷的機會，把所有細節收入眼底。秋實忍不住多看了幾眼，很快就被春水擰了一下胳膊。不承想，那名高大男子突然身體後仰，轉過頭，皮笑肉不笑地咧咧嘴，露出一口白森森的牙齒，嚇得秋實趕緊低頭，大氣都不敢喘。在男人轉回頭去之後，春水氣得狠狠踩了秋實一腳，疼得秋實倒吸一口冷氣，滿臉哀怨地望向姐姐。

陳平安左前方坐著一個儒衫老人，頭戴一頂老舊貂帽，脫了靴子盤腿而坐，縮在寬大的椅子上，有些滑稽可笑。

陳平安右前方是一男一女兩名劍修，瞧著二十歲出頭的樣子，至於真實歲數，難說。年輕男子橫劍在膝，輕輕拍打著劍鞘。女子除了懸佩長劍外，髮髻之間竟是一柄無鋒小劍，小劍劍柄懸掛著一粒黃豆大小的雪白珠子，熠熠生輝，正大光明。

這不明擺著昭告天下，自己身懷異寶嗎？恐怕這就是藝高人膽大吧，陳平安只能如此猜測。總之，最前邊占據著最佳位置的三撥人，沒有一方像是好惹的。

陳平安深吸一口氣，屏氣凝神，目不轉睛地望向那幅畫卷。

正陽山，護山搬山猿，他的仇家之一，而且是那種必須得報仇的大仇家。

風雷園劉灞橋也算舊識，好像偏偏喜歡上了正陽山的仙子蘇稼，當時寧姑娘還問了一個讓劉灞橋很難堪的問題。

陳平安端坐在椅上，突然想起一事，開口讓春水、秋實吃那苦雀舌的茶葉，但是這一次，就連秋實都使勁搖頭。春水悄悄指了指站在前方周邊的鯤船執事，陳平安心中了然，便問道：「我能拿一些回去嗎，還是說只能坐在這裡吃茶？」

春水俏臉微紅，怯生生道：「公子，帶走是可以的，可好像沒人這麼做過。」

陳平安咧嘴，大大方方抓了二兩茶葉放入袖袋，微微加重嗓音：「這麼好的茶葉，我得回了屋子後再細嚼慢嚥，好好吃上一次。」

陳平安安靜等待那場大戰的到來，就在此時，心湖之間，有一個半生不熟的嗓音柔柔響起，喊了他一聲：『陳平安。』

陳平安下意識就要四處張望，但是很快克制住這股衝動。

記性極好的他很快想起了一個人——賀小涼。

那個嗓音繼續輕柔響起在陳平安心扉之間：『你能不能現在回來一趟？我有事相商，平時人多眼雜，只能藉這個機會跟你聊聊。』

陳平安一番權衡利弊，瞥了眼腰間的朱紅色酒葫蘆，在心中默念道：『好的。』隨即起身，跟春水說是要回房間一趟。

春水想要幫著帶路，陳平安笑著婉拒，從她手中接過玉牌，默默離開人群。

人群中，一個背負桃木劍的落魄道人實在沒氣力去爭搶地盤，又是與世無爭的靦腆性格，便呆呆站在最後邊，束手無策。他手中也端著凳子，只是卻發現層層疊疊的長凳椅子上都站滿了看客，還有稚童騎在大人的肩頭，哪裡能看得見那幅畫卷半點光景？他不過是堪堪躋身三境，遠遠沒有達到中五境所謂吸風飲露、不食五穀的地步，鯤船從北俱蘆洲跨洲南下，旅程漫長，想要下船都難，只有中五境的洞府境鍊氣士才能勉強御風而行，想要從鯤船上一躍而下，逍遙御風落地，恐怕一般的觀海境都力所未逮，唯有龍門境的大修士才能不被天地所拘束，實現真正意義上的乘風而行。

他這趟渡船南下之行之所以如此窘迫，是因為出了一點意外。一是頭腦發熱，買了兩張對他而言十分昂貴的符籙；二是好不容易得來的一粒寶珠想要脫手，不承想到了鯤船上，店鋪願意買，但是出價太低。他原本想靠著這份收入拆東牆、補西牆渡過難關，若是略有盈餘，說不定還能難得闊氣一回，住上一間中等房。

真是人算不如天算啊。一文錢難死英雄漢，更何況他連英雄都算不得，只是個一心想著斬妖除魔卻事與願違的可憐蟲罷了。真正的「張家天師」豈會收了銀錢，答應人家去捉妖，卻害得好好一戶殷實門戶淪落到家破人亡的地步？他突然覺得自己當初捨了科舉功名一心訪仙問道，學藝未精便興沖沖下山想著蕩除妖魔，是不是其實一開始就錯了？

愧疚難當的年輕道人紅著眼睛，抬起一手，握拳輕輕捶打著心口，好像這樣才能好受一些。突然，他發現眼前出現了一隻手，手上攤放著一枚刻有「天字房乙號」的精美玉牌。他抬起視線，看到一張膚色黝黑卻也端正的少年臉龐。

那人笑道：「我是住在天字號房間的，你如果真想進去看畫卷，可以借給你用一下。到了第二排後，去找名為春水、秋實的姑娘便是，就說……你是陳平安的朋友。她們很容易認出來的，因為是孿生姐妹，長得很像。」

年輕道人張著嘴巴，傻乎乎呆著不說話。

陳平安將玉佩往他懷裡一塞，轉身小跑離去，轉頭笑道：「記得還我啊。」

陳平安一邊跑一邊想，這個年輕道人也太想不開了，不過是沒法子看清楚花鳥條幅的畫面而已，就這麼傷心傷肺？把先前恰好經過的他給看得一愣一愣的。恁大一個男人，竟然還抹起了眼淚，難不成也是那位蘇稼仙子的愛慕者？

但是這些都不是陳平安遞出玉牌的真正原因。他只是想起了自己五歲的時候，在那個冬天的黃昏，一遍一遍走在家家戶戶大門緊閉的泥瓶巷，也是一樣偷著哭。

年輕道人握著那枚玉牌，往擁擠的人海鑽去，一路上惹來謾罵無數。等到一名站在天字房座位附近的打醮山執事發現有這麼個愣頭青，板著臉走過去，正要出聲叱問，卻看到那年輕人攤開手，出示了玉牌，立即露出和顏悅色的面容，低聲詢問道：「可是乙號房的住客？」

年輕道人鼓起勇氣道：「小道張山，如今遊方歷練，雖是龍虎山張氏的遠支，卻尚未正式錄入北俱蘆洲龍虎山下宗『青詞宗』的在冊道牒，與那住在乙號房的陳平安是……朋友。有事來晚了，這就要去找春水、秋實兩位姑娘。」

話說出口後，張山便有些後悔，覺得自己實在太過衝動和唐突，不該接了玉牌還不知好歹。他心思細膩，情緒內斂，想問題就喜歡鑽牛角尖，一時間竟有些癡了，覺得自己好像事事都是如此，學藝是這樣熱血上頭，斬妖除魔也是意氣用事，如今又是。

就在他悔恨惶恐之際，那名執事已經放下心來，笑意更濃，側過身伸出一手，示意張山可以前行了：「請張仙師隨我來。」

春水聽過情況後，主動讓出椅子。張山落座，只敢坐在椅子邊沿。

春水雖然心中奇怪，陳平安怎麼就跟這個落魄道士有了關係，可她臉上沒有流露出什麼，只是坐在打醮山派人新搬來放在張山身旁的椅子上，沒來由地將這個先前在觀景臺見過多次的龍虎山邊緣道士跟客人陳平安做了對比。一樣是出身貧寒和乘船遠遊，一樣是頭回見大世面，年紀更輕的陳平安明顯就要坦然許多，絕不會如此侷促不安。

張山猛然記起一事，連忙轉身遞過那枚玉牌：「姑娘，這是陳平安的玉牌，還給妳。」

春水沒有擅自收下，柔聲道：「陳公子去去就回，勞煩張仙師自己交還吧。」

被那樣一雙春水漾漾的眼眸這麼近距離凝視著，張山又一次臉紅異常，囁囁嚅嚅收回手，至於大家風範、仙師氣度，是半點沒有的。

張山口渴異常，可惜只瞅見了一碟茶葉而無茶水，又不好意思開口詢問討要，只好憋著。一直覺得這個年輕道士好玩的秋實便抓起兩片苦雀舌茶葉放入嘴中，促狹道：「張仙師，這茶葉就是這麼吃的，不用火爐煮茶那麼麻煩。」

春水有些無奈，但是當下不好教訓妹妹的無禮莽撞。她無比清楚，若是個性情狹隘偏激的人物，可就要記仇了。好在張山是個性格溫良的，只是滿臉漲紅，伸手雙指拈起兩片茶葉放入嘴中，輕輕咀嚼起來，然後他的臉色便精彩異常，像是稚童第一次吃酸橘或是黃連，恨不得渾身顫抖幾下。

秋實捣嘴嬌笑，這個年輕道士，太好逗弄了。春水則有些疑惑，年輕道人無意間展露出來的一個細節：雙指拈物，食指在下，中指在上，分明是常年下棋拈子，形成了習慣，做這個動作才會如此自然而然，渾然不覺。若是窮苦門戶走出來的底層鍊氣士，恐怕連看一眼棋盤的機會都沒有，畢竟琴棋書畫皆是富家事，哪怕成了山上人，可下棋一事最講究聚精會神，而且深不見底，一個下五境的鍊氣士，除非自幼喜好，否則絕不會分心去學棋。是陶冶情操重要，還是滴水穿石、增長修為重要？

見微知著，春水心中了然，她覺得這才是真正有趣的地方。住在天字房的陳平安是市井巷弄走出的少年，卻能夠每天在觀景臺上練拳看雲海，而這個靦腆羞澀的年輕道人多半是在書香門第浸染多年的士族弟子，俗世身分不算太差，可惜在神仙扎堆的山上卻完全不夠用，最終只能在鯤船甲板上散步。

春水無意間看到前排位置上那個被文雅男子抱在懷裡的孩子轉頭對她笑了笑，她禮節性回以微笑，想著天底下第一樁大考應該就是投胎吧？而孩子則想著，這麼一個好看的小姐姐，真該買回家中給自己當貼身丫鬟，冬天翻書手冷了，就讓她幫忙焐一焐。

孩子扯了扯婦人袖子，婦人雖然平時神色倨傲，可是對孩子卻極為寵溺，笑著低頭湊過去。孩子輕聲說出了想法，婦人轉頭看了眼身後的春水，眼神漠然，然後對自己兒子笑道：「資質太差了，中五境想都不用想，哪怕堆再多的天材地寶給她也是妄想。沒事，等在老龍城下了船，娘親給你找一個洞府境的女子做丫鬟。」

婦人說話並不藏著掖著，春水臉色慘白。終生無望躋身中五境，這讓她感到絕望。

婦人突然再次轉過頭瞥了眼秋實：「喲，這個小丫頭還有點希望，不過一看就不是個好生養的，不如先前那個瞧著喜慶。兒子，這個喜歡嗎？喜歡的話，娘親可以跟打醮山開口買下來。」

孩子順著婦人的視線轉頭望去，一臉嫌棄道：「乾瘦乾瘦的，跟娘親差不多，我可不喜歡。」

婦人竟是半點不惱，揉了揉孩子的腦袋，歡快大笑，如夜鴞在枝頭哀號，恐怖瘆人。

秋實一臉茫然，春水低斂眉眼，五指如蔥的漂亮雙手疊放在膝蓋上，青筋顯現。

第二章 道高一尺

陳平安緩緩登樓，開門而入，正廳並無賀小涼的身影，環顧四周，最後看到了站在書房桌旁的女子。她身穿道袍，卻摘去了先前常年不換的魚尾冠，變成了一頂蓮花冠。

賀小涼一手扶在書案上，開門見山道：「陳平安，我這趟來找你，是受人之托。陸掌……」那個「教」字差點就要脫口而出，賀小涼臉色如常地改口，「陸沉，也就是曾經去過泥瓶巷的那個道人，他如今就在龍泉小鎮，只是不方便見你，就要我來取回一張藥方，蓋有四字朱印的那張，除此之外，還要我還給你……」說到這裡，賀小涼微微一笑，「一顆蛇膽石。從此之後，你與他一筆勾銷。你走你的陽關道，他過他的獨木橋。他親口說：『日後我們若是還有機會相見，大可以坐下來，桃李春風一杯酒。』最後還要我轉告你，從今往後，好自為之，記得一定要在南澗國止步下船。」

陳平安點頭道：「好。」

賀小涼指了指正廳的桌子，兩人相對而坐。

賀小涼想了想，手掌一抹，桌上出現了一方亡國之後流落民間的傳國玉璽，方方正正，質地則凝潤如脂。這是一件咫尺物，比起已經相當珍稀的方寸物更加難得一見。崔東山隨身攜帶有一件，當初在大隋書院東山之巔，他就是從裡頭掏出數十件法寶，一夜過後，打出了「蔡家老祖宗」的名號。

隨後賀小涼又伸手提了提，咫尺物的玉璽上方懸浮有一方刻有雲篆的古硯，之後古硯裡頭跑出來一本玉質古書，最後古書之中飄出了一張小荷葉，最後的最後，才從方寸物荷葉當中滾落出一顆蛇膽石，正是陳平安交由賀小涼轉贈陸沉的那顆。

一件咫尺物，三件方寸物，這叫無聲的炫富，而且炫得一氣呵成，可能天底下任何一個十境錬氣士瞧見了這個都會把眼珠子瞪出來。別人最多是躺著掙錢，賀小涼卻是躺著接納福緣。

賀小涼重新收起荷葉、玉書、古硯和玉璽，然後將那顆蛇膽石輕輕推向陳平安。看到陳平安似乎不敢收下蛇膽石，賀小涼坦誠道：「放心，這次陸沉不會再動手腳了，就像他親口保證你我之間的這次見面，不管我做什麼、說什麼，都不會運用神通窺視。他只要親口說了，你我就可以相信。」

陳平安這才駕馭十五，一張印有「陸沉敕令」四字的藥方便從裡頭飄了出來。

賀小涼沒有伸手去拿，只是運用術法，將其收入自己的方寸物荷葉當中。做過此事，賀小涼神色明顯輕鬆了許多，甚至拿起了一顆名為火梨的靈果輕輕咬了一口，笑道：「好了，公事已了，接下來就是私事了。陳平安，你別緊張。」

陳平安無奈苦笑。『我能不緊張嗎？』

賀小涼問道：「你有沒有聽說，我已經離開神誥宗了？」

見陳平安搖頭，賀小涼自嘲道：「看來還是道行太低，名氣太小。」

說完她便不再開口，只有滋有味地吃著火梨，優哉游哉，神色閒適。

陳平安就這麼正襟危坐，不知道這位仙師葫蘆裡到底賣的什麼藥。

有人猜測賀小涼脫離神誥宗是因為愛慕那位去往中土神洲、負責掌管上宗道經的小師叔，竟是要夫唱婦隨，宗門師恩和長生大道都一併不要了。

賀小涼卸任玉女，來自秋水宗的新一任玉女脫穎而出。外界揣測賀小涼的行徑在一洲道統內部引起了公憤，才害得神誥宗失去了「金童玉女俱在一宗」的大好局面。賀小涼的恩師更是勃然大怒，公開揚言要清理門戶，差一點就要親自下山追尋賀小涼的行蹤，好不容易才被天君祁真攔阻下來。

世人皆知賀小涼的傳道恩師對她寄予厚望，傾心栽培，幾乎視若親生女兒，老神仙為此傷透了心也是情理之中。難免會有人狐疑，不是說那賀小涼福緣之深冠絕一洲嗎，為何會淪落到如此境地？難道說是她悶聲發大財，撈取到了更大的機緣，以至於連師父、宗門都可以拋棄？但是道統之內規矩森嚴，賀小涼就算到了神誥宗的中土上宗，背負著這麼大的罵名，當真能夠長久地守在那位掌經道士身邊？

好在正陽山和風雷園一戰轉移了視線。轟轟烈烈的打生打死，比起柔腸百轉的愛恨糾葛，似乎更有吸引力。

陳平安看著賀小涼吃過了一整顆火梨，好像還是沒有開口說話的意思，只好小聲問道：「賀仙師，妳找我有什麼事情？」

思緒飄遠的賀小涼收起心神，仍是沒有說話，反而仔細打量起了陳平安。比起第一次相逢於驪珠洞天的青牛背，少年個子高了，眉眼之間也有了一絲靈秀精彩。

陸沉在賀小涼去往梧桐山悄悄登船之前，跟她有過一番開誠布公的言談。除了賀小涼說給陳平安聽的，其實還有許多「說不得，不可說」的內幕。陸沉那時就身在陳平安祖宅的隔壁，坐在灶臺前的小板凳上，拿著吹火筒忙著做飯；而身為主人的稚圭則懶洋洋地坐在院子裡曬太陽，時不時還會扭頭望向灶房，催促陸沉快一點。

賀小涼坐在陸沉附近，陸沉在耐心等著生米煮成熟飯的間隙，直白無誤地告訴她，陳平安送出手的兩顆蛇膽石，他和她的各占其一，就如同一條河的兩岸，而那幾張藥方，尤其是「陸沉敕令」四字朱印則是一座橋梁。雖然這是陸沉的一樁深遠算計，其實談不上什麼惡意。恰恰相反，這才是陳平安離開小鎮之後，氣運一事能夠否極泰來的一半原因。可能齊靜春早已看穿，但是願意順水推舟，相信陳平安吉人自有天相，懂得取捨，故而樂見其成。看不見的人，如陳平安自己，自然毫無察覺。因為橋梁搭建而起之後，陳平安與賀小涼之間出現了一種玄之又玄的牽連，福禍相依，一起分攤。所以說，陳平安分去了賀小涼足足半數的福緣！

話說回來，尋常人接納這份機緣後，說不定早就暴斃了。陸沉初衷並無惡意，至於陳平安會不會被撐死，因福生禍，他是全然不在乎，無非是事後間接證明，你齊靜春看錯了人而已。

聽聞了此等天機，賀小涼始終心如止水的心境，在那一刻，終於開始出現破綻。她心知肚明，一生順遂、洪福齊天的那個賀小涼走到了一處崖畔，是契合大道逆流而上還是墜入萬丈懸崖粉身碎骨，只在她接下來的一步之間。哪怕選對了，也未必能夠像之前的修行那樣一日千里，毫無阻滯。

當時已是她萬事如意的人生中最為險峻的時刻，尤其是那種身不由己、淪為棋子的感覺，糟糕至極。修行，可不是為了去當一個大人物的牽線傀儡，哪怕這個大人物是陸沉，是青冥天下的一教掌教！比起之前的那一次，這次更讓賀小涼感到心煩意亂。

從十四歲那年成功斬斷赤龍的那一天起，她就發現師父看待自己的眼神變了。隨著時間的推移，單純的少女終於知道，那種會讓她感到一絲不舒服的眼神已經不單單是長輩看晚輩的慈祥，而是夾雜著男人看待女人的意味，但是當時掌教祁真正在閉關，神誥宗上下緊張萬分。

在她離開神誥宗，去往驪珠洞天之前，老人便直截了當地與她說了，要跟她做一對道侶！老人還說，他為了她，甚至可以離開神誥宗，做一對逍遙快活於高山大澤、不用計較世俗眼光的野鴛鴦。若是賀小涼不願顛沛流離，那也無妨，大不了繼續做表面上的師徒，暗中結為道侶。老人保證那部闡述雙修大道的殘卷可以讓師徒二人都躋身上五境，絕非拙劣下作的房中術、採陰補陽之流。

賀小涼不願意，而且沒有任何虛與委蛇。若非當時老人沒有把握無聲無息地拿下她，恐怕早就出手了。這才有了她去往驪珠洞天的那趟遠遊，因為有些風景，賀小涼只想獨力走到山巔，親眼去看。

其實對於什麼世人眼中的雙修之法、有悖風俗的師徒道侶，賀小涼並不是那麼看重，也無多少偏見。她只重大道！道家真正上乘的雙修祕術其實遠遠不是凡夫俗子誤以為的那般不堪，是性命雙修的一個旁支，甚至不會被劃入「也是道」的諸多旁門左道當中。「旁門左道」聽上去含有貶義，不過是因為就山上鍊氣士而言，這些無法幫助他們直達上五境而已，但一樣是了不起的登山大道。

在賀小涼從大驪返回後，她的授業恩師澈底撕去慈祥長輩的偽裝，言語脅迫，憤懣恫嚇，手段百出。賀小涼兵來將擋、水來土掩，應對得從容不迫，但是內心深處又覺得有些可悲。她知道這就是老人所選的大道，但是太小了、太偏了，她不願意陪著他走這條盡頭處風景遠遠不夠壯麗的狹窄道路。

之後，風雪廟陸地劍仙魏晉進入南澗國，老人誤以為是賀小涼請來的援手，一時間收斂許多。不承想賀小涼拒絕了魏晉，魏晉渾渾噩噩，醉酒騎驢遠去江湖，這讓老人只覺得柳暗花明又一村。但是好事多磨，那個與他輩分相當的年輕道士，修為不高，卻敢庇護賀小涼跟他當面叫板，還撂下一句令人背脊發寒的狠話，讓他進不得、退不得，十分為難。

可說來好笑，那個傢伙很快就匆忙趕往中土神洲，匆忙到只能跟賀小涼有過一場私下談話。不管如何，賀小涼並非像外界所想的那般依附於她的小師叔，而是選擇勾掉神誥宗的在冊道籍，這讓老人覺得機會終於來了。

掌教祁真對此頗為寬容，力排眾議，不追究賀小涼背叛宗門之過。其餘一干神誥宗長老，雖然幾乎人人憤懣，覺得宗門養了一頭白眼狼，但是既然掌門天君都發話了，也只好作罷，只有賀小涼的師父想要下山「詰問」於她，依然被祁真勸回山門。

說是勸回，其實當時已經跟隨陸沉去往大驪的賀小涼聽聞消息後，比誰都清楚，掌門祁真一定是強行攔阻了師父，說不定還是大打出手，才將老人打回了自己府邸。因為一旦沒有了她，老人那條原本早已風雨飄搖、破敗不堪的大道就要澈底斷絕。以老人執拗的性格，絕對不會就此甘休，但是註定一切徒勞，因為她身後站著陸沉，一個能夠對天君祁真隨意發號施令的存在。

賀小涼思緒萬千，一直沒有回答陳平安的問題，陳平安便只好安靜等著。

「陸沉再深謀遠慮，也不過是順勢而為。」賀小涼突然眼睛一亮，猛然站起身，似乎解開了心中某個死結，「原來緣來，就是天作之合。」

說完這句話，賀小涼的心神又驀然顫抖起來。她依稀記得，第一次見到少年，只看出來了有緣卻緣淺，這才是她的大道本心。但是為何現在卻會覺得緣深，甚至還會覺得是天作之合？這還是陸沉這位道家掌教的推衍計算！

果不其然，心湖之中有個懶洋洋的嗓音略帶笑意響起：『不錯，能夠想明白這一點，說明經此一役，捫心自問之後，妳交出了正確的答卷。妳的心境裂縫已經彌補齊全，哪怕將來再有重創，也不至於像之前那樣，極有可能一裂即碎。接下來，妳可以去往北俱蘆洲闖蕩了。事先說明，貧道可沒有偷聽、偷看，只是之前早早在妳心湖埋下了一點東西，當妳得出答案後，就會解開，貧道便能知曉了。

那麼最後，貧道又有一問需要妳捫心自問：『「妳應該如何處置陳平安呢？」嗯，這麼說話有些文縐縐了，不是貧道的一貫風格，不如換成：「賀小涼，問一問妳的良心，要不要斬草除根，將妳眼前這個暫時不知緣是善惡的……有緣人一掌拍死，以免心結成死結，壞了將來的大道根本。」』

容顏極美的年輕道姑望向坐著的少年，眼眸冰冷。

陳平安與她對視，如墜冰窖。

腰間養劍葫內，初一和十五蓄勢待發。

殺不殺少年，好像都在陸沉的意料之中，算計之內。

第一次，是賀小涼要過自己那一關；這一次，則是要過道家掌教親手布置的一關。當然，陸沉不會傾力而為，否則就跟直接殺人無異了。他顯然對賀小涼是寄予厚望的，不至於自己打自己耳光。

賀小涼第二次捫心自問，森寒眼神逐漸變得嬌媚如絲，更不用說緋紅的臉頰，讓她那張原本端莊的容顏變得讓人感到極為陌生。只是心湖之上驚濤駭浪，苦不堪言。

陳平安一言不發，死死盯住那個言行古怪的神誥宗道姑，甚至有些懷疑，是不是傳說中擅長蠱惑人心的狐妖，變幻成了賀小涼的模樣，否則怎麼可能判若兩人？但是，直覺告訴他，他們之間，生死一線。

賀小涼情不自禁地雙手扶住桌面，額頭滲出汗水，鬢角青絲凌亂。心扉外，一聲嘆息輕輕響起，像是強行壓下了賀小涼的心湖洪水：『賀小涼，其實貧道早就給出答案了，只是妳被大道蒙蔽心境。妳要殺，貧道會攔；妳不殺，貧道也不強求，一樣都可以通過此關。偏偏妳既拿不起又放不下，渾渾噩噩，最後還做了一個最壞的打算，竟然想要殺了陳平安後再與之冥婚，既可斬因果，又自認無愧，真是可笑至極。如此功利手段，真能助妳通向山巔？妳有沒有想過，人家陳平安為何事事坎坷卻能夠活到今天；妳事事順遂、資質卓絕，偏偏連這最容易邁過的門檻都走不過去？』

賀小涼頹然坐在凳子上，腦袋趴在桌面上，面如春潮，大口喘息，那雙眼眸之中竟然有些水氣，霧濛濛望向對面的少年，眼神之中，既幽怨又愧疚，殺意全無，看得陳平安一頭霧水。

怎麼？我沒欺負人啊，這不養劍葫裡的飛劍還沒出呢。再說了，就眼前賀小涼這麼一位大鍊氣士，自己就算初一、十五盡出，甚至加上做樣子的降妖、除魔，也是一個「輸」字和一個「死」字。

賀小涼久久回神，霧氣漸無，春潮漸退，心神大定。她站起身，對少年笑了笑，總算變成了陳平安初見的那個神仙女子，白鹿為伴，仙氣嫋嫋。

她斬釘截鐵道：「陳平安，等到你哪天死了，就會是我賀小涼的郎君！」她最後竟是堅定了一半的本心，做出了最早的那個決定的一半——不殺人，卻結緣。

心湖之上，陸沉的嗓音低沉渾厚，帶著不加掩飾的讚賞，緩緩響起：『福生無量天尊。賀小涼，即刻起，你已入貧道門下，為嫡傳第六弟子，可在北俱蘆洲開宗立派。』

陳平安呆若木雞，下意識脫口而出：「賀仙師，妳說什麼？是不是我聽錯了？不然妳再說一遍？」他越發確定，眼前這個「賀小涼」，多半是喜歡搗亂、開玩笑的山野狐魅。

賀小涼有些羞赧惱火，瞪了一眼占自己便宜的陳平安，就此離去。

陳平安始終坐在原地，眉頭緊皺。

似真似假，如夢如幻。

龍泉小鎮一座已經棄而不用的老舊學塾內，陸沉獨自坐在一張小書桌後，望向齊靜春站了一甲子的那個位置，沉默不語，手指下意識在桌面上輕輕劃來抹去。回過神後，陸沉抬起手臂，隨後一抓，從鯤船御風離開的賀小涼竟然被他直接從滔滔雲海之中「撈」了出來，哪怕賀小涼是金丹境鍊氣士都覺得頭暈目眩，踉蹌一下才站穩身形。

賀小涼肅容，正衣襟，定心湖，凝神魂，後退三步，伏地叩拜：「弟子賀小涼，拜見師父。」從一洲道統的玉女一躍成為一教教主的嫡傳弟子，無異於鯉魚跳龍門。

陸沉點點頭，抬手示意賀小涼可以起身：「起來吧，在貧道門下，不用拘泥於拜師儀軌，心意到了就行。妳現在多半不信，以後相處久了，見過其餘五位師兄、師姐，自會明白。大道之外，皆是虛妄。」

對於儒家那套世俗禮儀，甚至是自己道統內的金科玉律，生於浩然天下而真正成長於青冥天下的陸沉始終都不太在意。或者說在飛升之前，他就是這麼一個背離世俗的人物，所以活得很曠達奔放，留下的文章也以「逍遙」二字著稱於世。不同於大師兄的面面俱到，二師兄的分寸火候，他這個小師弟哪怕在師父跟前，一樣不太講規矩，為此還被大師兄勸過，甚至被二師兄揍過，然而陸沉依舊我行我素，好在偶爾出現在小蓮花洞天的師父對此並不介意。

陸沉看著略顯侷促的年輕道姑，微笑道：「怎麼，一朝被蛇咬，十年怕井繩，總覺得貧道這個當師父的每天想著給人下套？所以我說的每句話，妳都得小心琢磨、仔細掂量？那妳就錯了，過猶不及，不好。妳這次之所以能夠成為貧道的嫡傳，在於妳連過了三道搿心關。第一，察覺到了貧道的算計，當機立斷，趕緊回溯、追問自己的本心，撥開了『天作之合』的假象，抓住了『緣淺』的真相。此關一過，妳才不會在北俱蘆洲過早夭折，否則到了那處劍修多如牛毛的地方，一切只靠快劍和拳頭說話，妳將來終究會遇到大的挫折，一旦心境露出破綻，因妳這輩子太過順遂，會崩碎得極為澈底，貧道都不用尋找妳的下一世了。」

陸沉伸出手指點了點賀小涼：「妳要知道，這次謝實跟大驪討要三人，李希聖且不去說他，馬苦玄是我二師兄挑中的幸運兒，一老一小，臭味相投，至於有沒有其他內幕，道統內自有規矩，不許師兄弟三人之間相互推衍演算。妳賀小涼是貧道挑中的人選，因為妳的道心與貧道當初的修行歷程很像，破開迷障，直指本心，所以比妳想像中的什麼棋子、傀儡，什麼道家在這座天下百家之爭的布局要簡單得多，貧道只是看妳順眼，便選妳做弟子了。妳真以為文廟裡那些老頭子不會死死盯著貧道的一舉一動？所以說，這就是堂堂正正的陽謀，妳以後能不能在北俱蘆洲站穩腳跟，好好活到最後，只看妳自己的能耐。

貧道遠去青冥天下之後，不會刻意照拂弟子，儒家聖人們不會故意坑害於妳，而且妳還有一位在中土神洲雲遊的師兄，以及在劍氣長城那邊歷練的師姐，真出了事情，妳可以找他們幫忙。既然你們如今已是同道中人，有了同門之誼……就要給貧道這個當師父的爭一口氣嘛。放心，貧道可不是妳在神誥宗的師父，不會要妳做什麼雙修道侶。」

賀小涼又變成了那個氣質清涼的貌美道姑，大道之外皆是身外物。她問了一個思量已久的問題：「我們道教主掌一切的青冥天下是否也有儒家聖人的暗中布局？」

陸沉哈哈大笑：「這是當然，哪裡都一樣，誰都忙得很。妳不會以為馬苦玄、魏晉、宋長鏡之流就是最頂尖的天之驕子了吧？那妳以後真該去中土神洲或者青冥天下的白玉京看看，就會明白，一山總比一山高。」

賀小涼聞言後眉頭微皺，似乎有些想不明白。

陸沉玩味問道：「妳是想問為何三教不乾脆約好只在自家地盤上發展勢力，排擠其他教派學說，省得如此糟心？」

賀小涼點點頭，這正是她心中所想。

陸沉感慨道：「因為如今這一個個地盤完全就是最大的幾處古戰場，那可是先賢們用性命換來的成果，我們也怕後世天地變色嘛。若是選擇固步自封，或是讓下邊的人覺得大道阻塞，是怎樣一個下場，當今一個個天下，就是最好的明證。」

他隨手一指，是小鎮神仙墳的方向：「山河依舊，但是曾經高高在上的主人，已經淪為爛泥地裡的一堆斷肢殘骸。」

賀小涼有些明悟。有些太過遙遠的事情，晦澀難明，知道的人不願意說，又不寫在書上，後世之人當然茫然。

陸沉笑了笑：「扯遠了，回到正題。妳的第二關，在於貧道需要確定妳這趟去往北俱蘆洲是讓妳依附於天君謝實，還是由著妳自立門戶，開宗立派。所以故意設置了一個陷阱給妳，讓妳以為自己竟然捨棄了兩個都對的選擇，偏偏選了一個最錯的決定，讓妳誤以為就要與大道擦肩而過，要妳心生悔恨，質疑自己的大道本心。」

賀小涼坦然道：「只是靠著腦子裡僅剩的一絲清明才能夠過關。」

陸沉笑道：「關於這一點，貧道最後用作收官，來解釋妳與陳平安為何能夠結緣。先說那最後一關，相對複雜一些，是一座連環關隘。『情』之一字，可作萬般解，男女之間則最易動心，所以貧道早早在妳心湖之間種下了一粒情種，在不知不覺中，它一遇機緣之雨水就會生根發芽，迅猛無匹。

這本是不入流的速成之法，但是對妳賀小涼反而管用，何況再不入流的法門，貧道使出，一樣入流。有師徒之情的神誥宗師父、驚才絕豔的同輩人風雪廟魏晉、泥瓶巷的市井少年陳平安，前兩者妳順利闖過，成功恪守本心，絲毫不為所動，唯獨最後一關，因為貧道刻意刁難，幫著鋪路搭橋，才讓妳陷入兩難境地，妳若是……」

陸沉站起身，手指彎曲，輕輕敲打著那頂象徵掌教身分的蓮花冠，「迷迷糊糊，道心被『陸沉』二字所震撼，便選擇走在貧道幫妳開闢出來的道路上，那麼貧道依然會准許妳在北俱蘆洲開宗立派，但是絕對不會收妳為徒。」他收斂笑意，「收徒一事，何其難也。想要成為貧道的弟子，就該有『終有一日我的道法比陸沉還要高、道路比陸沉還要長』的念頭。離經叛道？離的是什麼經？經不過是先賢所寫而已。叛的是什麼道？道不過是先賢所走的路罷了。為何不自己去試試看？」

饒是賀小涼這般性情涼薄的人物，心底都油然生出悚然和敬意。她站起身，對陸沉畢恭畢敬行禮道：「希望終有一日，弟子賀小涼能夠與師父同席而坐，坐而論道。」

陸沉嘖嘖道：「有點難。」

賀小涼重新坐下，問道：「師父所謂的『收官』作何解？弟子與陳平安的結緣，也有深意？」

陸沉點頭道：「當然。若是尋常人，妳不是賀小涼，他不是陳平安，那麼貧道這次辛辛苦苦當月老牽紅線，半點看不出高明。齊靜春的亂點鴛鴦譜是給擔子，希望有朝一日，陳平安能夠以人心挑山嶽。而貧道手中的紅線兩端是兩個人，更是兩面明澈無垢的鏡子，相互映照，而不只是讓陳平安分攤妳的福緣，再拿陳平安幫妳渡過情關而已。」

陸沉轉頭望向賀小涼現身之前的方向，「陳平安的心性，天下奇人怪人萬萬千，貧道也看過千千萬，未必有多出奇，但是恰好與妳賀小涼的心性相似而又不雷同，冥冥之中頗為契合，所以儘管你們初次相逢，兩人身分懸殊，妳仍是看出了『緣淺』。其實你們不是緣淺，而是妳修為有限，看淺了。」

賀小涼輕聲問道：「師父，這又是考驗嗎？」

陸沉哈哈大笑：「妳都已經當了貧道的弟子，還要什麼考驗？怎麼，想一鼓作氣成為道祖老爺的嫡傳、與貧道平起平坐才甘休？」

賀小涼眼神清澈，搖頭笑道：「不願作此想。」

陸沉笑咪咪道：「既然當了師父，就該送新弟子一份見面禮。這份禮可不小，還是貧道下來之前好不容易才從妳師祖那邊得來的一點『道』。」

賀小涼愣了一下。才剛剛在鯤船上切斷與陳平安的那座「橋梁」，自己就又變成那個洪福齊天的賀小涼了？

陸沉好似看穿了她的心中所想，放聲大笑，一掌拍在桌面：「貧道帶妳去走一趟光陰長河，逆流而上！」

一座驪珠洞天，哪怕術法禁絕，自然還是難逃天道之間的大規矩，比如春夏秋冬、生老病死，然後在掌教陸沉的大神通之下，冬秋夏春、死病老生。

仍是置身於天地間的學塾，卻彷彿與天地暫時無關聯的賀小涼，看著身邊光怪陸離的一幕幕倒退而去，眼神熠熠——這正是她想要走的道路！

陸沉微笑道：「跟在貧道身後，去往一處地方，帶妳見兩個人。」

兩人起步離開，身後是越來越嶄新的學塾和孩子們的琅琅讀書聲，蒙學稚童們名副其實地倒背如流，只是大概是某種禁制，或者說是齊靜春跟道祖做過交易的關係，稚童們的容貌纖毫畢現，聲音清晰入耳，但是他們面對的那位教書先生已經並不存在，彷彿完全消逝於光陰長河中了。

一路穿街過巷，賀小涼緊緊跟隨在陸沉身後，生怕自己一個走錯，就會迷失其中。

最後陸沉停下腳步，讓賀小涼稍等片刻，賀小涼不敢動彈，站在原地。

陸沉一揮袖子，乾坤倒轉，一切恢復正常的秩序，歲月長河開始順流而下。

陸沉帶著她來到一個攤子附近，賀小涼不知道這位掌教師父為何要帶自己來此，難道那個攤子有古怪？她凝神望去，見一個貌似質樸憨厚的中年男人正在兜售糖葫蘆，一個黝黑消瘦的孩子緩緩而來，悄悄望向生意忙碌的攤子，咽了咽口水，等到生意冷清一些，就默默走開。

陸沉打了個響指，白晝夜幕轉瞬即逝。攤販日復一日做著尋常生意，那個孩子或者上山採藥歸來，或者去溪邊抓魚回來，或者幫著街坊鄰居提水路過，一次次經過攤子。

終於有一天，本該去上山採藥換錢的孩子，哪怕已經背著籮筐走到了泥瓶巷口子上，可是一想到之前那趟運氣好，摘到了幾味值錢的草藥，家裡的小米缸破天荒裝滿了大半，至少之後一旬時光都不用擔心餓著，於是孩子便抬頭看了眼陰沉沉的天色，似乎在告訴自己天要下大雨，就算去了山上，也多半會半路返回。

孩子跑回祖宅院子，將籮筐一放，從牆根一只小陶罐裡摸出幾枚銅錢，然後飛快奔向那個攤子。當孩子距離攤子越來越近時，腳步卻越來越沉重，跑得越來越慢，以至於離著還挺遠的地方，孩子就停下站在原地，一臉天人交戰的滑稽模樣，死死攥緊拳頭，握著那多餘出來的幾枚銅錢。最後孩子走近幾步，蹲下身，就那麼抬頭癡癡看著那些鮮紅鮮紅的糖葫蘆。

陸沉和賀小涼就站在那個孩子身邊，陸沉笑問道：「如果設身處地，妳覺得孩子在想什麼，才算人之常情？」

賀小涼毫不猶豫道：「想著若是能夠吃了糖葫蘆，而不用花錢就好了。」

陸沉笑著點頭：「拭目以待。」

之後，攤販做完了生意，在休息的時候，似乎無意間看見了那個一次次路過自己攤子卻從來不買糖葫蘆的孩子，想了想，坐在凳子上沒有作聲。

彷彿是起了惻隱之心，漢子站起身，對那個孩子招手笑道：「來來，我這就要收攤子回去了，還剩下些糖葫蘆賣不出去，你想吃的話，我可以送你一串，不要錢！」漢子笑得極為憨厚本分，跟莊稼漢無異，拔出一串糖葫蘆，對著那個孩子晃了晃，「拿去吧。」

可是孩子趕緊站起身，笑著搖頭，就那麼跑開了。

賀小涼有些疑惑。如果這就是小時候的陳平安，作出這樣的選擇，她其實並不奇怪。

陸沉伸手指向那個賣糖葫蘆的漢子：「此人是中土神洲一位在世俗當中名聲不顯的陰陽家，事實上，他以一己之力就能夠抗衡整個陰陽家陸氏，是相當了不起的一個怪人，就連大師兄都無法完全猜到此人的想法。」

賀小涼越發疑惑，陸沉笑道：「這些都不是關鍵，接下來才是。」

陸沉伸出手掌，由上往下緩緩一抹，賀小涼身邊出現了一個小「陳平安」。這個孩子跑過去收下了那串不要錢的糖葫蘆，蹦蹦跳跳返回泥瓶巷，很開心。吃過了糖葫蘆，孩子便嘴饞上癮了，隔了幾天又去了攤子，又拿到一串不花錢的糖葫蘆。這個剛剛習慣了吃苦的貧苦孩子惰心漸起，時不時就會想起那些糖葫蘆，上山採藥便比往常少了……如此日復一日，年復一年，少年並未變成什麼壞人，但是在賀小涼眼中，的的確確已經不再是那個在青牛背初次相逢的草鞋少年。

在這之後，重回原地，陸沉又是手掌一抹，小平安再次出現，這一次他沒有選擇白收糖葫蘆，而是選擇花錢購買。在那之後，孩子越發願意吃苦，拚了命掙錢，但是吃膩了糖葫蘆，有一次又喜歡上了糕點。等孩子一年年成長為少年，在賀小涼眼中，好像這個陳平安也不太對勁。

隨著陸沉一次次抬起手掌，賀小涼看過了一個個陳平安，一種種出現微妙偏差的人生境遇。到最後，賀小涼陷入沉思。

陸沉笑了笑：「回去了。」一前一後，走向學塾。

此時此景，其實很像當初齊靜春帶著陳平安去往老槐樹討要一張槐葉的情景。

陸沉雙手負後走在前方，問道：「想明白什麼了嗎？」

賀小涼輕聲回答道：「唯有守心，方是一人。」

陸沉「嗯」了一聲，不再說話。

賀小涼問道：「難道弟子想岔了，還是看得不夠高、不夠遠？」

陸沉突然轉頭笑道：「沒有沒有，想得挺好，唯一美中不足的就是妳這個弟子總不能燈下黑，瞧不出自家師父的道法通天啊。」

在陸沉帶賀小涼看遍人生百態的時候，在某一截光陰長河的河段之間，有一位雙鬢微霜的儒士，在蒙童下課後，坐在屋內獨自打譜。

不再模糊，在陸沉和賀小涼的「當下」，或者說驪珠洞天的「當年」，齊靜春彎腰拈起一枚棋子，微笑道：「不過爾爾。」

當陳平安走下高樓，返回座位的時候，竟然已經錯過了兩場大戰。隔壁椅子上的道士張山見到了陳平安，連忙起身拱手道謝，陳平安只得抱拳還禮，接過了玉牌。

這場公開的死敵之戰，為公平起見，戰場沒有設置在風雷園或者正陽山，而是在風雪廟六脈之一的神仙臺。風雪廟作為兵家聖地，相較於真武山，交友更加廣泛，加上行事低調，所以與風雷園、正陽山兩家關係都不錯，不會偏袒任何一方。

至於風雪廟為何選擇神仙臺，一來是神仙臺位於高峰之巔，視野開闊，風景宜人，僅就觀感而言，是風雪廟仙氣最盛的一處風水寶地。二來神仙臺弟子稀少，香火凋零，幾乎只靠魏晉一人支撐，而魏晉因為恩師的關係，又對宗門並不親近，想必風雪廟也有借此機會，希冀著為神仙臺增加香火之意。

陳平安從秋實嘴裡得知風雷園連輸兩場大戰後，大吃一驚。

其實第二場祖師大戰算是同歸於盡，但因為正陽山老祖更晚咽下最後一口氣，風雪廟按照規矩判定正陽山獲勝。

占地廣袤的神仙臺上並沒有出現人頭攢動的景象，數量稀少的建築密集簇擁在東北角，只有身分地位和修為實力兼備的東寶瓶洲錬氣士才有資格登樓觀戰，其餘修士只能在風雪廟別處山峰遠觀。

偌大一座神仙臺，彷彿只留給交戰雙方。

經過交談，陳平安才發現道士張山在這之前甚至從未聽說過正陽山和風雷園。這並不奇怪，北俱蘆洲錬氣士向來自視甚高，一直看不起九洲之中最小的東寶瓶洲，可能也只有山崖書院、觀湖書院這幾個地方及崔瀺、宋長鏡和魏晉這幾個人名入得了他們的法眼。再者，以道士張山的修為和眼界，又不在一個大洲，熟稔東寶瓶洲的風土人情才是怪事。

風雷園和正陽山的世仇源於風雷園的園子最深處。那座試劍場上有一具正陽山女祖師的屍體，戰死後被曝曬至今。風雷園當初非但不願歸還屍體，讓正陽山弟子幫著入土為安，甚至連那把刺入頭顱的風雷園制式長劍都不曾拔出來，就那麼任由門內弟子和入園客人觀看，至今已有三百年。

何謂奇恥大辱？這就是！

正陽山作為一洲劍道頂點，劍氣凌霄，最近三百年更是蒸蒸日上，僅就最年輕三代子弟的優秀程度而言，其實已經勝過風雷園。正陽山在那之後，幾乎每一甲子就會有人前往風雷園挑戰，試圖「請」回祖師屍骨，讓她死而瞑目。當時斬殺正陽山女劍修的風雷園園主在那之後又活了三百年，哪怕正陽山三百年間天才輩出，在他面前仍是無法取勝。

他對於後來的挑戰之人倒是沒有像之前那般出手狠辣，但也算不得仁慈，或斷長生橋或毀本命劍。對於正陽山劍修來說，可能還不如壯烈戰死來得痛快，這就是東寶瓶洲「風雷園以一人壓一山」典故的由來。

如今風雷園的園主總算死了，就在新年春。傳聞是悄悄兵解轉世，又恰逢約定俗成的甲子之戰，雖然風雷園已經嚴防死守，希望這個祕密不要外泄，但是正陽山不知從何處得知，一山數峰俱是震動，群情激奮，有人拖家帶口上墳燒香敬酒，有苟延殘喘的腐朽老人酩酊大醉，年輕劍修更是戰意昂然，三百年屈辱憤懣，終於有機會一吐而空了。

事實上，兩場大戰之後，正陽山的的確確贏了，而且贏得很漂亮，面子、裡子都掙了個盆滿鉢盈，以至於最後那場最年輕一輩的勝負局，打與不打，都成了多餘。

秋實有些擔心，覺得最後一場多半是打不成了，那個叫風雷園的門派若是連輸三場，名聲就算澈底毀了。若是現在止步，還能撈一個願賭服輸的安慰。

陳平安想起那個一同入山尋找楷樹的劍修劉灞橋，突然說道：「第三場，風雷園一定會打。」

劉灞橋對陳平安來說，不是朋友也不是敵人，他只是單純覺得，能夠教出劉灞橋的宗門，不會就這麼退縮。

果不其然，三方在一番祕密交涉之後，面若稚童、身材矮小的風雪廟宗主帶著一男一女走到神仙臺中央，宣布第三場大戰即將開始。

正陽山出戰一方自是仙子蘇稼，風雷園出戰一方為園主關門弟子黃河，他身背一只巨大劍匣，不知是藏有大劍，還是擁有多把長劍。

幾乎所有人都在關注兩名年輕劍修的時候，陳平安卻在悄然運轉體內真氣凝神望去，尋找那些閣樓內的某個身影。雖然畫卷就那麼長，但是此事之所以風靡天下，就在於鍊氣士和純粹武夫的眼力都遠遠超乎常人。世人見芥子即是芥子，道祖卻像是看到了一座天下；凡俗看一花一葉即是花葉，佛祖卻可以看到一個小千世界。

陳平安的眼神一下子晦暗起來，抓了幾片苦雀舌茶放入嘴中輕輕咀嚼。

一棟高樓的頂樓廊道上俱是正陽山的祖師爺，一個個氣宇不凡，劍氣彙聚，如江河入海，氣沖斗牛。偏右位置站著一名白衣魁梧老者，雙臂環胸，正在俯瞰神仙臺廣場，有個相貌精緻的女童騎在老人肩頭。

陳平安死死盯住那個白衣老人，片刻之後轉移視線。

另外一棟高樓是神仙臺留給風雷園的觀景點。比起正陽山中五境劍修的傾巢出動，風雷園這趟隨行之人屈指可數，而且多是容貌年輕的晚輩，例如吊兒郎當坐在欄杆上的劉灞橋——風雷園兩戰皆輸後，他的神色有些凝重。

張山看得神情專注，喃喃道：「開始了。」

秋實笑道：「先前兩場比劍都是奔著打死對手去的，這一場架不用分勝負，而且無關大局，我估計會打得你來我往，不會再像先前那麼血腥了。」

陳平安不作點評，他的心思主要還是放在那頭正陽山搬山猿身上。

陳平安默默記住正陽山所在閣樓的一張張容顏，知己知彼，才能有的放矢。比起將來的旁敲側擊和道聽塗說，現在眼中所見的這幅畫面最為直觀真實，將來這些人，說不定就會是攔阻自己登山說理的潛在對手。當然，距離那一天還很遙遠，當下陳平安才是三境武夫，再強的三境，也僅僅是三境。

頭戴貂帽的儒衫老人嘖嘖道：「這個名叫蘇稼的女娃娃有點懸嘍。」

最右邊的年輕劍修習慣性輕輕拍打劍鞘：「她輸了。可惜了那只養劍葫，遇人不淑，恐怕北俱蘆洲都找不出第三只。」

一語成讖。

三招而已，蘇稼出了佩劍，出了養劍葫裡的本命飛劍，仍是被黃河打得倒地不起。原來黃河背後大匣內裝滿了小劍，跟背著一個馬蜂窩差不多，並非什麼本命飛劍，只是擅長分心駕馭飛劍，打得蘇稼根本就無從反擊：一次被飛劍洞穿持劍之手的胳膊，一次被切斷腰間懸掛養劍葫的紅繩，最後一次被兩把飛劍釘入左、右手腕，倒在血泊中，已經昏厥了過去。

東寶瓶洲真正讓人服眾的仙子不多，賀小涼是當之無愧的第一人，之後就是蘇稼，甚至有人戲言，在蘇稼成名後，正陽山每十年收取的弟子數目比起先前多了三成之多。

黃河站在蘇稼身旁，抬起一隻腳，踩在那只品相絕佳的養劍葫之上，腳底板輕輕踩動。這位風雷園年輕劍修的嘴角扯起一個弧度，環顧四周，最後轉頭望向正陽山祖師爺並排而立的那棟高樓。從他眉心處掠出一柄漆黑如墨的本命飛劍，嗡嗡作響，當這把飛劍顫鳴之後，整個神仙臺周邊的雲海山風，從雲淡風輕變得無比紊亂。

公然示威挑釁之後，黃河收回本命飛劍，往那座高樓朗聲道：「六十年後，我黃河會登頂正陽山試劍，再摘走一顆頭顱放於風雷園。」

一位白髮蒼蒼的正陽山祖師鬚髮俱張，怒目相向，忍不住就要下去捶死這個口出狂言的小王八蛋。

風雷園劍修所在的高樓頂層突然大門打開，走出一個容貌俊美的黑衣劍修，笑望向那個蠢蠢欲動的正陽山祖師：「周鶴，倚老賣老很不好，不然我來陪你玩玩？」

在這個劍修走出大門後，不單單是白髮祖師爺，正陽山那棟高樓上下皆為之愕然，震撼之餘，還夾雜有一絲不願承認的絕望。

此人正是風雷園園主李摶景，驚才絕豔，四十歲的時候就躋身十境，但是之後漫長的數百年歲月當中，一直不曾破境，匪夷所思。哪怕沒有躋身上五境，李摶景仍是公認的東寶瓶洲最強的十境劍修，沒有之一！魏晉在破境躋身十一境陸地劍仙之前，一樣自認無法匹敵此人。不過不是說李摶景兵解身亡了嗎？

李摶景不再理睬那些驚疑不定的正陽山老祖，抬起頭，像是在微笑望著所有觀看此戰的幕後之人。

他一手負後，一手雙指併攏，輕輕一旋，一縷清風縈繞指間。

手腕一抖，李摶景微笑著說出一個字：「斬。」

那一縷清風離開李摶景，瞬間化作一道氣勢磅礴的巨大劍氣，在神仙臺上空旋轉一圈，當場斬斷了神仙臺與外界的聯繫。

畫卷中人目瞪口呆，畫卷外之人亦面面相覷。

畫卷內，神仙臺，高樓上，李摶景既沒有找誰的麻煩，也沒有撂下狠話，就那麼站著怔怔出神，眺望遠方恢復舒卷姿態的雲海。

風雪廟如釋重負。畢竟，李摶景作為最強十境劍修，殺力之大，有目共睹。

當一名鍊氣士被譽為某個「最」時，尤其是在一洲範圍內，必然是十分可怕的存在。比如最年輕的九境純粹武夫——大驪藩王宋長鏡，在京城圍剿一戰當中已經展露出傳說中十境武夫的實力。又比如打破李摶景的紀錄，成為最年輕十境劍修的魏晉，如今已是上五境神仙，高高在上。

黃河緩緩返回高樓，正陽山那邊則開始讓人趕緊營救蘇稼。

李摶景雙手負後，面帶笑意。哪怕我只剩下最後一口氣，也要掐住你們正陽山的脖子。哪怕妳的屍骨隨後會被徒子徒孫們帶離風雷園，可以後仍是半點痛快不得。

妳看看，三百年前，妳負我一人真心，我便教你們整個正陽山整整三百年抬不起頭來。妳害得那些個僥倖成為劍仙的山門晚輩都沒有臉皮召開慶典，只能躲在山頂雲海裡唉聲嘆氣。哪怕我如今要死了，又如何？這下子，妳滿意了吧？

李摶景收回思緒，轉身下樓，手掌輕輕拍遍欄杆，來到一名年輕人身旁，笑道：「灟橋，眼睜睜看著心愛女子受辱，又因為是敵對陣營無法出手相救，是不是很難受？」

嘴唇顫抖的劉灟橋猛然回神，就要跳下欄杆，卻被李摶景伸手攔下：「坐著便是。」

劉灟橋愧疚道：「園主……」

李摶景微笑道：「沒事沒事，喜歡上一個最不該喜歡的女子而已，不算什麼，天塌不下來，更不用為此愧疚。」

劉灟橋不知如何作答，既不願說違心欺人的言語，又覺得愧對宗門愧對園主。

李摶景問道：「蘇稼從此沉淪，估計養劍葫都要被正陽山收走。劍心一毀，這個本來讓你們這些娃兒自慚形穢的仙子整個人的精神氣就垮掉了，以後可就不是什麼仙子嘍，說不定連正陽山的記名女修都不如。灞橋，我只想知道，你還會喜歡她嗎？」

劉灞橋嗚咽道：「這輩子都喜歡。園主，我是不是很沒有出息？」

李摶景感慨道：「傻小子，很好啊。那就一直喜歡下去吧，但是別耽誤了練劍啊。要知道，你一直是我很看好的人，不比黃河差。以前不跟你說這些，是說了沒用。之所以現在可以講了，也是因為以後沒有機會了。」

劉灞橋轉過頭：「園主？」

李摶景突然問道：「好好練劍，以後爭取將我的屍骨與那具屍骨葬在一起。灞橋，若是風水輪流轉，正陽山那個時候如日中天，壓得咱們風雷園一個個夾著尾巴做人，你應該如何做？」

劉灞橋再沒有臉皮和膽子坐在欄杆上，起身肅容道：「劍修當然以劍說道理。」

李摶景打趣道：「喲，像極了年輕時候的我。」隨後他眺望遠方，「記住，男女之間，這套行不通。以後可莫要覺得自己劍術高便事事如此，與心愛女子說話，還是要……要溫柔啊，還是需要說一些情話的。」

李摶景轉過頭，望向從樓梯口緩緩走來的黃河，灑然笑道：「我死之後，風雷園就交由你們兩個去扛起大梁了。」

黃河臉色冷漠：「師父，我一人足矣。」

劉灞橋嬉皮笑臉道：「這敢情好，能者多勞，不用我挑擔子。」

李摶景開懷大笑，伸手指向黃河：「劍修之殺力無窮，名動天下，歸你。」然後手指轉向劉灞橋：「劍修之瀟灑絕倫，醇酒美人，歸你。」

李摶景最後悠然自得道：「總之，都歸我們風雷園。」

去往南澗國的鯤船之上，婦人身邊的魁梧男子譏諷道：「除了最後出場的那個黑衣劍修還算有點真本事，其餘兩場大戰打得一般，若是放在咱們北俱蘆洲，哪裡有臉皮擺出這麼大的陣仗。」

婦人點頭笑道：「那只養劍葫是真不錯，不知有沒有機會買下來。」

拱手肅立的老嬤嬤微笑道：「夫人只需報上門號，想必不難拿下。」

最左邊座位上，那個頭戴貂帽的儒衫老人實在受不了隔壁從第一場大戰起就開始的聒噪以及沒個盡頭的指點江山，歪了歪腦袋，朝地上狠狠吐了一口濃痰：「三人劍術是比不得咱們北俱蘆洲的劍仙，可三場大戰打得意氣十足，酣暢淋漓，還要咋樣？」

魁梧男子厲色道：「老傢伙找死？」

老人冷笑道：「找死又如何？不如訂個生死狀，看完了風雷園和正陽山的熱鬧，咱們也讓別人看個熱鬧？」

婦人身邊那個文雅男子當起了搗糨糊的和事佬：「有話好說，好好說……出門在外，大家又都是北俱蘆洲人氏，何必傷了和氣……」

最右邊的年輕劍修轉過頭，不耐煩道：「要打就趕緊打，少在那裡磨嘴皮子，別髒了我們的耳朵！」

那個先前與魏檗打過交道的船主笑著走過去，從儒衫老人起，每看到一人，便抱拳喊出一個稱呼：「劍甕先生、青骨夫人、斛律公子，能否賣我一個面子，今天就這麼算了？」

三方大可以不賣船主的面子，甚至不賣打醮山一點薄面，但是當船主報出簡簡單單的三個名號後，事情就簡單了。

綽號劍甕的儒衫老人是北俱蘆洲南方一個極其有名的怪誕劍修，境界不算太高，只是金丹境，無門無派，但是擅長養劍於古甕中，而且經常無償幫助中五境劍修溫養飛劍，故而交友遍天下。

青骨夫人不是劍修，卻有一個十境劍修的乾爹，護犢子至極，而且擁有一把極其不講道理的神兵利器，加上婦人本身亦是七境武道宗師，精通近身廝殺，凶名赫赫。

至於年輕劍修的姓氏，在北俱蘆洲更是鼎鼎大名，獨此一家，別無分店。家族內有一位玉璞境的陸地劍仙老祖宗，正是先前帶隊前往倒懸山的劍仙之一，性格耿直，與一洲道主謝實是相交莫逆的好友。斛律當代家主是北俱蘆洲東部一個最大王朝的大都督，由於先天不適合修行，是一個手無縛雞之力的文弱書生，卻手握三十萬雄兵，麾下收攏了近千餘劍修，有「千劍文帥」的美譽。

打醮山倒是談不上害怕三方，不是說實力足夠跟斛律家族相比，而是天高地遠，鞭長莫及。至於喜歡豢養面首的青骨夫人和一介散修劍甕先生，打醮山當然就更不怕了。畢竟來者是客，哪裡有做生意做成仇家的道理。

劍甕先生「哎喲」一聲，身體前傾，探出身子，扭頭望向斛律公子，大聲問道：「姓斛律的小子，斛律銀子是你什麼人？」

斛律公子沒好氣道：「是我小叔，閉關很多年了。你認識？」

劍甕先生一巴掌拍在腿上：「哈哈，斛律銀子年輕的時候是賊沒勁一木頭疙瘩，頭回上青樓還是老子帶著他去的！那之後，嘖嘖嘖，三天兩頭跟在老子屁股後頭！」

斛律公子漲紅了臉，趕緊小心翼翼瞥了眼身旁的女劍修，見她並無異樣，才略微鬆一口氣，對那個糟老頭義正詞嚴道：「我小叔不是那種人！」

劍甕先生翻了個白眼：「老子跟你小叔那是相當瓷實的交情，你個雛兒懂個屁！」

斛律公子如遭雷擊，女劍修終於忍無可忍，怒喝道：「閉嘴！」

劍甕先生嬉笑道：「哇，好凶的小婆娘。得嘞，你小子有苦頭吃嘍。」

斛律公子心知要糟，只是根本來不及出聲提醒。

女劍修已經面若寒霜：「出言不遜，口無遮攔，就打碎你的狗牙！」話畢，那柄原本用以綰住青絲的飛劍劍尾就綻放出一絲雪亮白芒，在空中拉出一條極長的刺眼白線。

世間飛劍本就以迅猛疾速、難以防禦著稱於世，但是這名女劍修的小劍更是快到了匪夷所思的境界。

「哎喲媽呀，疼死老子了！」劍甕先生摀住嘴巴，鮮血直流，言語含糊不清。

原來飛劍刺破嘴皮，直接打碎了他的一顆門牙。

劍甕先生不怒反笑，痛快至極，雙手拍腿，噴著一嘴的鮮血唾沫，使勁嚷嚷道：「好一柄『電掣』，不愧是我北俱蘆洲最快的飛劍之一，名不虛傳，名不虛傳哪！」

便是青骨夫人都有些悚然。又是一位不世出劍仙老祖的後代，而且比起勢力龐大的斛律家族，那柄「電掣」的上任主人屬於勢單力不薄一類，戰力極其強橫無匹，曾經獨自仗劍行走於藏龍臥虎的中土神洲，還有一把佩劍名為「虎兕」。

雖然陳平安不知道那些北俱蘆洲山頂處的機密內幕，何況他們都用北俱蘆洲雅言對話，陳平安根本聽不懂，但這是一場風雨欲來的神仙打架，毋庸置疑，所以他老老實實坐在原地，做好了見機不妙就隨時跑路的準備。

女劍修在飛劍歸鞘之後，對打醮山船主歉意一笑，後者心中大定。有她幫著一錘定音，事情反而不會複雜，只會早早落幕。

果不其然，三方各自安靜下去，沒了先前劍拔弩張的緊張氛圍。

這一刻，在看過了花鳥條幅之中的劍修之戰，又看過了近在咫尺的神仙過招後，陳平安在內心告訴自己：『陳平安，別光顧著喝酒，練拳再勤勉一些才行啊，早點練劍。』他下意識轉頭望向鯤船之外的天空，御劍飛行，穿雲過雨，與飛鳥為伴，這讓他十分憧憬。

打醮山好似用上了類似拓碑的手法，將花鳥長卷上的場景全部給保存了下來，一層層撕下薄紗似的白紙，總計十次，然後開始公開售賣。船主點名春水、秋實這對姐妹上去露臉，幫著打醮山喊價。

十次拓印，越往後靈氣越稀薄，場景畫面也更加模糊，最後一張更是只能觀看一次而已，價格當然墊底，只需要三十枚雪花錢。

製造錢幣的古玉名為雪花玉，是北方皚皚洲的特產玉礦，主要分布在兩座洞天福地。將這種山上盛行的「銅錢」放在太陽底下，能夠映照出其中晶瑩，如雪花飄蕩。它又名小雪錢，正面篆刻有「豐年吉兆」四字，背面篆刻有「小雪封地」四字。

因為雪花玉產量巨大，靈氣含量又相當不俗，在漫長的歲月當中，雪花錢便逐漸成了九洲共用的山上貨幣，流通廣泛，是底層和半山腰鍊氣士出門必備之物。雪花錢必然可以兌換金銀，金銀卻未必能夠折算成雪花錢。道理很簡單，山下的達官顯貴及各方割據勢力供奉山上神仙，不可能送一馬車、一馬車的銀子，既不方便也太扎眼，若是上供一盒子雪花錢就很講究，若是裝錢的盒子是一些靈秀木材，那就更文雅了。

陳平安咬咬牙，買下了最後一幅白紙畫卷。

人生無常，聚散不定。風雷園和正陽山的大戰落幕後，陳平安與張山道別，與春水、秋實返回天字號乙房，朝夕相處。

當這艘鯤船緩緩落在南澗國境內的渡口上空時，就變成了陳平安與張山湊巧重逢，一起選擇在此地下船，與春水、秋實那對婢女揮手告別，從此天各一方。

南澗國的渡口建造在與古榆國接壤的兩國邊境那一片大湖之上，比起大驪龍泉剛剛開闢出來的梧桐山，這個渡口要大很多，能夠同時停泊五艘打醮山鯤船。

船頭欄杆那邊，秋實冷哼道：「姐，妳看那個傢伙，下了船一點也沒有離別傷感，說不定正想著山下的花花世界呢。」

春水無奈道：「陳公子就連杏花坊都沒有興趣，怎麼會對青樓勾欄有想法？妳又不是不知道，多少見慣世面的將相公卿、豪閥公子，到了鯤船之上，在杏花坊一樣流連忘返，醜態畢露。唉，山下的男人，若是都像陳公子這樣就好了。」

秋實有些不服氣：「那是陳平安年紀還小，以後也會變成那種壞東西，說不定下次再登船，陳平安就要對咱們動手動腳了。」

春水瞇起眼眸，瞥了眼妹妹腰間的繡袋：「妳真這麼覺得？」

秋實猛然間轉過頭，假裝對湖上一幕場景視而不見。春水望去，才發現陳平安正在對她們姐妹抱拳告別，很有江湖氣，不愧是一個勤懇練拳的純粹武夫。

春水趕緊抬起手臂揮揮手，等到陳平安轉身離去，秋實才轉過頭來，一副氣鼓鼓的俏皮模樣。

春水打趣道：「妳這是何苦來哉，跟人家離那麼遠，客客氣氣道個別，又不會少幾兩肉。」

秋實斜瞥了一眼姐姐，忍住笑意道：「姐，妳少了幾兩肉是不怕，反正底子厚，我可不行。」

姐妹二人打鬧起來。年少時，總以為離別是下一次重逢的開始。

陳平安和張山一經攀談，才知道雙方都要南下。陳平安是因為一個莫名其妙的理由，而張山則因為實在是坐不起這艘渡船，如果再不下船，估計就要給艄船打雜才能混口飯吃了。兩人脾氣相投，就約好一起南下，至於何時分道而行，暫時不去理會。

張山從包袱裡拿出一只銅鈴繫掛在桃木劍尾端，跟陳平安解釋道：「這是聽妖鈴，在道門之內最是盛行，類似鍊氣士人手一幅的白澤圖。小道這串鈴鐺品相最低，只能算是入門的降妖器物，灌注靈氣之後，在數個時辰內只能感知到高出小道一個境界的山澤妖怪。小道如今才三境，這意味著若是有第五境的大妖，小道便無法察覺到。」

陳平安欲言又止。哪有跟人見面沒多久，就自己報上修為深淺的？

再就是「第五境的大妖」也讓陳平安有些吃不准，難道自己和這個龍虎山外山弟子混的不是一個天下、一個江湖？自家那兩個小傢伙可都是中五境的鍊氣士，青衣小童還不是每天嚷嚷著爭取不被人一拳打死？

陳平安雖然一肚子疑惑，可是對張山的觀感又好了幾分。

張山沒有注意到陳平安的疑惑，還在那裡絮叨：「不過陳公子放心便是，咱們山上有個說法，任何一座門風正派的宗字頭仙家，轄境千里之內絕無大妖作祟。道理很簡單，大妖們沒那膽子為禍人間，一旦被中五境的仙師知曉，說不定當天就要授首，對吧？」

陳平安笑著點頭說是。

讀書人入山訪仙一直是歷代文人筆箚裡的重頭戲，神仙喬裝打扮遊戲人間亦是。

山上、山下，兩者之間，藕斷絲連。

陳平安也是登船之後才知道包括東寶瓶洲在內的三洲版圖內，像龍泉這樣的地方少之又少，許多老百姓終其一生勞勞碌碌，都不曾看到過一次所謂的山上神仙。

張山是個地地道道的熱心腸，閒聊之後，聽說陳平安出門在外，竟然連一卷白澤圖都沒有攜帶，便死活要將自己的那卷白澤圖送給陳平安，說這幅卷軸不過花了兩、三文雪花錢，而且與那聽妖鈴如出一轍，是最入門的廉價物件，出自一家私人作坊，粗糙不堪，刊印馬虎，便是送禮都覺寒磣，既然陳平安是以備不時之需，那就剛好拿去先用著，反正他早已爛熟於心。

這大概就是所謂的善財童子遇上散財童子？陳平安不敢白收，就手入袖中駕馭方寸物十五，取出兩文雪花錢交給張山。後者猶豫了一下，便只收了一文，還說這麼老舊的物件，一文錢都賣貴了。

入山一事，張山恐怕再跋山涉水十年都未必比得過泥腿子陳平安，所以陳平安走得很是閒庭信步，張山雖然不至於氣喘吁吁，卻絕不輕鬆。

陳平安沒有像在鯤船上那般謹小慎微，時時刻刻都刻意加重行走之時的腳步動靜。一來陳平安在竹樓練拳之後明白了一個道理，心弦需要鬆弛有度；二來行駛於雲海的鯤船和鯤船下邊的國土山河有著天壤之別，他不需要太過小心，便是尋常的三境武夫單槍匹馬遊歷行走於一國疆域都不會有太大威脅。最後，也是最重要的原因：陳平安對張山很放心。這種一見如故的感覺，陳平安極為信賴，就像之前看到站在學塾外的齊先生以及站在家門口的李希聖，陳平安相信自己的直覺。

就這樣過去了兩旬時光，一路上順風順水，並無波折，陳平安和張山的關係也越發親近。陳平安會毫不掩飾地修行六步走樁，停步休憩的間隙就會練習劍爐，而張山修行的竟然是五雷之法，因為林守一和玄谷子的緣故，陳平安對此並不陌生。

張山經常擺出各種奇怪姿勢，比如金雞獨立，以手握拳重擊腹部某處氣府，發出極有規律的呼嘯之聲，或是手肘彎曲、手指抵住脖頸經脈，另一隻手的雙指併攏作劍，閉緊嘴巴，腹如雷鳴，發出悶悶的噫吁聲調。

這是陳平安第一次遇到對待修行孜孜不倦，比起自己練拳絲毫不差的人物。這恐怕也是兩人能夠一直結伴南下的關鍵所在，都吃得了苦，還能夠樂在其中。

偶爾，夜幕降臨，兩人尋找到一處遮風擋雨的住處，或古廟或山洞，燃起篝火，張山會跟陳平安說起北俱蘆洲劍修與道士的不同待遇：同樣是一件法寶靈器，劍修出手購買，十文雪花錢就能買走；道士去買，可能就要出雙倍價格。性情溫和的張山說到這裡，破天荒地露出了憤憤不平的神色，說以後若是可以，他一定要改改這些規矩。

張山之前確定陳平安是練武之人後，其實百思不得其解。若說鍊氣修仙是天底下最大的銷金窟，那麼習武就是當之無愧的第二，一樣是要吃掉金銀無數。他張山自打下山之後就沒過上一天舒服日子，偶有所得，都在百般權衡之後，換成了一張張能夠傍身保命的符籙或一、兩件最適合降妖除魔的法器。就好比最簡單的一張神行符，能夠幫助他在遭遇大妖的險峻時刻快速脫離戰場，去往幾里地外，就要耗費他三十文雪花錢。一文雪花錢至少價值百兩紋銀，這意味著張山在市井百姓人家要靠著自己本事掙來至少三千兩銀子才能買到一張神行符。

可是張山只有三境修為，在北俱蘆洲降的都是頑劣精怪，除的更是未開靈智的荒塚鬼物罷了，賺錢勾當殊為不易，有些時候遇上個實力強悍的二境妖魅，說不定還要倒貼一些家底進去。真正賺錢的大頭還是水陸道場和紅白喜事，尤其是一些個需要大量道士充數的醮會，來錢最快、最容易，只可惜這類好事可遇不可求。張山聽聞東寶瓶洲崇尚道教之後，便想著跨洲南下，來這邊看看能否得些機緣，結果登船沒多久就差點餓死，這讓他心裡對此次東寶瓶洲之行充滿了陰霾。

古榆國疆域不大，兩人很快過了邊境線，來到彩衣國境內。夜間趕路，突逢暴雨，奇怪的是，兩人進入一條人跡罕至的山脈後，走了十幾里山路，四周都沒有一處適宜躲雨的地方，怪石嶙峋，多裸露石崖，而且山上偶有大樹也多枯死，一些難得帶有綠意的樹木也遠遠稱不上枝繁葉茂，所以黃豆大小的雨點砸在兩人身上，連綿不絕。

陳平安在落魄山竹樓內被錘鍊得堪稱變態，當然面不改色、心不跳，可是張山躋身三境沒多久，鍊氣士的體魄堅韌程度本就天生不如同境的純粹武夫，而且他的三境底子打得一般，所以此刻臉色慘白，嘴唇鐵青。

陳平安知道再熬下去，張山就算撐過今晚雨夜，明天恐怕也會一病不起，便停下腳步拍了拍張山的肩膀，讓他在原地不動，盡量保持平穩呼吸，自己去找找出路，不管有無結果，一炷香之內肯定會回來找他。

張山愣了愣，被滂沱大雨砸得有些暈乎的年輕道人嘴唇微動，嗓音細若蚊蚋，饒是陳平安都沒有聽清楚他在說什麼。眼見著張山身體越發孱弱，不能繼續這麼給大雨砸下去，陳平安不再猶豫，朝他露出一個笑臉，轉身快步前行。

張山盤腿而坐，開始竭力抵抗刺骨寒意。

鍊氣士的下五境被稱為登山五境，牽引人體之外的天地元氣來澆築、砥礪人體的皮肉筋骨血。第一、二境為銅皮境和草根境，能夠讓鍊氣士肌膚堅韌，血氣旺盛。照理來說，一場暴雨而已，哪怕再大，躋身第三境柳筋境的張山已經能夠引氣淬煉筋骨，但是這個背負桃木劍的龍虎山外家弟子走的是道教符籙派的路數，更重外物，例如神行符、桃木劍等等，肉身錘鍊的成效並不出色。再者，這場春雨太過急驟且「陰沉」，使得張山在不知不覺之間，體內真氣消耗極快。

張山臉色雪白，視線模糊，心中糾結要不要摘下行囊，從瓷瓶裡掏出一顆補氣的丹藥。但是一顆名為「回陽」的丹藥，品相再差，也要實打實的一文雪花錢，他哪裡捨得，便咬牙苦苦堅持，希冀著那個少年武夫能夠早去早回，並且成功尋見一處躲雨之地。

到了山上，某些時候就要受得山上苦。這一點，龍泉小鎮的妖物就是例子，市井百姓渾然不覺，阮邛的鑄劍聲勢卻會讓它們欲仙欲死。

陳平安快速走出半里地，不再隱藏三境修為，急速前衝，看到前方有一棵僅剩枯枝的大樹，助跑幾步，踩著樹幹向上蹬，抓住一根腐朽枝椏，輕輕一拽，身形飄起。枝椏崩折墜地，陳平安卻已經站在了大樹高處，伸手遮在額頭上舉目眺望，不見燈火，盡頭處卻有一座不高的小山頭。

陳平安輕輕躍起，雙腳在樹幹上猛然一踹，借勢飛掠而去，身後大樹轟然倒地。落地後，陳平安伸手一掌拍在泥水四濺的地面上，整個人向前凌空翻滾，雙腳落地的同時，腳尖一點，貓腰前衝，靈活至極，很快來到那座小山頭。

登頂之後，視野開闊，但是仍然沒能瞧見哪怕一星半點的燈火，這讓陳平安感到有些麻煩。實在不行，就只能在回去的路上臨時劈砍樹木，搭建出一頂粗糙帳篷了，但是看那張山的神態氣色，哪怕躲在帳篷裡，若是燃不起篝火，多半還是會風寒侵體，著涼生病。

陳平安其實心底也有些納悶，這一大片低矮逶迤的山脈確實透著些古怪。他走過的山水也不算少了，還真沒有這麼給人枯萎敗壞之感的地方。若是陰氣森森的荒塚野墳之間如此荒涼也就罷了，可怎的這雨都下得比別處寒冷？

就在陳平安打算返身去尋找張山的時候，他突然發現眼力窮盡之處依稀出現了一點光亮在朝北方緩緩移動。光亮在雨幕中微微搖晃，如一葉扁舟在驚濤駭浪中起伏，隨時都會翻船熄滅。陳平安想了想，記住那點燈火的行進方向，迅速轉身，原路返回，找到了搖搖欲墜的張山，攙扶起他，告訴他前方有人同樣在趕夜路，看看能否會合，若是當地人氏，說不定會知道躲雨的地方。張山精神一振，陳平安二話不說背起他，飛奔前去。

那點燈火越來越亮堂，陳平安稍稍放緩速度，抬頭望去。

大雨之中，書生模樣的兩個年輕人背負書箱，一人撐大傘，一人持火把，雖然跟陳平安他們一樣落魄不堪，但是比起張山的慘澹，兩個儒衫讀書人面帶笑意地交談著什麼，似乎都不覺得風雨阻路有任何苦處，反而是一件值得開心的幸事。

兩人好像都沒有察覺到陳平安的悄悄靠近，這也讓陳平安稍稍放心。風雨夜裡的荒郊野嶺，事出反常必有妖，一旦遭遇不測，又不能丟開背上的道士，必然是一場苦戰。

陳平安在隔著一段距離處用東寶瓶洲雅言大聲喊話，兩個讀書人沒有聽到，繼續前行。陳平安又一次鬆了口氣──哪怕是錬氣士或是山野妖物，道行都不會高。當然，前提是對方沒有故意藏拙。

直到距離十數步外，兩個讀書人才發現陳平安。他們趕緊停步，對陳平安招手，一番交談後，看著張山的慘白臉色，其中一個讀書人指向一處，安慰道：「我生平喜好遊山玩水，經常獨自負笈遠行，記得此處人煙荒蕪，但是約莫三、四里外有一座宅院，極有可能是隱士所建，我與劉兄此行正是前往彼處，你們不妨與我們同行。」

另外一個撐傘的讀書人苦笑道：「我們原本在一里地外的山坡露宿，哪裡想到會下這麼大一場暴雨，如果不是楚兄曉得路途，真是叫天天不應，呼地地不靈。」

陳平安連忙道謝，兩個萍水相逢的讀書人，一個給張山撐傘，自己則被雨淋得瑟瑟發抖；另一個手中拿著的火把因為沒了雨傘的遮擋，被大雨澆熄，又實在捨不得丟棄，便捧在懷裡，只能靠著一次次電閃雷鳴的光照，憑藉記憶艱難前行。

還真被他們找到了一座宅院，像是州郡城裡的殷實門戶，雖有石獅坐鎮大門，但是一點都不大氣，而且不知為何，既無春聯懸掛，也無門神張貼。

總算還能有個簷下躲雨的喘息機會，收起雨傘的讀書人趕緊使勁敲門，顧不得禮數不禮數了。結果許久之後，大門才吱吱呀呀打開，剛好天空一道閃電劈亮夜幕，露出一張枯槁恐怖的蒼老臉龐，嚇得讀書人一個踉蹌，差點向後跌倒。

其實別說是膽氣不壯的讀書人，就連見多了山神水怪的陳平安都嚇了一跳，眾人只覺得宅院之內未必比外邊的風雨天地來得安生溫暖了。而對降妖除魔一事最為內行的道士張山，已經很不講義氣地昏睡了過去。

面無血色的老嫗身形佝僂，怔怔望著門外四人。

敲門的讀書人膽子很小，見著了陰森瘆人的老嫗竟是不敢直視，躲在同伴身後，只覺得上天無路、入地無門，苦哉苦哉。這個書生喜好閱讀百家典籍，經常能夠從那些閒情偶寄的讀書筆劄上翻到一些無奇不有的鬼魅精怪故事，大體上分兩種，一種脂粉旖旎，類似狐魅愛書生；再就是眼前這種，鬼氣森森，天黑時入住，乍看庭院深深，雕梁畫棟，僥倖活到天明時分離去，就會變作狐兔出沒的荒塚野墳。

風雨飄搖，天寒地凍，手捧火把的讀書人比起同伴更加大膽，顛了顛背後的大書箱，一邊搓手取暖，一邊苦笑道：「老嬸能否讓我們借住一宿？外邊的雨實在太大了，我們有朋友經不住凍，已經暈過去了，若是再無暖和的地兒，能否熬過今夜都難說。還望老嬸幫幫忙，救人一命，勝造七級浮屠。」

老嫗板著臉，說著拗口難懂的方言，好像是在質問什麼。

書生滿臉苦澀，只得用與老嫗一樣的方言解釋一番。

老嫗微微轉動那雙死魚眼，盯住陳平安，竟用東寶瓶洲雅言問道：「習武之人？」

陳平安點點頭。老嫗望向他背著的年輕道士，桃木劍的劍柄露了出來。

在昏睡之後，張山的呼吸反而比起清醒時分更加綿長沉穩，這大概就是鍊氣士的神奇之處，處處返璞歸真，出人意料。

老嫗發現那柄桃木劍後，眼睛瞇起：「你朋友是修道之人？」

陳平安繼續點頭。

老嫗最後望向那個畏畏縮縮的持傘年輕人：「讀書之人？」

腰間懸掛一枚羊脂玉佩的書生搖頭道：「尚無科舉功名，算不得讀書人。」

老嫗扯了扯嘴角，肩頭一晃一晃地讓出道路：「既然都是正經人家，那就請吧。記得進門之後在各自房間休息便是，不要隨便亂走，驚擾了我家主人，後果自負。房內有炭盆火爐，諸位一切自便，無須詢問。來者是客，我家主人還不至於為此斤斤計較。」

老嫗四處張望一番，然後迅速關上大門，沉重的大門在她手中彷彿輕若鴻毛。

這棟宅子真不小，應該有四進，四人被安排在第二進大院，並被告知不可以去往後邊的庭院。宅子的翹簷雕刻有瑞獸、花鳥和山水雲紋，窗花精美。院內地面用青、紅兩色石磚鋪就，主次道路分明，井然有序。抄手遊廊連接著正房廂房，以便在當下這種雨天能自由行走。

老嫗的身影沒入銜接二、三進院子的狹窄遊廊，周圍漆黑一片，驀然一個閃電，兩名書生尚未收回視線，剛好看到老嫗慘白的笑臉，嚇得兩人魂飛魄散，連忙去往相鄰廂房，不敢獨自入睡，只得暫時聚在一間屋子裡。

姓劉的書生放下油紙傘後，挑燈夜讀聖賢書，以此壯膽；姓楚的書生膽子稍大，放下了火把，開始搗鼓火盆，從書箱裡拿出油紙包裹嚴實的火摺子點燃炭火，屋內很快就暖和起來。

他環顧四周，伸手按了按床鋪，被褥泛著淡淡的潮濕霉味。這也在所難免，彩衣國在今年入春之後便陰雨綿綿，幾乎沒有什麼大太陽，倒是不好在這種事情上苛責主人，何況有個歇腳的地方，已是不幸中的萬幸。

楚書生頭束青色方巾，身材修長，相貌堂堂，眉宇之間有一股凜然正氣。他環顧四周，發現窗格多變，樣式精巧且寓意美好，雕刻有蝙蝠、鯉魚和靈芝等，一般只有書香門第才會有此心思。他突然湊近窗戶，凝神望去，發現兩扇窗戶之間的稍寬木條上好像有一些朱漆痕跡，字跡斑駁，模糊不清，依稀看出是一些符籙文字。

隨著屋內逐漸溫暖起來，劉書生的膽子也大了一些，便放下手中書籍。看到同伴好像在盯著窗戶看，便順著他的視線抬頭望去，結果看到窗戶外邊一片通紅，映照出一張蒼老臉龐，沙啞出聲道：「天色已晚，還望兩位公子早些休息啊。」

提燈巡夜的老嫗這一突然出現，把兩個書生差點給活活嚇死。

老嫗剛剛從院子對面的廂房走來，那邊的背匣少年同樣是挑燈看書，同樣是望向窗戶，就沒有如他們這般驚慌失措。

老嫗搖搖頭，蹣跚遠去，呵呵笑道：「讀書人的膽子，到底是小一些。」

對面廂房，陳平安斜站在窗口附近，輕聲提醒道：「老婆婆走了。」

原來張山在進入宅子之前就清醒了過來，就著陳平安那只「姜壺」裡的烈酒咽下一顆回陽丹，一下子就精神煥發。原本他不願意浪費一顆丹藥，但是突然覺得有妖氣一閃而逝，不敢再吝嗇。

張山從床上坐起身，披上道袍，彎腰坐在火盆旁邊，伸手烤火取暖，壓低嗓音道：「陳平安，今夜咱倆輪流守夜吧，不然實在是不放心，總覺得這裡不太對勁。」

陳平安笑道：「你只要把繫著聽妖鈴的桃木劍掛在窗戶附近就行了，我對於妖怪精魅沒什麼瞭解，所以還是需要鈴鐺幫著提醒。至於守夜，我很擅長，你放心睡覺，真有了事情，我不至於連通知你都做不到。」

張山想了想，找了個理由：「掛好桃木劍和聽妖鈴，小道再烤烤火，等身子骨暖透了再睡不遲。」

在張山斜掛木劍的時候，陳平安說道：「窗格那邊曾經有人畫符，不過時間久了，已經看不太清楚，但應該是你們道家的符籙，你認不認得？」

張山原本沒有注意，在陳平安出聲提醒後，一再端詳，這才發現蛛絲馬跡，不由得佩服陳平安的膽大心細。

細細打量之後，他的臉色越來越沉重，最後伸出手指輕輕抹過朱漆痕跡，在鼻尖嗅了嗅，沉默著坐回椅子：「如果真如小道所想，就有些麻煩了。窗格上所畫之符，正是用以驅鬼的赤書，觀其殘跡，應當是神誥宗青詞符的一種，以特殊朱漆寫就神仙青詞，威力巨大。既然是神誥宗前輩高人的手筆，甚至幾乎寫滿了大半窗戶，且落筆急促，可想而知，那位前輩需要面對的邪祟鬼物定然道行不淺。」

他哀嘆一聲，悔恨道：「早知如此，小道當初就不該節省那顆回陽丹，早早吃下，也不至於臨近宅子的時候還昏迷不醒。不然小道對於堪輿一途略有心得，在遠處稍加打量，就可以大致看出這棟宅子的藏風聚水是什麼流派，以及聚攏風水的根本之法是屬陽還是屬陰，是否偏離正道。只要辨認出大致脈絡，就可以推算出很多事情……陳平安，對不起，是小道害你身陷險境了……」

聽到張山的自責，陳平安沒有說什麼安慰的話，只是打趣道：「張大天師，除魔衛道不是你的拿手好戲嗎？」

張山連忙擺手：「別別別，小道可當不起『天師』這個稱呼。」

說到這裡，張山便有些憧憬，輕聲道：「真正的天師，是龍虎山天師府的張氏嫡系子弟，個個穿黃披紫，是世襲幾千年的山上宰相。除此之外，躋身中五境的外姓天師也有資格獲得『天師』賜號。同樣是龍虎山天師也分好多種的，頭一等天師是進入龍虎山祖師堂享受香火的上五境老神仙；再往下是生來便是黃紫貴人的張氏嫡傳，其中一人，將來會職掌『天師印』和一把仙劍；第三等便是在龍虎山結茅修行的許多外姓天師。龍虎山作為一座天然福地，對外開放，只需那些錬氣士答應修道有成之後下山斬妖除魔即可，到時候龍虎山會賜下一柄桃木製成的木劍，這也是龍虎山的氣量所在，讓我們這些別洲道士都無比心嚮往之。」

陳平安聽得仔細，覺得這個龍虎山和張天師們的確不錯。

大雨滂沱，這棟宅子門口的兩尊小巧石獅時不時發出一陣輕微的崩裂聲響。

老嫗站在第三進院子的正房外邊，踩在一條小板凳上，將那盞燈籠掛在廊柱籠架上，燈火昏暗，隨風飄搖。

「噗」一下，燈火熄滅，原來是裡邊的燈燭已經燃盡。

老嫗咳嗽著重新站上板凳，摘下燈籠，從袖中摸出一只鮮紅似血的嶄新燭火，若是細看，竟無燈芯。老嫗轉過身背對院子，從頭上拔下一根白髮，猛然插入燈燭中心，彷彿是以此做燈芯，然後老嫗對著燭火輕輕呵了一口氣，燈燭瞬間點燃，放入燈籠之後，再度掛在廊柱上。

這盞燈籠就這麼微微搖晃，燈火閃耀在大宅之中。若是晴朗的夜色，必然會惹來飛蛾撲火，就是不知這荒郊野嶺的雨夜之中，它的存在，意義何在。

張山沒有睡意，陳平安小口小口喝著朱紅色酒葫蘆裡的烈酒，聽著張山說他之前幾次遭遇妖魔的驚險經歷。突然，陳平安做了個噤聲的手勢，張山下意識望向窗口桃木劍，鈴鐺安靜，並無異樣。

很快，房門那邊傳來敲門聲，原來是那兩個讀書人連袂來拜訪。

陳平安手提酒葫蘆過去打開門，門外大雨聲勢依舊嚇人，而且歪風斜雨，以至於廊道地面都沒有一處乾燥地方。

楚書生手持雨傘，一手拎著酒壺，面帶微笑。

劉書生雙手湊在嘴邊，呵氣取暖，笑道：「楚兄這趟出門帶了幾壺好酒，如今還剩一壺。說出來不怕你們笑話，我今夜是不敢入寐了，就想著能不能藉著酒勁回去後來個倒頭就睡。楚兄就說獨樂樂不如眾樂樂，若是兩位願意小酌幾口，咱們共飲一番？事先說好，我的酒量是至少半斤才倒，所以你們只能稍稍喝一些，見諒見諒。」

陳平安提起手中朱紅色酒葫蘆，笑道：「我自己帶了酒，你們可以三人分一壺。」

劉書生大步走入屋子，爽朗大笑：「如此甚好，如此甚好。」

楚書生笑著尾隨其後，將雨傘放在牆角。

四人圍坐火盆，煨酒片刻，劉書生一拍腦袋：「酒杯忘拿了。」然後苦笑著望向同伴：「楚兄，我是不敢去拿了。」

楚書生笑著起身，無奈道：「若是世間真有鬼神，豈不是不用怕死了？是好事才對。再說了，讀書人腹中自有浩然正氣，想必鬼神也要敬畏幾分，你怕什麼。」

人一多，劉書生就有了生氣，玩笑道：「我連小小舉人都考不中，說明肚子裡的浩然昂的五彩公雞。

正氣沒有多少斤兩，當然害怕。楚兄卻是進士之才，當然可以不用害怕。」

楚書生笑著搖頭，大步離去，很快拿來了四只酒杯，酒杯內壁繪有兩隻雄赳赳、氣昂昂的五彩公雞。

張山接過一只酒杯，試探性問道：「這該不會是彩衣國獨有的鬥雞杯吧？」

劉書生眼睛一亮：「道長也聽說過我們彩衣國的鬥雞杯？」

桌上燈火不夠明亮，張山便雙指拈住酒杯，將其傾斜，藉著炭火的光亮，仔細觀察著兩隻五彩公雞，感慨道：「大名鼎鼎，大名鼎鼎啊，自然早有耳聞。小道來自北俱蘆洲，行走江湖的時候，曾經見過兩個武林豪客為此一擲千金，借鬥雞來賭博，很神奇。聽說只要給酒杯倒入大半酒水，再往杯壁注入一縷靈氣，兩隻公雞就會自行相鬥，不死不休，哪怕是中五境神仙裡頭的十境聖人們都未必看得準勝負走向，所以鬥雞杯只要出了你們東寶瓶洲，價格就是百倍、千倍地往上暴漲。南澗國的那個渡口，彩衣國的鬥雞杯正是登船的重要貨物之一。」

劉書生臉色頗為自得，點頭笑道：「什麼靈氣不靈氣的，我可不清楚，只知道我們彩衣國的江湖宗師喜歡以此取樂。往杯中倒入酒水之後，反正他們只要雙指一捏，就能夠讓鬥雞杯活過來，然後爭鬥不休，直到分出勝負。至於為何如此玄妙，我曾經在各地縣誌上看到過一些記載，說是燒製鬥雞杯的五彩土是天底下獨一份的有趣之物，而且相傳此土一旦離開彩衣國境內，很短時間內就會變了氣味，與尋常土質再無差別，所以才使得鬥雞杯成了我們的獨有瓷器。」

張山嘖嘖稱奇，心想：『誰若是能夠壟斷燒製鬥雞杯的瓷土，豈不是日收斗金，一夜暴富？』

陳平安相信這個說法。龍泉窯工祖祖輩輩都是窯工，燒瓷就需要跟土打交道，所以陳平安聽說過不少神神道道的說法，比如姚老頭曾經講過，泥土離了地，最後是塑成泥菩薩吃香火還是燒造成瓷器送進皇宮，或是成了老百姓家裡的破瓶爛罐難逃火烤水浸，都是有其根腳的，各有各命，與人相似。

劉書生喝過了三兩酒，滿臉通紅，正好微醺，是精神狀態最好的時刻。他微微搖頭，笑問道：「道長背負桃木劍，一看就是神仙中人，能否讓這些鬥雞杯『活』過來？若是可以，咱們不妨賭一賭，找點樂子。小賭怡情，咱們賭點什麼？」這人臉上煥發出一股異樣神采，顯而易見，他喝酒前後完全就是兩個人，而且多少還有點賭性。

楚書生嘆息一聲，輕聲勸道：「劉兄，酒也喝過了，趕緊歇息吧。」

張山也連忙說道：「一只鬥雞杯能值好些銀錢，何必揮霍。」

劉書生一口飲盡杯中酒，大手一揮，將手中那只酒杯狠狠砸在牆壁上，摔了個粉碎，哈哈笑道：「自古聖賢皆寂寞，惟有飲者留其名。留其名者又死盡，唯有此物千百年。真是荒謬，一只鬥雞杯在彩衣國內能值幾個錢？二兩銀子罷了。一個進士值多少錢？那可就貴嘍，反正我劉高華買不起……」

楚書生臉色尷尬，解釋道：「劉兄醉酒之後就喜歡說胡話，懇請二位多多包涵。」

陳平安笑了笑，默默喝酒。

最後，醉話連篇的劉高華被同伴攙扶回去，張山目送兩名書生去往對面廂房，站在廊道上伸手向外，接了一小捧雨水，掂量了一番，覆手倒掉，返回屋子。

關上門後，張山用乾燥的那隻手拿出了一張普通的黃紙符籙，輕聲道：「此處果然有問題，雨水頗為『陰沉』，極有可能蘊含著煞氣。小道這張符籙名為『起火燒煞符』，普通得很，但是廣為流傳，就因為它最能夠感知煞氣的存在……」

他雙指拈住符紙，默念咒語，然後往那隻濕漉漉的手心迅猛一貼，黃紙符籙就轟然燃燒起來，很快化作灰燼。

他臉色凝重，將灰燼刮入火盆當中。

陳平安問道：「這張靈符多少錢？」

張山一點沒覺得奇怪，認真回答道：「這類靈符不入流，故而價格低廉，成本只是一張黃紙，加上一名下五境鍊氣士的抄錄功夫，一文雪花錢能買將近三十張，折算成銀子，也就是三兩一張，委實不算貴。」

陳平安點點頭。關於畫符一事，他曾經親眼見識過破障符的玄妙。之後在落魄山竹樓，李希聖在牆壁上畫「字」符，字成則符成，其實屬於極高的造詣和境界。他送給陳平安的那本符籙圖譜《丹書真跡》，陳平安翻來覆去地看，倒是學會了書上記載的五、六種最粗淺的符籙畫法。

李希聖曾經說過，畫符即練劍，但是陳平安一路南下，仍是希望專心致志練拳，便只抽空寫了縮地符、陽氣挑燈符、寶塔鎮妖符三種符籙各兩、三張，以防不測而已。

縮地符能夠讓陳平安在轉瞬之間縮地成寸，一步踏出可以去往方圓十丈內的任意一處；陽氣挑燈符是山水破障符的一種，置身於亂葬崗古遺址，若是遭遇鬼打牆的情景，就可以跟隨挑燈符順利走出迷障；寶塔鎮妖符則是殺力較大的一種符籙，符紙一出，就可以憑空出現一座玲瓏寶塔，將妖邪暫時拘押其中，內蘊雷霆之威，可以鞭打魂魄。三者都屬於《丹書真跡》所載符籙最普通的那個範疇，評價不高，只是作為某種符籙流派的典型，才被記錄其中。

張山喝過了酒，想著有陳平安幫忙守夜，加上為了節省一顆回陽丹，給陰沉大雨敲打了一路的身軀早已疲憊不堪，便暈乎乎睡去。

陳平安對於守夜之事那是再熟悉不過，小口小口喝著酒，在張山熟睡之後猛然轉頭，望向房門那邊的牆角，那裡斜放著一把遺落於此的雨傘。

這把油紙傘，最早是劉書生撐著，進入宅子之後，是楚書生撐著來此。它安安靜靜地靠在牆角，傘尖朝地，傘柄朝上。如此擱放，地面上居然沒有水漬，這不合理。

而且，陳平安察覺到了一絲陰寒之氣，讓人背脊發涼。

他站起身，像是喝多了酒，腳步搖晃不穩，一邊走一邊嘀咕埋怨：「哪有雨傘這麼倒立擱放的，家鄉那邊，敢這麼做，是要被老人罵死的……」

到了牆角，陳平安還打了個酒嗝，伸手去抓傘柄，就要將油紙傘顛倒過來，只是驟然之間，一張符籙滑出袖子，陳平安眼神凜然，哪有半點醉意，雙指閃電般拈住那張黃紙，正是寶塔鎮妖符，「啪」一下按在傘柄之上，一座七彩琉璃寶塔浮現空中，寶光剛好罩住油紙傘，傘面紋路扭曲，頓時發出一陣滋滋響聲，如肥肉下鍋一般。

懸空寶塔的光彩暗淡下去，很快就煙消雲散。陳平安一不做、二不休，為免自己學藝不精，畫符的品秩太低，導致錯失良機，乾脆將其餘兩張鎮妖符一併祭出，以迅雷不及掩耳之勢貼在油紙傘的傘面之上，然後無須如何強提一口氣，武道三境巔峰的陳平安氣隨心意流轉，一身拳意驟然爆發，以距離極短、爆發力極大的寸拳連綿不絕地砸在三張鎮妖符之上，拳罡不毀雨傘絲毫，洶湧拳意卻幾乎全部滲透進雨傘之內。

這就是尋常武夫三境和崔姓老人調教出來三境之間的雲泥之別。

陳平安做完這一切後，手中攥緊養劍葫，隨時準備讓初一、十五出來禦敵。雨傘一陣顫抖搖晃，帶有一股腥臭味的黑煙嫋嫋升起，逐漸消散之後，便澈底寂靜無聲。

陳平安有點懵：『這就完了？這把肯定暗藏玄機的古怪油紙傘就沒有點後手殺招？』

他蹲在那裡撓頭，喝著酒，心裡頭感覺有些空落落的。在落魄山竹樓習慣了每天死去活來，如今就像……喝慣了烈酒，再去喝水？不過陳平安默默安慰自己，不管這把油紙傘跟哪個書生有關係，還是進了宅子之後才有陰物隱匿其中，雨傘內的這點小古怪肯定只是探路的過河卒而已，所以千萬不可掉以輕心。

他站起身，坐在桌邊，藉著燈火，從方寸物中駕馭出那支「風雪小錐」筆，呵了口氣，開始畫符。畫的還是寶塔鎮妖符，但是符紙不再用黃紙，而是換成了一張金色質地的符紙。畫完一張，陳平安習慣性拿起手邊的酒葫蘆仰頭灌了一大口酒，略作休整之後，等到氣息平穩，才敢下筆。

風雨夜，風雪筆，略帶酒意的陳平安下筆如有神。手邊是一只朱紅色的養劍葫，木匣內有兩把降妖除魔劍，當然還有床榻上，道士張山的呼嚕聲相伴。

大雨之中，有一名大髯刀客穿過重重雨幕，大步流星走向宅子，叩響大門。

老嫗站在門檻內，沙啞問道：「有何貴幹？」

刀客喊道：「躲雨！」

老嫗陰惻惻道：「你這漢子，說話中氣十足，不是需要躲雨的人。」

刀客沒好氣道：「怎的，貴府連一個落腳的地兒都沒啦？」

老嫗嘿嘿笑道：「落腳地兒倒是還有些，就是你這漢子氣盛，我家主人怕是不喜歡。若是惹惱了脾氣不好的主人，莫說是落腳的地兒，便是擱放一百七、八十斤精肉的地兒，都會有了。」

刀客那一臉絡腮鬍子，根根堅硬好似槍戟，一手按住刀柄，睜眼圓瞪那大門：「恁地廢話！趕緊開門，這雨下得好生邪氣，我不躲雨怎麼行，以後還怎麼逛青樓，豈不是給那些磨人的小妖精活活笑話死？」

大門緩緩打開，老嫗輕聲嘆息道：「給別人笑話死，總好過真的死了啊。」

刀客微微凜然，但是很快就哈哈大笑道：「老子這副童子之身，積攢了三十多年的陽氣，莫說是妖魔鬼怪，便是它們的祖宗見著了我，也要主動避讓。」

他走入院子，眼見著那堵影壁，皺了皺眉頭。

老嫗再次重重關上大門，門外的一尊石獅子，「哢嚓」一聲，頭顱墜地。

只是這點動靜，早已被大雨聲掩蓋過去。

東寶瓶洲南方某些國家的大族，女子多住在獨有的閨閣繡樓內，一些家風苛刻的士族甚至會拆掉上下通行的樓梯，將待字閨中的女子如書籍一般「束之高閣」，等待出嫁之日。

這座宅院最後一進院子便有一座繡樓，夜幕深沉，二樓美人靠處，卻有男子在為女子畫眉。

那女子血肉模糊，腐敗不堪，多處裸露出森森白骨，甚至還有白蛆翻滾，卻依稀可見她的盎然笑意。

第三章　古宅風雨夜

疾風驟雨，偶爾被電閃雷鳴撕開夜幕。

古宅外的一座小山坡上，有一個手捧拂塵的中年道人神色灰暗，攤手望去，一枚造型古樸的青銅花錢突然崩碎開來。

中年道人忍著心疼，看似漫不經心地隨手丟掉，冷哼道：「一雙人不人、鬼不鬼的狗男女，還要負隅頑抗，徒增痛苦罷了。」

中年道人身旁站著一個衣衫單薄的高大男子，濃眉大眼，任由雨水拍打全身，眼眸之中偶有一絲金色光芒閃過，腰間懸掛有一只拳頭大小的印盒。

他眼見著道人偷雞不成蝕把米，白白損失了一員心腹愛將，便有些不耐煩，冷笑道：「若是還要硬闖進去，那麼事成之後，可就不是五五分帳了！」

中年道人不願在此事上糾纏不休，反過來問道：「那大髯刀客是何方神聖，為何恰好在今夜造訪古宅？」

高大男子嗤笑道：「聽說去年末彩衣國來了個外地游俠，仗著有把好刀，收拾了幾隻不成氣候的鄉野陰物，就暴得大名。觀其行走於這場大雨中展露出來的神意，頂多就是一個四境武夫。若在別處，我還要忌憚幾分，如今在我的地界上，不值一提。到時候你我一併收拾，你大可以拿去製成傀儡，我決不阻攔，但是刀要歸我。」

中年道人一揮拂塵，全身霧氣升騰，被雨水浸透的道袍竟是瞬間乾燥，笑道：「那就這麼說定了。」

高大男子猶豫片刻，問道：「那古宅主人的靠山當真已經在神誥宗內部失勢？」

中年道人點頭笑道：「你這位山神的消息未免也太閉塞了。」

高大男子滿臉陰霾，咬牙切齒道：「還不是怪那棟宅子弄了個神誥宗祕不外傳的破爛陣法，一點點蠶食了方圓百里的靈氣，害得我這百年以來，金身漸漸朽壞，如今誰還願意把我當山神看待，混得比別處的土地爺還不如。此仇不報，難解我心頭之恨！」

中年道人點頭稱是，安慰一番。

事實上，此處的山神廟，也就是供奉男子金身的地方，本就是未被彩衣國朝廷敕封的一座淫祠。加上遍地亂葬崗，穢氣遮天，高大男子接納香火，僥倖成為山水神祇之後，為了修行，不惜涸澤而漁，加速了山水枯敗的進程。古宅作為陣眼的陣法運轉，只汲取陰煞之氣，而不損耗山水靈氣，反而維持了山水平衡才對，但是這些內幕，多說無益。

墮入魔道的中年道人和不走正道的此地山神心知肚明，反正誰都不是什麼好鳥。

高大男子突然厲色問道：「我是為了奪回全部地盤，你是垂涎那個女鬼的身軀，一旦為你掌控驅使，必定如虎添翼。那麼那個傢伙又是圖謀什麼？難道這古宅之中，還有我不曾知曉的珍稀法寶？」

中年道人嘿嘿笑道：「這我可就不清楚了，回頭咱們一起問問他？」

高大男子心中了然：「如此甚好！」

中年道人環顧四周，泥土之外，多是一片片山崖慘白的光景，綠樹寥寥，但是他卻知曉這還要歸功於那個女鬼的「閒情逸致」，土地上才能有這點點春意。

那個女鬼，無論是機緣還是性情，實屬罕見，中年道人親臨此地後，越發志在必得。

他眺望那座古宅，嘖嘖道：「此樹婆娑，生意盡矣。」

不承想高大男子也是讀過書的，笑道：「樹猶如此，人何以堪。」

一修士、一神祇，相視而笑。

古宅的二進院落，一側廂房已經漆黑一片，兩個書生應該都已入睡，但是陳平安和張山房間的燈火還亮著。

不等老嫗敲響房門，嗜酒如命的刀客就已經聞到了酒香味，自顧自使勁拍打房門：「可還有酒喝？若是有，那可就是換命酒了，保管你穩賺不賠！」

老嫗沒有阻攔，只是說道：「你們自行安排房間。」

陳平安別好酒葫蘆，打開房門，看到一個容貌粗獷的陌生漢子。

刀客瞥了一眼陳平安，大大咧咧問道：「小娃兒，聽你的行走和呼吸，應該也是習武之人，如今有無二境？」

陳平安笑道：「自幼跟隨長輩學武，這是頭一次行走江湖，還不知境界劃分。」回頭望去，張山已經被吵醒，正坐在床邊穿鞋子。

刀客大步跨過門檻，一屁股坐在椅子上，嘖嘖道：「不知境界劃分？那就是出自窮鄉僻壤嘍？那為何這趟出門遠遊，東寶瓶洲的雅言說得如此順暢？尋常小國的鄉野之地可學不來這玩意兒！說，你小子是不是那披著人皮的鬼魅？」他拔刀出鞘大半，刀光刺眼，怒目而視，「速速報上名來，我徐某人刀下不斬無名之鬼！」

陳平安和張山面面相覷。難道是因為外邊雨大，所以這哥們兒腦子裡進水了？鬼魅？

鍊氣士當中，野路子的散修無數，來歷駁雜，哪怕是妖怪草木成精，雖然歧視難免，但是遠遠稱不上被打壓追殺，可是鬼修卻是例外，一經發現，幾乎人人喊打喊殺。若說生老病死是天道循環，那麼鍊氣士的證道長生就屬於逆天行事。人死入土為安即是人道，鬼修則違背此理，屬於人人得而誅之的邪門歪道。

仙為生修，神為死授。鬼修剛好是例外，既不是在世之時的生修，也不是死後朝廷敕封、授予金身的山水神靈，所以龍虎山真正道法高深的天師桃木劍所指的對象，四處作祟的惡煞鬼魅要遠遠多於藏匿於市井坊間的精怪。

「精怪」這個詞，越是在人來人往、商貿繁華的樞紐地帶，就越是沒有明顯的褒貶之分。事實上，一些大的國家，尤其是山上勢力根深蒂固的強盛王朝，即便是老百姓，都習慣了與那些千奇百怪的精魅共處於人間。

陳平安根本沒有辯解什麼，摘下酒葫蘆，默默喝了口酒。

刀客愣了愣，喉嚨微動，顯然是肚子裡的酒蟲作祟了，氣勢驟降，厚著臉皮伸手道：「只要請我喝過了酒，你便是鬼物，我也睜一隻眼、閉一隻眼，只要不被我當場撞見行凶作惡，一切好說。」

陳平安搖搖頭，不給。

刀客喟然長嘆：「你這小子，不老實，忒奸猾，明擺著欺負我這種正派高手啊！」

張山連忙坐下，幫著打圓場，跟刀客用東寶瓶洲雅言閒聊起來。

古宅內的繡樓美人靠那邊，男女依偎在一起，女子身穿青黑大裙，裙擺巨大，不露雙腿和繡鞋。

兩人耳鬢廝磨，男子輕聲呢喃道：「願娘子春寒衣暖，願娘子愁眉舒展，願娘子次次推窗就是明月當空，綠水青山……」

面容醜陋至極的女子咿咿呀呀嗚咽起來，如泣如訴，下半身的裙擺翻滾如浪花。

老嫗走在漆黑遊廊之中悄悄嘆息，最後坐在懸掛燈籠的廊柱旁，摸著自己的乾枯臉龐，早已忘記自己有多少年沒有照過鏡子了。

她是如此，想必百年光陰不曾離開繡樓半步的小姐更是如此吧。

刀客跟張山聊著聊著，突然手按刀柄，不復之前的玩笑神色，鄭重其事道：「果如附近小鎮的傳言，妖氣來自古宅後院！好重的妖氣，難怪此地風水會消磨殆盡，說不得就是第六境的老妖婆了。兩個小娃兒，我這就斬妖去，你們兩個見機不妙就撤，別不當回事。此處凶險異常，絕不是你們兩個可以蹚渾水的！」

話畢又思量片刻：「倒是不用現在就撤，免得被古宅老妖盯上。我哪怕落敗，也會盡量拖住他們，到時候聽我消息，要你們跑的時候別猶豫！」

只見他深吸一口氣，拔刀出鞘，刀光乍現。他又伸手撥開火盆裡的灰塵，抓起一塊熊熊燃燒的火炭擦拭刀身，火星四濺，襯托得那柄寶刀越發鋒芒無匹。

哪怕勝算不高，刀客此時滿身慷慨意氣，可謂英雄氣概。

陳平安遞過酒壺，神色肅穆：「壯士。」

刀客笑著搖頭，手持寶刀猛然起身：「閒聊時喝個酒，解饞而已。其實斬殺大妖，除魔衛道，比喝酒痛快千百倍！」

雨夜中，刀客持刀推門而去，往後院大步而行，一抖腕，刀光綻放，照亮四周。

他抬頭望向遠處，朗聲道：「徐遠霞在此，請賜教！」

張山拿起繫掛有聽妖鈴的桃木劍，對陳平安沉聲道：「我去助他殺妖！陳平安，你是純粹武夫，在躋身四境之前，不適合對付大妖陰物之流。你就留在此地，如果真有需要，我會出聲喊你。」

陳平安點頭道：「好。」

在張山身子輕盈地掠出屋子後，陳平安稍等片刻，沒有選擇待在原地靜觀其變，而是走出屋子，隔著一道雨幕，望向對面的廂房：「我知道是你。」

熄燈已久的對面廂房緩緩打開一扇門，走出那個楚書生，身材修長，手持那支先前被大雨澆滅的火把，面帶笑意。

與陳平安對視一眼後，楚書生扯了扯嘴角，抬起手臂，手心在火把上端摩挲，瞬間點燃火把，尾端輕輕往走廊柱子上一戳，就將整支火把釘入其中：「你的話最少，但是最聰明。當然了，本事也不小，能夠除掉白鹿道人的銅錢鬼物。只不過三境的鬼物說到底也就那樣了，少年郎莫要因此驕傲自滿啊……」

陳平安一言不發，消瘦身影毫無徵兆地消失於原地，楚書生微微錯愕。

一道身影在電光石火之際掠過廂房之間的雨幕直撲而來，有些托大的楚書生甚至來不及回神就被拳罡如白虹掛空的一拳迅猛砸在頭顱上，整個人倒撞出去，連房門帶牆壁一併打穿，跌入外邊抄手遊廊，最後撞在了一根粗壯廊柱上。

後背心的廊柱砰然龜裂出一張小蜘蛛網，楚書生這才堪堪止住後退身影，嘔血不止，神魂劇震，滿臉驚駭。不單單是拳法勁道之大駭人聽聞，而是拳意與拳罡相交融，打在他身上，真是如仙人手中的打鬼鞭狠狠鞭笞陰物一般，天生克制。

砰然一聲巨響，這次是一拳擊中脖頸，楚書生連人帶廊柱一起向後倒塌。

楚書生被這兩拳打得那叫一個血淚模糊，面目猙獰，衣衫崩裂，就要現出原形，再也顧不得什麼布局不布局了，然後他就聽到了一個古怪的說法：「初一。」

江湖混久了，誰還沒有一點壓箱底的本事和法寶。

當楚書生聽到「初一」這個稱呼後，就沒來由地心弦大震，卻無法感知那股危機起始於何處。狼狽不堪的他心思急轉，一咬牙，從袖中滑出一顆青白色的圓球，流光溢彩，一看就不是俗物。

他五指緊握，那顆圓球如蠟燭遇火般融化，黏稠如水銀的汁液迅速從他手臂處蔓延開來，覆蓋全身。下一刻，他竟然穿上了一具潔白如雪的甲冑，中央的護心鏡精光閃閃，是光明鎧樣式——世俗世界的道觀寺廟之中，天王靈官神像多穿此甲，蘊含光明正大之意。

如果不是察覺到性命受到威脅，楚書生哪怕恢復真身也不願使出這顆價值連城的「甲丸」。甲丸是兵家至寶，價格沒有最貴，只有更貴，並且一向有價無市。它們一般由墨家機關師和道家符籙派聯手鍛造，平時收斂為拳頭大小的丹丸模樣，不占地方，方便攜帶，一上戰場就可以澆灌真氣，瞬間寶甲護身，堅不可摧。

既有甲丸寶甲護身，比起之前多了幾分從容，他站起身來苦笑道：「少年郎，你可是把我害慘了。原本這件光明鎧是為了預防出現分贓不均的情況，到時候就可以用來抵禦白鹿道人和淫祠山神的聯手攻勢。現在早早露出了馬腳，他們一定會更加小心防範，這可如何是好？」

雖然言語輕鬆，但是楚書生絲毫沒有掉以輕心，更有些百思不得其解。怎的少年喊出

「初一」之後，就沒了下文？既無寶劍出鞘，也沒什麼隱藏在暗處的援手撲殺而來。眼前這個沉默寡言的少年郎絕對不是個喜歡開玩笑的傢伙，兩拳就差點打得自己現出原形，恐怕那個莽莽撞撞去斬殺大妖的大髯刀客都做不到。

陳平安則是有些惱火，重重拍打了一下腰間養劍葫。

如今葫蘆裡的那把「初一」莫名其妙就性情大變，之前是脾氣暴躁，動輒要陳平安吃苦遭罪。可自打離開落魄山後就成了個憊懶貨，整天死寂不動，甚至跟陳平安發脾氣的心思都沒了，在陳平安重拍之下依舊紋絲不動，懸停在養劍葫內的虛空當中。倒是碧綠幽幽的飛劍十五嗡嗡作響，在主動跟陳平安進行情緒上的粗淺交流，大概是想說既然初一不願出戰，它可以代勞。

兩柄劍開竅之後，像是尚且不會開口言語的稚童，靈智已有，但是不高，更多還是憑藉本能行事。陳平安的心聲和心意，它們能夠清晰感知，但是雙方往往溝通不暢，而且陳平安只能依稀知曉它們的情緒好壞，交流起來還是不容易。

看到陳平安的這個動作，楚書生立即凝神望去，只瞧見那只朱紅色的酒葫蘆光彩黯淡，並無異樣，瞧不出半點氣象神異的端倪。其實在這之前，在古宅外大雨中初相逢時，楚書生就仔細打量過陳平安和張山，覺得他倆不該是什麼世外高人。

彩衣國地界，山不高、水不深，臥不了虎也藏不住龍，白鹿道人之流就已是威震一方的宗師神仙。不出意外，楚書生才是那條興風作浪的過江龍，如此才合情理。

他這趟離開府邸，從古榆國南下彩衣國，為了這棟宅子裡的東西費盡心機，哪怕穩操勝券，仍是徐徐圖之，先拉攏白鹿道人和淫祠山神，三方各取所需，然後結交姓劉的世家子弟，誘騙他來此山遊歷，與那兩個盟友說是自己不惜親身涉險，先行探查虛實，憑藉劉書生自幼浸染的一身官衙氣和書卷氣，遮掩他身上那點淡薄妖氣，真正目的還是勘探陣法所依的地脈，以便在大戰之中渾水摸魚，偷了那件法寶，便不與白鹿道人和淫祠山神過多糾纏，靠著出人意料的甲丸護身遠走高飛，返回古榆國繼續潛心修行。至於那個刀客的出現，不過是他臨時起意，便在附近城鎮散播謠言，推波助瀾，將古宅渲染得越發妖風邪氣十足。

事實上，百年以來，古宅陰氣濃重是真，可殘害百姓、暴虐一方還真沒有。他這麼做為的就是讓這片池塘之水更加渾濁，有利於他輕鬆脫身。哪怕刀客耗去一些古宅主人的道行也是好事，若是能夠支撐到白鹿道人和淫祠山神趕來混戰則更是好事。那個古道熱腸的刀客哪裡曉得這些內幕，循著那些風言風語，在最近一座小鎮喝過了兩大碗烈酒便熱血上頭，剛好覺得那場大雨古怪，便火速前來斬妖。

淫祠山神親自塗抹油膏的火把，白鹿道人藏有銅錢鬼物的油紙傘俱是不起眼卻很花心思的物件。一個幫此地名義上的主人——淫祠山神近距離查看古宅內部氣機，一個幫白鹿道人布置機關，找機會現身，由內而外毀去古宅那些用來抵禦外敵的手段。比如那些殘敗不堪的神誥宗青詞符文、殘留有一縷道家正宗氣韻的影壁，這些手法，幫著風雨飄搖的古宅擋下了多次陰險襲擊。

結盟三方沒有一個是省油的燈，不過這才正常，若非如此，在弱肉強食的山野修行，恐怕早就身死道消，淪為其他凶狠修士的墊腳石了。

與世無爭的鍊氣士有沒有？當然有，比如這棟古宅的男女主人和老嫗。主僕三人百年以來深居簡出，下場便是當下這淒慘境地了。

不願節外生枝，楚書生選擇主動退讓一步，微笑道：「陳公子，你我其實並無仇怨，何必生死相見？只要陳公子今夜願意退出古宅，將來只要路過古榆國，我楚某人一定以美酒款待公子，便是公子想要去古榆國皇宮大殿屋脊之上飲酒也使得。」

說實話，楚書生雖是來歷不正的精魅出身，但是修出人身之後，不知經歷了什麼，氣態不俗，卓爾不群，簡直比起鐘鳴鼎食的豪門俊彥還要有富貴氣。冰凍三尺非一日之寒，想來定然是有其獨到機緣，才能有今天的風度雅量。

陳平安終於開口說話，問道：「聽說古榆國皇帝姓楚，你也姓楚，你們有關係？」

楚書生猶豫了一下，似乎是為了表達自己的誠意，點頭微笑道：「關係有一些，但不是血緣關係。總之，我們相互依附，同時相互提防，比較複雜，一言難盡。」

「楚」字，上「林」下「疋」，「疋」字可作「足」字解，雙木為林，樹下有足，楚書生以此作為自己的姓氏，不言而喻，多半是古樹成精。只不過陳平安讀書識字如今還是停留在「粗通文墨、偶有會意」的程度，遠遠沒有達到能夠準確「解」字的精深地步。

陳平安打量了一下楚書生身上那副鎧甲，打定主意，先不動用十五，剛好借此機會試試自己的拳法斤兩，好確定三境修為的深淺，便又問道：「你是鍊氣士第幾境？」

楚書生笑道：「第五境而已。」

這當然是自謙之詞。只差一步就是中五境的神仙，怎麼可能只是「而已」？要知道，在那些「宗」字頭的仙家豪閥，中五境修士一樣是身分極其金貴的存在，不是地位清貴的長老供奉，就是職掌一方實權的執事。宗門尚且如此，更不用說古榆國、彩衣國這些好似彈丸之地的小國了。

楚書生略帶自得之意的謙虛在一根筋的陳平安聽來，那就是貨真價實的「而已」了。這就是張山嘴裡的第五境「大妖」？陳平安手腕輕輕扭轉，咧嘴一笑。嫁衣女鬼楚夫人打不過，眼前這個穿著烏龜殼的傢伙還真可以拿來練練手，能夠打死是最好，打不死自己也不虧，畢竟還有飛劍傍身，而且不是一把，是兩把！

楚書生無奈道：「為何還要打？」

陳平安給了個直白無誤的答案：「不打過你，我朋友和那個刀客會很危險。」

楚書生眼神陰森起來。泥菩薩還有三分火氣，更何況是他這麼個見慣了人間榮華的強勢地頭蛇：「少年郎，你是不見棺材不掉淚嘍？我可是明明白白告訴你，古宅外頭還有兩個人虎視眈眈，你當真要摻和進來？真當我怕了你？」

陳平安的答覆讓他越發火冒三丈：「你怕不怕我，跟我打不打你，沒關係。」

雙方各有各的堅持，既然談不攏，就只能見真章了。

楚書生伸出一根手指，敲了敲熠熠生輝的胸前護心鏡：「你的拳頭不是很硬嗎，來，儘管朝這裡打，這副價值三千文雪花錢的珍稀甲丸是古榆國皇家的地字號庫藏。姓陳的，打碎了算你本事！」

陳平安哪裡會跟他客氣，腳尖一點，地磚竟是瞬間碎裂，足可見前衝勢頭之迅猛。

古話說「樹挪死人挪活」不是沒有道理的，真身為樹精的楚書生雖然是五境鍊氣士，體魄不弱，但確實不精通輾轉騰挪和近身廝殺，這才花了巨大代價攫取甲丸，當作關鍵時刻的保命符。此刻他聚氣凝神，好整以暇地迎接陳平安出拳。

一拳過後，勢大力沉，以至於護心鏡凹陷寸餘，楚書生整個人倒飛出去，撞在古宅最外邊的院牆之上。這次他再無半點狼狽姿態，倒是背後的牆體轟然碎裂，露出驚世駭俗且瘮人的一幕場景——牆內不是磚石，而是糾纏盤踞的樹根，正在緩緩蠕動。

楚書生拍了拍肩頭塵土，譏笑道：「就這點能耐啦？若無一顆六境英雄膽，哪怕我從頭到尾站著不動，任由你打上百拳、千拳，你想要一鼓作氣打碎甲丸，還是很難啊。」

武夫的四、五、六這三境不再局限於淬體，而是提升到鍊氣的武學高度，因此被譽為「小宗師境」，每層境界對應魂、魄、膽三物，一旦大成，武夫的戰力就會層層拔高，反哺肉身不說，對峙鍊氣士也有了更多底氣，尤其對付精怪鬼物更是事半功倍，次次出手，拳罡所至，如烈日灼燒，萬邪辟易。

一拳得逞，打在預料之中的實處，陳平安之所以沒有追擊，不是強弩之末，恰恰相反，這一拳只是下酒菜而已。他主要是被書生身後的古怪牆體所震驚：難道整棟古宅的牆壁之內皆是如此？

後院那邊，時不時有光芒綻放，照耀夜幕，其間夾雜有大髯刀客的呼喝聲。

三張黃紙寶塔鎮妖符已經用完，但是還有兩張金色材質的鎮妖符以及兩張縮地符藏在陳平安袖中。

他默念一聲：『可以了。』

之前幾次出拳都是靠著身形矯健，其實都是直來直去的路數。這次不一樣了，陳平安擺出一個極具古意的拳架，一步踏出，雙臂舒展，緩緩握拳，行雲流水。

一瞬間，他的拳意如洪水傾瀉，真真正正能夠刺人眼眸，落在對面楚書生眼中，簡直就是一輪大日起於東海，駭人至極。

神人擂鼓式！楚書生咽了口唾沫，心想是不是再坐下來聊聊？為何感覺寶甲護身都未必安穩了？眼前少年分明尚未躋身三境，為何會有如此蠻不講理的渾厚拳意？

楚書生心生退意，覺得至少也應該避其鋒芒，不要再傻乎乎任由拳頭砸在身上才是。在他剛要轉移位置的瞬間，陳平安竟是憑空消失，轉瞬之間就來到了他跟前，一拳砸在甲丸遮覆的肋部，氣勢洶洶，力道很大，打得他向一側踉蹌橫移出去。但是同時，他也鬆了口氣——擺出正兒八經的拳架後，這少年郎的拳意嚇人歸嚇人，氣力似乎增長不多。

殊不知，崔姓老人曾經在落魄山竹樓笑言這神人擂鼓式重先手第一拳，第一拳到了，神意牽引，首尾相連，之後十拳、百拳就自然而然到了，所以第一拳一定要砸中對手，之後能夠遞出多少拳，就看一口氣能夠撐到什麼時候，陳平安為了第一拳不落空，不惜使用了一張縮地符。

之後陳平安出拳越來越快，力道只是比之前略重些許，捶在楚書生的各處氣府。甲丸寶甲光芒流淌，陳平安拳頭砸在何處，光彩就在何處猛然亮起，不愧是古榆國名列前茅的珍藏法寶。

每次試圖躲避，都像是只差半步，偏偏就是躲不開那一拳。毫無還手之力的楚書生在結結實實挨了十拳之後，臉色驀然變得慘白一片。肩頭、胸口、肋骨、腹部、後背心、太陽穴、眉心、手肘、膝蓋，無一處不是少年拳頭的「立足之地」。

陳平安出拳快若奔雷，關鍵是在楚書生眼中，少年始終眼神平靜，呼吸沉穩。他的心太定了，每一步和每一拳的搭配恰到好處，渾然天成，簡直是活了幾百年的老怪物。

十五拳之後，陳平安的拳頭已經血肉模糊，露出些許白骨，但他豈會在意這點不痛不癢的皮肉之苦？比起彷彿鐵鎚一點點敲爛十指血肉、寸寸敲碎骨頭之苦，比起自己動手剝皮抽筋之苦，陳平安都要覺得這點疼痛算是在舒舒服服享福了。

楚書生已經現出一半真身，變得身高一丈，眼眸青綠，一張臉龐布滿青筋，寶甲之下可見肌肉鼓脹，如老樹拳曲。他雙臂格擋在面目之前，一次次被擊飛出去，竭力高喊道：「白鹿道人、秦山神，事情有變，快來助我！」

古宅外的那處山坡，秦山神聞聲後微微變色。先前楚書生一將火把插在廊柱上，火花便從火焰中剝離了出去。星星點點的火焰四處飄蕩，雖然大多很快消散，但是也有一些小火團陸陸續續透過抄手遊廊飄向周圍，能夠讓秦山神透過如同自己眼眸的火焰觀察古宅內的景象，所以楚書生跟陳平安的交手過程他看得一清二楚，這讓他有些為難。不是為難出手相助，而是為難何時入場才能撈取最大好處。在楚書生的寶甲破碎之前，他才懶得去雪中送炭。宰了少年，幫著書生保住了那副甲丸寶甲，不是給自己找不痛快嗎？

白鹿道人突然說道：「大髯子刀客那把寶刀的鋒銳程度超乎想像，貧道若是再不出手，恐怕就要傷及女鬼真身了。怎麼說，你是隨貧道一起去，還是繼續旁觀壓陣？」

秦山神笑呵呵道：「既然你我是盟友，就該共進退，哪有臨陣退縮的道理。」

白鹿道人哈哈大笑，向前拋出那柄雪白拂塵，拂塵即將落地之時，幻化成一頭身形高大的白鹿。他一掠而去，騎乘著白鹿快速前奔，道袍大袖鼓鼓蕩蕩，也虧得附近沒有樵夫百姓，否則估計就要納頭便拜，高呼神仙了。

秦山神沒怎麼使用術法，只是簡簡單單一步跨出，就走到了道人身側。

白鹿奔跑如風，很快就來到古宅外。道人身形一沖而起，白鹿瞬間重新化為拂塵，掠向主人手中。

道人大笑道：「楚兄，貧道來助你殺敵！」

陳平安在遞出二十拳後已是極限，只可惜仍是無法打碎那副甲丸寶甲。

楚書生雖然被打得七竅流血，魂魄震盪，真身澈底暴露，幾乎整條抄手遊廊都被兩人毀壞殆盡，但也只是失去了一戰之力，依靠著天賦異稟和光明鎧，自保還有餘力，不至於被陳平安的拳罡活活震死，隨即手持拂塵的白鹿道人就從天而降。

陳平安剛剛收回一拳，輕輕一拍腰間養劍葫，一縷白虹掠出，直刺剛剛被打得凹陷進去的寶甲護心鏡。

甲丸幾乎將所有光彩流螢都彙聚在護心鏡上，寶甲發出瓷器碎裂般的輕微聲響。

那縷白光反彈而退，一閃而逝，不知去向。

奄奄一息的楚書生驚慌至極，很快就滿臉狂喜——寶甲並未被刺穿，自己還沒有死！但是下一刻，便只覺眉心處一涼，魁梧身軀頹然後仰倒去。

彌留之際，他氣急敗壞撂下一句狠話：「接連壞我大道根本，咱們走著瞧！」說完，竟然變作一大截青色枯木，腐朽成灰，失去主人的寶甲也恢復成光可鑑人的圓球模樣。

陳平安皺了皺眉頭。

原來，在初一之後，葫蘆內又有一絲幽綠光芒掠出，以快過先前那道白虹許多的速度抓住寶甲凝聚靈氣防禦護心鏡的間隙，輕而易舉地鑽透了楚書生的眉心。

站在古宅高牆上的秦山神驚呼道：「本命飛劍！」

他轉頭就是一大步跨出去，身形很快出現在十數里之外，陰風一吹，大汗淋漓。

「娘咧，劍仙！」那個雙腳剛剛點地，飄落在遊廊當中的白鹿道人腳尖一點，拔地而起，二話不說就跑了，在空中猛然丟出拂塵，白鹿落地，道人騎乘在牠背脊上倉皇遠遁。

陳平安有些愕然，站在原地，一頭霧水。

我一個練拳還沒兩年的門外漢，怎麼就成劍仙了？我連劍修都還不是啊。

古宅後院，繡樓外邊，大戰正酣。

遠遊至此只為斬妖的大髯刀客徐遠霞雖然武道境界不算太高，但是手中那柄寶刀卻是品相極高的神兵利器，灌注真氣之後，使出之際，紅光綻放，隱約有風雷聲，勢不可當。

先前守在三進院子的老嫗竟然是一個深藏不露的三境鍊氣士，只是年事已高，精力不濟，不敵徐遠霞和他那柄寶刀，十數個回合後就被他以刀背擊暈，一腳挑踹，撞入廂房內，昏死過去。

原本老嫗不至於如此不堪，只是久在樊籠裡，被陣法聚攏過來的陰煞之氣浸染已久，雖然不是見不得光的陰物鬼修，卻也天然畏懼那柄寶刀的陽剛之氣。而且徐遠霞遊歷四方，搏殺經驗極其豐富，老嫗的迅速落敗確實在情理之中。

最後一進院子，古宅主人起先選擇獨自退敵，從美人靠那邊飄落院中，挑了一把塵封已久的長劍，劍身清涼如水。他並不與寶刀硬碰硬，每次出劍，直刺徐遠霞的關鍵氣府，劍尖吐露青色劍芒，在雨幕當中帶起一絲絲淒美流螢。

徐遠霞出手，頗有沙場悍卒的風采，粗樸無華，每一次出刀都快而猛，招式並不繁複也談不上如何精妙，刀刀乾脆俐落，收放自如，一刀不中則已，一中必重傷。對陣劍術上乘的古宅主人，他猶有餘力。

瞧出古宅主人一些蛛絲馬跡，徐遠霞出刀更加迅猛。因為有了幾分真火，大罵道：「你這鳥人，明明出身仙家正道，好好的大道長生不去爭取，為何要自甘墮落？到頭來淪為半人半傀鬼，偏袒這女鬼，禍害得此處方圓數百里荒無人煙，你說你該不該死！」

徐遠霞怒喝一聲，雙手持刀重重斬下，一刀砍在古宅主人劍上。古宅主人一路倒滑，腳下雨水四濺，好不容易穩住身形，咽下一口湧至喉嚨的鮮血，手腕一擰，抖了一個劍花，瞬間攪碎劍尖附近的無數雨滴，碎裂聲響宛如春日爆竹。

徐遠霞一腳向前重重踏出，一手提刀，一手指向他，怒目相向：「佛家說『回頭是岸』，你這個欺師滅祖的混帳玩意兒還不收手退下，真當我徐某人不敢連你一併斬殺？」

古宅主人終於開口說話了，大概是腹有詩書氣自華，雖然嗓音沙啞如石磨鈍刀，但是氣質清雅，神色從容，非但沒有惡語相向，反而打趣道：「佛家還說『放下屠刀，立地成佛』。」

徐遠霞環顧四周，抬頭瞥了一眼二樓的美人靠，收回視線，譏笑道：「喲，還有心情跟我在這兒磨嘴皮子，看來是有些倚仗了。也對，憑你的出身和這份五境墊底的鍊氣士修為，說不得在這百年之間，早已經營了偌大一份腌臢家業，否則附近的山水神祇也不會對你的所作所為視而不見。如果我沒有猜錯，你雖然是沒臉皮去認祖歸宗了，但是在外邊沒少做扯虎皮做大旗的勾當，才能唬得外人不敢動你分毫。」說到此處，徐遠霞已經怒極，面容如寺院塑像裡的天王怒目，「是也不是！」

古宅主人微笑不語，眼眸深處有些悵然。

徐遠霞厲色道：「給你重新做人的機會你不要，那就莫怪徐某人斬妖無情了！」

古宅主人在徐遠霞出刀之前，喟嘆一聲，有些愧疚，然後咬破手指，在劍身之上畫符寫字，以自身精血寫就一封青詞丹書。

青詞寶誥是道教科儀之一，相傳在遠古時代就能夠上書神靈，直達天庭，勾連天地，一旦精誠所至，被神靈接納，便有種種神通降臨於身。例如寫給雷部神靈的青詞，一旦顯靈，甚至能夠手握雷電，金身護體，短時間內如同蒞臨人間的雷部神將，妙不可言。

「難怪影壁那邊留有上等青詞的殘餘氣韻，你這鳥人竟然是神誥宗正式弟子，真是百死難贖！」徐遠霞氣得幾乎要跳腳，一刀劈出，傾力而為之下，光華爆炸，襯托得整座院子都亮如白晝。

對於見慣了古怪事和淒慘事的他來說，妖魔鬼怪的暴虐行徑再令人髮指，他都不會太過震驚，因為那就是他們的天性。若是他們與人為善，那才是奇怪事情，所以他從來都是竭力打殺。可是一個鍊氣士棄明投暗，仗勢欺人，這才是最讓他憤恨的。

暴怒之下的徐遠霞氣勢驚人，一時間院子之中刀光絢爛，罡氣激盪，使得不幸落進小院的雨水尚未觸及青磚地面就已經在空中化作齏粉。

雖然使出了師門絕學，可是古宅主人的精神太過萎靡，皮囊腐朽，如風燭殘年的老人。他的境界勉強維持在五境門檻上，但是氣機早已所剩無幾，如河床寬闊卻無多少水源的溪澗，幾乎就要乾涸見底了，這也使得劍身之上的青詞寶誥為長劍增加的攻伐力度十分有限。

繡樓二樓，身穿青衣青裙的女鬼終於忍不住現身，一手掩面，一手扶住廊柱。

隨著她的出現，院牆那邊，還有院中地面、遊廊柱子，一根根粗如手臂的樹木根鬚如床弩箭矢激射而至。

原本已經穩占上風的徐遠霞頓時險象環生，但他渾然不懼，身形在院中輾轉騰挪，躲過一支支樹根箭矢，順便一刀刀斬斷擦身而過的暗器。

他氣概豪邁，身陷險境卻放聲大笑道：「老妖婆果然是樹精鬼魅！來得好，徐某人就斬斷妳的全部根鬚，到時候留妳一口氣，要妳在烈日下曝曬而亡！」

張山從遊廊上飛奔而來，兩條小腿上各貼有一張黃紙符籙，使得他奔跑如一陣清風，讓人眼花繚亂。

他一邊奔跑，一邊大喊道：「徐大俠，小道來助你殺妖！」

徐遠霞被一截樹根撞在肩頭，高大身形藉著巨大衝勁在空中旋轉一圈，一刀砍斷那樹根。摔落地面的樹根猶撲騰不止，而縮回牆面的那截樹根，斷口處有黑血滲出，散發出腥臭氣息，加上陰沉雨水，使得院子裡瘴氣橫生，好在他一身武道真意流轉不停，如一層金光庇護體魄。

眼見著年輕道人過來湊熱鬧，他吐出一口血水，氣笑道：「小道士，好意心領！但是莫要幫倒忙，帶上你的朋友速速離開宅子！只管去那座小鎮備好美酒等著犒勞徐某人，這就是幫了天大的忙了！」

張山卻不願就此離去。斬殺妖魔，為民除害，他義不容辭！身為龍虎山天師府一脈的旁支弟子，哪怕關係再疏遠，哪怕跟那個道教聖地隔著千山萬水，他張山哪怕再籍籍無名、道法微薄，也是張家正統天師的千萬候選人之一！

張山雙腿所貼符籙正是他重金購買的神行符，能夠支撐約莫一炷香工夫。

神行符又名甲馬符，顧名思義，能夠幫助使用者行走如奔馬，彷彿上古神人御風巡狩，因此得以躋身符籙丹書九階流品當中的第七品，哪怕再昂貴，對於戰力欠缺、體魄孱弱的張山來說，也物有所值。

擒賊先擒王，張山雙指掐劍訣奔走於遊廊當中，抬頭望向繡樓二樓，道：「急急如律令，去！」

背後桃木劍「嗖」一下飛掠而出，卻也不是直直殺向繡樓廊柱那邊的樹精女鬼，而是兜了一個大圈，劃出一個精妙弧度，最終繞過廊柱，從側面刺向女鬼的面目。

女鬼不但要幫助樓下夫君壓制徐遠霞的寶刀鋒芒，此刻還要分心對付這柄破空呼嘯而來的桃木劍，便顧不得遮掩容顏。原來她半張臉龐血肉腐爛，蛆蟲爬動，白骨慘然，僅剩半張稍稍完整的容顏也滿是如瓷器的冰裂紋，這副令人作嘔的噁心姿容，膽子小一些的凡夫俗子看了恐怕當場就要嚇死。

數根拇指粗細的青色樹枝從廊柱中破裂而出，死死纏住那柄只差寸餘就要釘入女鬼臉龐的桃木劍。剎那之間，桃木劍上亮起一粒黃豆大小的銀色符光，在劍身上下滾動流走。一點靈光即符膽，使得那些樹枝如遇烈火，滋滋燃燒，青煙陣陣。

女鬼如遭雷擊，撕心裂肺般哀號一聲，趕緊扭過脖子，不敢再看那點靈光，猛地一揮衣袖，幾乎要被燒成焦炭的樹枝裹挾著桃木劍一起被甩入繡樓閨房內。

女鬼轉頭之後，由於動作太大，臉上血塊和蛆蟲一起甩落在美人靠上。

她輕輕嗚咽起來，不知是疼痛還是難堪。

「鶯鶯！」古宅主人看到這一幕後，輕呼出聲，情難自禁，喊出了女鬼的閨名。

他心痛不已，淒然道：「你們欺人太甚！為何要與淫祠山神狼狽為奸，如此逼迫我們夫婦？拙荊雖是鬼魅精怪之身，可從無害人之舉，百餘年來，我除了以自身氣血維持拙荊生機，不過是以古宅為陣眼，吸納方圓三百里的陰氣穢氣而已，反而是那淫祠山神，奪山水氣運為自身修為。你們一個自詡為豪俠，一個身為道人，為何不去找他的麻煩，反而來此咄咄逼人！」說到這裡，他悲憤大笑，「就因為我們夫婦不是『人』，姓秦的貴為山神，你們便覺得正邪分明了？」

皮囊腐敗、氣血幾無的古宅主人橫劍在胸前，低頭凝視著那抹雪亮劍光。

曾幾何時，宗門巍峨，青山綠水，仙鶴長鳴，洞天福地，他也曾在那裡修習劍術，熟讀一本本青詞寶誥，也曾是一個有望躋身中五境的年輕俊彥。

突然一封家書寄到山門，說是與他青梅竹馬且有媒妁之言的姑娘重病纏身，郡城最有名的郎中也已經無力回天。家書要他安心修行，因為哪怕下山，也多半趕不及見上姑娘最後一面。家書末尾，父親還暗示他，這門婚事絕不會成為他以後在神誥宗往上走的阻礙。

他燒毀家書，仗劍下山。回到家鄉之時，姑娘已經死去。他一意孤行，動用神誥宗祕術以心頭血書寫了一張招魂符，帶著姑娘的屍體，牽引著她殘留的魂魄連夜趕往深山老林，日出則藏身於洞穴，日落則匆忙趕路，試圖尋找一處陰氣濃重之地，希望能夠幫助她還魂回陽。

之後百餘年間，他花光家底、費盡心思、耗盡修為建造出了古宅，盜取了古榆國一棵祖宗雌榆的木芯，以移花接木的邪門祕術，將姑娘的魂魄與木芯融合在一起。她衣裙之下早已無足，唯有樹根，整棟古宅既是幫她續命，也是畫地為牢……他們在繡樓之上一起拜了天地，遙拜父母高堂，最後夫妻對拜，從此相依為命。只有姑娘的貼身丫鬟對他們不棄不離，從青絲少女變成了白髮老嫗。

往事不堪回首，古宅主人喃喃道：「若是世道如此，我們夫婦苟活也無甚意思了。」

徐遠霞伸出一隻手，高高舉起，做出休戰的姿態，沉聲問道：「可是有什麼隱情？」

古宅主人慘笑道：「淫祠山神覬覦古宅已久，我在今年開春就知道，自己剩下的那點修為很難抵禦那些鬼祟之輩的陰險試探了，便不得不違背良心和誓言，書寫一封密信去往宗門，希望宗門能夠派遣一位中五境的神仙來幫著震懾那座山神廟，只是泥牛入海，至今沒有消息傳回。這也正常，宗門不對我趕盡殺絕就已經足夠仁至義盡，誰還願意摻和這等腌臢事？若是換成我在山上，聽聞這種宗門醜事，估計都恨不得下山清理門戶了吧。」

張山來到徐遠霞身前，低聲解釋道：「小道腿上的神行符所剩時間不多了，若是他們使詐，小道可就真要帶著朋友一起撤退了。」然後他又驀然一笑，「不過小道覺得那男子所言不虛。」

徐遠霞有些為難。人心鬼蜮，笑臉魍魎，世事難料啊。若是真有神誥宗弟子願意來此，哪怕只是一個二、三境的外門修士，都可以證明古宅男女的清白。

神誥宗作為東寶瓶洲道家執牛耳者，又有一位天君作為定海神針，說一句不太厚道的話，哪怕是個打掃山門階梯的雜役弟子說的話，恐怕都要比外邊小門派的掌門管用。

在場四位，雖然大戰告一段落，可仍是不敢有絲毫分心。尤其是鶯鶯，在此之前一直被古宅主人保護得很好，這場大戰卻被徐遠霞砍斷無數根鬟，更被那把桃木劍嚇得不輕，雖然內心深處知道遲早會有這麼一天，但是這一天當真到來的時候，仍是讓她驚慌失措，只覺得自己永遠是夫君的累贅，心中愧疚越演越烈。

就在此時，二進院落那邊出現了兩道聲勢驚人的強大氣息。之前古宅男女就聽聞那邊的打鬥動靜，但忙著應付徐遠霞，實在無暇分心去一探究竟，只當老嫗已經恢復清醒，正在阻攔潛入古宅的陰險小人。很快，淫祠山神和白鹿道人來也匆匆去更匆匆，還說著什麼「本命飛劍」和「劍仙」的怪話，像是遇上了真正的山上神仙，根本不敢出手就急忙撤退遠遁。

徐遠霞輕聲道：「小道士，去瞅瞅。」

張山愣了愣。雖然這大髯刀客說得雲淡風輕，但是眼神透露出的意思，卻是要他趕緊離開是非之地。他說不出話來，心情激盪又悲涼。激盪的是自己終於遇上了同道中人，願意不惜性命除魔衛道，在龍潭虎穴亦是氣概如舊，這正是他這輩子最渴望成為的人物；悲哀的是自己總是這般無用，碌碌無為。

張山默默召回桃木劍接在手中，靠著腿上神行符最後一點效力轉身疾走。

古宅主人皺眉深思，不知那邊的變故是喜是憂。

難道神誥宗真的派遣門內弟子下山至此？

鶯鶯擔憂他的身體本就是強弩之末，此番大戰更像是一通催命鼓。她再也顧不得什麼儀態，緩緩向前，被青色衣裙和高大繡樓一起遮蔽的龐大身軀第一次顯現，二樓美人靠被從當中破開，像是站在巨大樹墩上的女子傾斜落在院中，身後是一大截橫斜在空中的蒼老樹根。她顫顫巍巍伸出雙手扶住古宅主人的臉龐，咿咿呀呀，只恨自己無法言語。

古宅主人輕聲安慰道：「莫怕莫怕，說不得真是宗門派人救援來了。」

徐遠霞見此情景，嘆息一聲，長刀拄地，心想眼前夫妻二人，哪怕真是心思歹毒的鬼物，可這份情意，做不得假。

陳平安在嚇退淫祠山神和白鹿道人之後，便撿起那顆甲丸圓球收入方寸物中，然後悄無聲息地趕到三、四進院子的遊廊，剛要讓兩柄飛劍掠出養劍葫殺敵，就發現大戰停歇，雙方暫時沒有拚命的意思。他聽著古宅主人好似真情流露的肺腑之言，便有些吃不准真偽，於是開始屏氣凝神，默默站在一根遮蔽身影的廊柱之後。

當徐遠霞讓張山離開的時候，陳平安略作思量，腳尖一點，身形拔高，踩在廊柱之上，往三進院子彈射出去，雙手在前方橫梁上輕輕一拍，好似游魚浮水一般從中順暢穿過，很快就從三進回到二進院子，飄然落地，坐在原先住處的廂房門檻上。

在他屁股剛剛坐實的瞬間，張山就一頭衝了過來：「陳平安！」他火急火燎道，「咱們拿上東西趕緊走，徐大俠要我們趕緊去往小鎮，事情曲折，我一時半會兒說不清楚……」

陳平安站起身，突然指向古宅大門那邊：「有人闖進來了。」

五名道士在進門之後紛紛收起油紙傘，繞過影壁，折入遊廊當中，向他們這座院落大步而來。他們身穿一襲素雅高潔的精緻道袍，頭頂道家三教之一的魚尾冠，氣勢非凡。

為首的老道人在夜幕之中仍是眼神炯炯，精光四射，一看就是修道有成的神仙中人。其餘四人，有弱冠年紀的青年道人，手持銅鈴，背負烏鞘長劍，劍穗為一長串金黃絲結，異常醒目；有一對相貌酷似的少年男女，神色倨傲，一人腰間懸掛盤曲起來的漆黑長繩，一人腰間斜挎一根青黃相間的漂亮竹鞭；還有一個笑嘻嘻的稚童，因為個頭最小、腿最短，便顯得尤為走路帶風，大搖大擺，手裡拎著一根不起眼的長條木塊，卻篆刻有「萬鬼俯首」的古字。

青年道人輕聲笑道：「師父，是人非妖。」

老道人點點頭，便不再理會站在廂房門口的陳平安和張山，徑直前行。

後邊男女與他們擦身而過的時候，對陳平安都沒什麼興趣，只是打量了幾眼張山的道冠和道袍，好像都覺得有些新鮮。

五名道士就這麼把兩人晾在身後，張山放心不下徐遠霞，拉著陳平安遠遠跟著。

老道人在跨入三進院落之後，猛地怒喝道：「孽障楊晃！還不滾出來認罪！」

繡樓下的古宅主人聽聞這個熟悉嗓音後，頓時喜憂參半。喜的是，那個老道人毋庸置疑是神誥宗內門弟子，這意味著自己的那封求救信起了作用，宗門雖然早已剔除自己的道士譜牒，但依然不打算置之不理，而是真的派人下山調查此事，這意味著姓秦的淫祠山神註定要吃不了兜著走。而憂的是，老道人與他是同一年進入神誥宗的天之驕子，並且各自的師父是師兄弟，但是兩人的關係卻極其惡劣。如今老道人是高不可攀的仙師，他則是人不人、鬼不鬼的卑賤倀鬼，若是老道人公報私仇，他能如何？畢竟，老道人身後，而非他楊晃身後，是擁有一洲道主坐鎮山門的神誥宗。

楊晃讓鶯鶯躲在自己身後，輕輕將長劍刺入地面，面向遊廊，長揖到地：「楊晃願意接受宗門責罰。」

老道人意氣風發地走近他，扯了扯嘴角：「楊晃，百年不見，混得挺風生水起啊。」

徐遠霞轉頭望去，看清楚五名道士的裝束後，並未上前攀交，而是向楊晃抱拳道：「今夜是徐某人冒犯賢伉儷了，在此誠心賠罪！若有需要，徐某人定當挺身而出。」

徐遠霞行走江湖二十載，眼力何等老辣，一眼就看穿楊晃跟神誥宗老道人的不對付。福禍相依，不外如此。這五個光鮮道士，只差沒在額頭上貼「正派人士」四個字。

老道人負於身後的手掌悄悄做了個宗門獨有的手勢，其餘四人立即飛掠出去，各占位置，團困住了古宅男女，其中青年道人還站在了高牆之上，看這架勢，可不像是靠山到來該有的排場。

楊晃伸手握住鶯鶯的手，輕聲道：「願生生世世，結為夫妻。」

鶯鶯依然口不能言，嗚嗚呀呀，但是在場的所有人都知道，她是在說那句「願生生世世，結為夫妻」。

就這麼一下，蹲在遊廊欄杆旁的陳平安眼淚嘩啦一下就流了出來。

兒時記憶早已模糊，但是有一幕，陳平安至今還記得清清楚楚。

他爹是一個不善言辭的木訥漢子，可能一輩子就只說過一句情話：「下輩子咱們還能不能繼續在一起啊？」

當時正在縫補衣裳的嫻靜女子只是笑著反問：「怎麼就會不在一起了？」

當時陳平安就依偎在女子懷中，年紀太小，對於這些涉及生生死死的言語沒什麼感觸，但是爹娘那一刻的容貌神情，偏偏就讓他記住了。隨著時間的推移，陳平安越來越覺得，如果真正喜歡一個人，好像一輩子是不夠的。

張山無意間發現陳平安的異樣，抹了抹自己臉頰，有些疑惑。雨下得再大，也不至於滿臉是雨水吧？何況這場滂沱大雨到了現在已經變作綿綿細雨了，便是不撐傘都無妨。

他有些擔心，問道：「陳平安，沒事吧？」

陳平安趕緊胡亂抹了一把臉，擠出個笑臉，搖頭道：「沒事沒事，今晚這麼多古古怪怪，太嚇人。我這個人比較後知後覺，之前顧不上驚嚇，現在沒事了，才敢放開了哭。」

張山十分佩服，伸手拍了拍陳平安的肩膀，轉過頭去，忍住笑道：「那你就當我沒看到。」

神誥宗老道人環顧四周，最後笑望向直腰站立的楊晃，嘖嘖道：「物是人非事事休啊，好一對苦命鴛鴦。楊晃，你覺得貧道會如何處置你們？你說是按照宗門的金科玉律辦呢，還是按照你我之間的師兄弟情誼行事呢？」

楊晃咬緊牙關，默不作聲。只是最後，他似是要跪下身去，只求老道人法外開恩。

徐遠霞正要開口說話，老道人轉過頭去，眼神陰沉，一聲暴喝：「閒雜人等，乖乖閉嘴！神誥宗清理門戶，由不得旁人指手畫腳！」

徐遠霞氣得眼珠滲出血絲，恨不得一刀掄起就劈砍過去，但是最後也只能頹然嘆息。這種宗門大派的家務事，外人膽敢摻和，真是死了也白死。

就在此時，陳平安轉頭悄悄遞給張山一顆圓球：「張山，從現在起，我們兩個就算是不認識了。這東西你收下……」

張山一把推回，湊過腦袋輕聲道：「陳平安，你可千萬別胡來，只要你先動手，就完全占不住理了。這些正道仙師，小道曉得如何對付，肯定比打架管用。記住，等下我被人揍的時候，你別出手幫忙，否則就會前功盡棄了。」

陳平安問道：「這也行？」

張山笑臉燦爛道：「試試看，如果不行，你再頂上唄。」

他站起身，理了理衣衫，大步走入繡樓廣場，大聲道：「諸位先聽小道一言！」

在場眾人紛紛望向這名外鄉道士，神色各異。腰間綁有一團烏黑繩索的少年道人摘下繩索隨手一拋，繩索便如一條靈蛇在空中自行舒展，瞬間將張山給捆了起來。

粽子似的張山搖搖擺擺，差點跌倒，好不容易才站穩身形。

少年道人冷笑道：「憑什麼要聽你廢話？一個來歷不明的假道士，再敢聒噪，就直接將你丟出院子。」

張山憤怒道：「小道姓張名山，來自北俱蘆洲，師從凌霄派火龍真人，更是族譜有據可查的龍虎山張家子弟！此次遠遊四方，來到東寶瓶洲磨礪道心，是為了完成龍虎山山門的考驗。只要小道返回家鄉，就能夠成為天師府金玉譜牒的在冊道士！你們神誥宗好大的威風，竟敢如此欺辱龍虎山張家人！」

江湖經驗不夠的少年道人有些懵，一時間沒了跋扈氣焰。顯而易見，他是給「龍虎山天師府」給震懾到了。拿神誥宗與之掰手腕，還真沒有底氣。

人的名樹的影，名聲能夠流傳到東寶瓶洲的宗門，就沒有一個是好惹的。中土神洲的龍虎山更是赫赫有名，不隸屬於道家三教任何一脈，是自立門戶的一方道統。張家天師一手掌印，一手持仙劍，道法無邊，殺力無窮，那真是在神人輩出的中土神洲也能夠躋身前十之列的上五境仙人。

張山乘勝追擊，一臉正氣，死死盯住那個眼神陰晴不定的領頭老道人：「楊晃作為神誥宗的前弟子，為一個『情』字淪落至此，便是小道這些外人看來，也覺得可歌可泣，要為他夫婦二人掬一把同情淚。神誥宗作為東寶瓶洲道統之首，想必也該有與之匹配的氣度才對。」

年紀最小、手持古木長條的神誥宗小道童輕輕扯了扯少女道人的袖子，悄悄問道：「師姐，我覺得那個張天師說得挺對的，妳覺得呢？」

少女道人搖頭道：「虛頭巴腦的客套話，別當真。」

陳平安大開眼界，但是與此同時，他眼角餘光瞥向繡樓屋脊那邊，有些疑惑。

張山想要伸出手指指著那個老道人的鼻子，以此增加氣勢，但是發現自己被綁得結結實實，便乾脆向前跳了一步，冷笑道：「何況老仙長與楊晃有多年同門之誼，今日他鄉遇故知，為何是刀兵相見，而不是把手言歡？我張家天師，不管在冊還是記名，遊方四海時只要遇上，必然一見如故，怎麼偏偏你們神誥宗就沒有這等氛圍？再說了，小道雖是龍虎山張家子弟，亦是登山修道之人，卻也曉得法理不外乎人情的淺顯道理。老仙長該不會是跟楊晃有舊怨，因此不顧宗門氣度，非要將這對夫婦往死路上逼吧？不過小道覺得這種可能性不大，老仙長一看就是心胸豁達之人，此間事了，小道必然會為老仙長和神誥宗揚名，哪怕將來到了祖庭正宗的龍虎山，只要提及神誥宗，都要伸出大拇指！」

雙手負後的老道人瞇起眼，笑而不語。

站在牆頭上的青年道人突然說了一通誰都聽不懂的言語，張山正犯迷糊，那青年又轉回東寶瓶洲雅言，居高臨下，伸手指向張山，大怒道：「你這騙子，貧道以北俱蘆洲官話問你話，為何一個問題也答不上來？在東寶瓶洲膽敢冒充龍虎山張家子弟，就是悖逆一洲道統，你知道神誥宗一樣有資格將你拿下嗎？還不跪下認錯！」

沒想到碰到一個比自己還能胡吹法螺的王八蛋，張山勃然大怒，開始用真正的北俱蘆洲雅言大罵那個青年道人，然後轉回東寶瓶洲雅言：「信口雌黃，顛倒黑白，好一個神誥宗，好一個東寶瓶洲道主！」

不承想那牆頭上的青年道人根本不理睬張山，已經轉頭望向老道人，笑咪咪提議道：「師父，初步判定此人並非來自北俱蘆洲，至於是不是龍虎山張家弟子，還需慢慢確定。不如將其拿下丟在一旁，咱們先行清理門戶，處置了那對倀鬼樹精再談其他？」

老道人似乎意有所動，正要開口說話，徐遠霞終於忍不住心胸間那口惡氣，果真如先前所說那般，手持寶刀，向前走出一步，大笑道：「在下只是無名小卒，沒辦法要神誥宗的仙師賣什麼面子，但若是諸位仙師想要責罰楊晃，依法辦事，徐某人便洗耳恭聽，領教一下『宗』字頭仙家的金科玉律到底有無法度可循。可若是不給個說法就要打殺楊晃夫婦，徐某人便是拚了一百幾十斤肉不要，只憑手中一口刀，也要領教領教諸位仙師的通天道法！」

神誥宗少年道人突然問張山：「你既然自稱出身於龍虎山位於北俱蘆洲的小宗門派，那可有通關文牒能夠證明你來自北俱蘆洲，且是張家子弟？若是證明不了，假冒龍虎山張天師一事，你可就要吃不了、兜著走了。」

張山面有難色，流露出一絲猶豫。徐遠霞也有些頭疼，心想如果真是小道士意氣用事，冒充龍虎山上黃紫貴人的遠親，那可是罪名不小，落在有權力督查一洲道統的神誥宗手中，是要吃大苦頭的。

一洲道主，職責所在，歸根結底只是四個字，但分量極重，叫作「正本清源」。

張山深吸一口氣，轉頭道：「陳平安，幫忙從我包袱裡取出通關文牒。」

楊晃苦笑一聲，轉頭看了眼鶯鶯，鶯鶯似乎看出了夫君的心思，點了點頭。

楊晃轉過身，朗聲道：「徐俠士、張道長，你們的好意，楊晃心領，若有來世，必當回報！今日神誥宗是以公法定罪還是以私怨報仇，楊晃與拙荊全部承擔便是。只是徐俠士、張道長，還有那位姓陳的小哥，可別以為我神誥宗修道之人皆如此人啊，絕非如此，絕非如此！」說到最後，楊晃笑聲肆意，好似百年苟活，心情從未如此輕鬆快意。

他伸出拇指指向自己：「我神誥宗！」略作停頓，又指向那個老道人，「像你這種修道不修心的蠢貨終究是少數。難怪百年光陰彈指而過，你趙鎏還是只有五境修為。哈哈，百年之前我楊晃就已是五境鍊氣士，如果沒有記錯，你趙鎏當時才三境柳筋境？好一個『留人境』，留住最多的，便是你這種心懷不軌的王八蛋了！」

楊晃一番話說得肆無忌憚，酣暢淋漓，卻讓趙鎏手底下那撥宗門晚輩聽得面面相覷，頗為難堪。尤其是那稱呼趙鎏為師父的青年道人，殺機畢露，背後長劍在鞘內蠢蠢欲動，竟然是一名劍修。

楊晃的言語恰好戳中此人的心窩：他師父趙鎏在三境滯留數十年之久，他亦是如此。一步步從驚才絕豔、有望躋身中五境的良才美玉淪為前途渺茫的繡花枕頭，幾乎終生無望煉出一柄本命飛劍，他在神誥宗的地位也在短短十年之內一落千丈。

遙想當年，他甚至能夠與那雙享譽一洲的金童玉女偶爾聊上一、兩句話，這是何等殊榮？尤其是賀小涼，當年閒聊之時，她還曾露出過一絲笑容，這又是何等稀罕的美景！即便是禮節性的笑意又如何？要知道，她可是一個連陸地劍仙都苦求不得的女子，而且那位風雪廟劍仙還是東寶瓶洲千年歷史上最年輕的上五境劍修。

到頭來，他卻只能跟隨一個大道無望的師父，帶著這群小屁孩在山腳下的爛泥塘裡摸爬滾打，美其名曰歷練修心，一路上斬殺些靈智未開的陰物，降伏幾頭尚未幻化人形的山精水怪，然後跟什麼亂七八糟的宗門孽徒、樹精女鬼糾纏不休，這算個什麼事？

他一怒之下就要出劍，反正殺的也是倀鬼樹精，死不足惜。自己再不濟也是三境劍修，與金童還積攢著些點頭之交的香火情，想必就算有責罰，也不過是面壁抄書之類的，怕什麼？

一個促狹嗓音毫無徵兆地響起：「劍可不能隨便出鞘。」

眾人循著聲音，不約而同地抬頭望去。

那邊的夜幕漣漪陣陣，輕輕蕩漾，那個不速之客似乎是用了上乘的隱身符籙，其實一直就在屋脊之上隔岸觀火，此刻緩緩顯出身形，是一個身材不那麼苗條婀娜的少女，倒也談不上臃腫肥胖。

她有一張紅潤圓臉，身穿紅緞子衣裳，很有福氣相。

趙鎏有些驚慌，連忙拱手作揖道：「拜見傅師叔。」

踩在一把長劍之上的圓臉少女疑惑道：「你認得我？」

趙鎏滿臉笑容：「神誥宗子弟，無論內門、外門，豈會有人不認識傅師叔，那也太過孤陋寡聞了。」

圓臉少女突然黑著臉冷笑：「怎麼，我跟金童告白失敗的糗事，整座宗門都已經知道了？是哪個長舌婦或是閒散漢告訴你的，說出來聽聽，我回到宗門之後，一定要好好感謝一番。」

不但趙鎏一頭霧水，其實所有人都丈二和尚摸不著頭腦。他們之所以認得出這位傅師叔可不是因為什麼告白不告白，而是因為她的靠山驚人。她最喜歡做的一件事情就是御劍筆直衝入雲霞，然後從百丈、千丈高空一頭撞下，只在離地兩、三丈高度緊急御劍拉升，貼地飛行，瀟灑遠去。

尋常劍修誰敢這麼不要命？誰會不記住這位小祖宗？再說了，她在兩年前試圖在離地一丈的高度轉向，結果就那麼一頭撞入地面，連人帶劍以一個乾脆至極的倒栽蔥姿勢孤零零地杵在那邊，看得原本拍手叫好的旁觀子弟一個個啞口無聲，最後還是靠著與她關係極好的賀小涼的一番訓斥，才讓她收斂許多。

在那之後沒過多久，她就從五境破開瓶頸，成功躋身中五境的洞府境，然後就又開始御劍神誥宗了，每天在各座山峰的老神仙洞府家門口逛蕩，讓習慣了清淨修行的宗門長輩們一個個不勝其煩。她的太姥爺生前曾是神誥宗現任掌教祁真的傳道恩師，故而一向性情冷淡的天君祁真對這位恩師後裔甚至比對金童玉女還要偏愛。

那傅師叔一看眾人表情，立馬就知道自己想岔了，並且還說漏了嘴，恨不得當場就御劍遠去千萬里，但是一想到賀姐姐和那個狗屁金童的交代，只好忍著怒火和羞憤，板著臉站在屋脊上開始醞釀措辭，好早早打發了那對無足輕重的古宅男女。

神誥宗與許多門派一樣，分內門、外門，在賀小涼脫離神誥宗之前，金童玉女同出一宗是一樁極其罕見的盛事。為了歷練兩位天之驕子，掌教祁真專門讓他們插手外門事務。當然，不是直接丟給他們那麼大一個攤子，由著他們獨斷專權，而是類似世俗王朝的御史言官，擁有督查百官之權。賀小涼他們有些時候也會被賦予全權處理某些外門俗事的朱批之權，就是以朱筆書寫如何處理事務的具體建議，然後交由外門專門負責山下俗世事務的宗門弟子，作為其歷練之一。最後成果如何，賀小涼兩人又有勘驗評定之權。

楊晃寄往山門的密信，神誥宗在新年初其實就收到了。當時賀小涼尚未離開神誥宗，和金童還就這封信起了衝突。金童先行提筆朱批，內容大致為妥善處置，不用太過苛責楊晃，實屬情有可原。賀小涼卻是直接給了相反的意見，朱批措辭極為嚴厲，說楊晃身為神誥宗弟子，竟然淪為倀鬼，應當嚴懲不貸，以儆效尤，不過兩人對於鶯鶯的處置倒是都選擇不理不睬。

因為雙方起了爭執，所以楊晃這封密信就被暫時擱置。關於此事，神誥宗外門於情於理以及不可言說的大勢，更多還是傾向於賀小涼，誰都沒有想到，賀小涼突然就不是神誥宗弟子了，連一洲玉女的身分都捨棄不要。愛慕賀小涼多年的金童彷彿是覺得那封密信太過晦氣，不願意再理會半點，而且他手邊需要處理的事情不計其數，就隨手丟給外門一個執法長老，只說是交給下山歷練的弟子便宜行事就是了，不用考慮上邊自相矛盾的朱批內容。後續事情很明瞭，趙鎏抓住了這個機會，親自下山報私仇，但是傅師叔不知道從哪裡聽聞了此事，偷偷摸摸一路跟隨。

傅師叔出現之後，徐遠霞和張山就都明白楊晃夫婦的命運已經不是他們能夠掌控的，說再多的話都沒有意義。一位神誥宗的「長輩」，只說一句話就夠了。

楊晃握住鶯鶯的手，抬頭望向圓臉少女，坦然笑道：「孽障楊晃與拙荊，全憑傅師叔發落，不管生死，謹遵師叔法旨。」

傅師叔瞥了眼那對夫妻，模樣實在是讓人喜歡不起來，當然也談不上厭惡。她一想到密信上的兩份朱批，嘆了口氣，心想反正賀姐姐都已經不是神誥宗的人了，那就按照那個狗屁金童的意思辦？

她清了清嗓子，發號施令道：「趙鎏帶隊去搞定那座淫祠，至於是親自動手還是跟當地官府聯繫，你們自己看著辦。楊晃夫婦就這樣吧，以後只要不打著神誥宗的旗號做壞事就行。總之，從今日起，你們夫婦一切所作所為都與神誥宗無關。」

既然看完了熱鬧，她就不願再待在這個山水破落的鬼地方，迅猛御劍破空而去。

別人御劍飛行都是沿著一個弧度緩緩爬坡，最後進入高空，她卻是恨不得筆直衝上雲霄，看得人心驚膽戰，總覺得她會一個不小心就摔回地面。

楊晃記起一事，大聲道：「謝過傅師叔先前退敵之恩！」

趙鎏拱手作揖，恭送少女離去，之後，冷哼一聲，一言不發地轉身離去。

楊晃沒有得意忘形，反而對趙鎏師徒之外的三名神誥宗小仙師抱拳致歉：「楊晃一身汙穢，不敢相送諸位仙師。」

收回縛妖索的少年道人以及他腰掛打鬼竹鞭的雙胞胎姐姐猶豫了一下，都微微點頭。

那個手持鎮妖木的小道童大搖大擺離開，突然又轉過頭做了一個鬼臉，對鶯鶯笑道：「醜八怪呀醜八怪！」

原本笑意盈盈的鶯鶯頓時神色淒然，緩緩扭過頭去，雙手搗住臉龐，再不敢見人。

剎那之間，小道童突然停下腳步，就那麼直愣愣站在原地，紋絲不動。

不是他不想動，而是不敢動彈。

一行人當中，其實真正最受宗門器重的弟子，是他這個天生直覺卓然的修道良材，而不是那對雙胞胎姐弟，更不是那個趴在三境上曬了好多年太陽的蠢貨。

他迅速轉頭望去，攥緊那塊篆刻有「萬鬼俯首」的鎮妖木，手心滿是汗水。

他緩緩偏移視線，醜八怪女鬼不去說，病秧子似的倀鬼、只靠一件神兵逞威風的大髯刀客、極有可能是龍虎山張天師的北俱蘆洲道士，他一一看過這三人，最後才看向那個面無表情的背匣少年。

他如此作為落在別人眼中，只當是孩子心性的玩鬧，只有陳平安伸出兩根手指，悄悄做了個向前一戳的奇怪手勢。

小道童趕緊眨了眨眼，咽了口唾沫，最後牽強一笑，跟那個讓他覺得危險至極的傢伙客客氣氣地揮手告別，一邊飛奔一邊哀怨：媽呀，這傢伙一身凌厲氣勢，怎麼那麼像是中五境的老怪物？而且還是那種經常下山廝殺、身經百戰的修士。

小道童跑著跑著，又有些笑意了，心情一下子陰轉多雲。

哇，果真如自己師父所說，山下也是有世外高人的！這不就給自己撞上了？回去之後，一定要跟師父說，自己遇見的老怪物，說不定還是一位十境地仙呢。臭不要臉，假裝少年模樣，嚇得他差點屁滾尿流……

小道童歡快奔跑，還來了一個蹦跳，高興道：「喲呵，這趟下山不虧。」

前邊抄手遊廊裡的姐弟心有靈犀地同時轉頭，小道童立即屏氣凝神，落地後，老氣橫秋地繼續穩步前行。

繡樓那邊，一場風波過後，雖然古宅男女從頭到尾都在擔驚受怕，總算是劫後餘生。

夫婦二人握手相視而笑，一切盡在不言中，只覺得得償所願，負擔盡散，苦盡甘來。

張山對陳平安笑道：「劍仙、劍仙，看到沒，這麼年輕的劍仙，厲害吧？」

陳平安有些無奈。

雨已停歇，張山望向高空夜幕，感慨道：「真想吟詩一首啊。」

徐遠霞哈哈大笑。不管如何，事情總算有了個圓滿結局，這比平日裡替天行道、斬妖成功、痛飲美酒還要讓他感到喜悅。

在三進院落那邊倒地不起的老嫗終於悠悠醒轉，立即飛掠而來，結果看到相安無事的男、女主人，微微放下心。

楊晃對老嫗輕聲笑道：「都過去了，以後不用再擔心那些鬼祟小人了。」

老嫗先是愕然，隨後喜極而泣，泣不成聲。

鶯鶯緩緩挪動軀幹「遊蕩」過去，輕輕挽住她的肩頭，嗚嗚咽咽，像是在溫柔安慰。

無事一身輕，再無半點枯槁、頹喪神色的楊晃大笑道：「徐俠士、張道長，還有陳公子，若是不嫌棄，就讓我們盡盡地主之誼，備上一桌好酒好菜，共同暢飲一番？」

徐遠霞笑著點頭，問張山和陳平安：「意下如何？」

張山笑道：「有何不可？」

陳平安也笑著點頭，拍了拍腰間酒葫蘆：「如果可以的話，我想跟你們買一點酒。」

楊晃一揮手，好像恢復了當年那個神誥宗弟子的風發意氣，爽快道：「家中自釀的窖藏土燒算不得醇酒，但是滋味真是不錯，宵夜之後，吃飽喝足，陳公子只管搬走！」

眾人笑聲朗朗，古宅再無半點森森陰氣，唯有尚未喝酒就醉人的江湖豪氣了。

老嫗一會兒笑顏逐開，一會兒又低頭抹眼淚，快步走去灶房燒菜。

夫婦二人在三進院落的正房待客，與徐遠霞閒聊江湖事。

張山猶豫片刻，還是喊上陳平安，來到院落遊廊旁，歉然道：「陳平安，小道其實本名張山峰，並不是張山。對不住了，作為朋友，卻瞞了你這麼久，不太厚道。」

陳平安坐在欄杆上，對此根本沒有芥蒂，笑道：「行走江湖，小心駛得萬年船，這有什麼錯不錯的。」

張山峰眼睛一亮，哈哈笑道：「你也不是用本名行走江湖對不對？就說嘛，陳平安這個名字雖然寓意很好，可到底還是有些俗氣……」

陳平安翻了個白眼：「是本名！」

張山峰頓時有些尷尬，沉默片刻，想起一事，低聲問道：「先前你送小道一顆圓球做什麼？」

陳平安在內心說了一聲「對不住」，然後笑道：「其實先前對面廂房那邊的打鬥動靜很大，我便出門旁觀了一場惡戰。姓楚的書生原來是一頭樹妖，被……剛剛那個劍仙斬殺之後，丟下那顆好像是叫甲丸的法寶。那個劍仙瞧不上眼，直接走了，我便去偷偷撿了起來。」他伸手遞過去那顆圓球。

張山峰恍然，接過後掂量了一下，並不沉重。低頭細看，依稀看見有一條細微裂縫，臉色肅穆，遞還給陳平安：「確實跟傳說中的兵家甲丸很像，但是這顆甲丸應該遭受過重創，導致上邊出現了一絲破綻。不管怎麼說，甲丸都是極其珍稀昂貴的寶貝，雖然小道不知道價格到底多高，但肯定是好東西。你好好收起來，千萬別給外人看到，只要以後找高人縫補修整，就能夠放心穿在身上，相當於一等一的護身符！」

這顆兵家甲丸，按照楚書生自己的說法，是古榆國皇家庫藏裡的地字號法寶，價值三千文雪花錢。陳平安沒有藏入袖中順勢收進方寸物，而是試探性問道：「你也知道，我是習武之人，而且我所學拳法講究一往無前，不可太過依靠外物，否則反而會讓自己的拳意不夠爽利，所以這顆甲丸我留著用處不大，賣給你吧，三百文雪花錢，咋樣？」

張山峰使勁搖頭，自嘲笑道：「莫說是三百文雪花錢，就是一千、兩千文雪花錢，這麼一個可遇不可求的寶貝，小道只要有這個家底，砸鍋賣鐵都會買下，而且眼睛都不眨一下。但是小道如今窮得叮噹響，否則也不至於連在鯤船之上吃頓飽飯都難了。」

陳平安將圓球輕輕拋給張山峰，笑道：「那就當你欠我三百文雪花錢。別急著拒絕，你想啊，就你這個被雨一淋就昏過去的身子骨，以後我們兩個如果再遇到妖魔鬼怪，還怎麼跟人打？你如果穿上甲丸，說不定咱倆勝算就要大上許多。一旦有所收穫，就都歸我，當你還錢，行不行？」

張山峰嘆了口氣，小心翼翼收下那顆以往做夢都不敢奢望的甲丸，跟陳平安肩並肩坐在遊廊欄杆上，一起望向天空，輕輕喊了一聲：「陳平安……」然後就沒了下文，好像許多言語都說不出口了。

陳平安雙手撐在欄杆上：「你看我這次從頭到尾都沒幫上什麼忙，你也沒嫌棄我拖後腿啊。」

張山峰撓撓頭，這麼一說，好像略微心寬幾分。陳平安把自己當朋友，自己也是把他當朋友的，朋友之間，是不是就別那麼規規矩矩、事事講究了？

他突然大笑道：「拂拂髯如戟，豪俠帶寶刀。」

陳平安笑了笑。得嘞，這是在誇獎大髯漢子徐遠霞。

張山峰又說道：「棄文游海岳，辛苦覓全真。」

好嘛，應該是在說他自己了。

張山峰轉頭道：「陳平安，現在沒想到關於你的詩詞，等以後小道有感而發，一定會有的。放心，小道保證一定很豪邁！」

陳平安哭笑不得，不好打擊他的興致，只得點頭附和道：「好的好的。」

他跳下欄杆，跑向灶房，轉頭喊道：「我去幫忙燒菜。」

張山峰「嗯」了一聲，坐在原地，百感交集。

正房那邊時不時傳出徐遠霞的爽朗大笑，張山峰換了一個坐姿，背靠廊柱，雙臂環胸，想起了家鄉的那座高山，便閉上眼睛，哼唱起一首自製詞曲的小調兒，搖頭晃腦，優哉游哉，最後睜開眼睛，輕聲喃喃：「要問此歌何人作？武當山上張山峰！」

陳平安其實在沉思，先前與楚書生一戰，自己武道三境的斤兩心裡大致有數了。崔姓老人傳授的諸多拳法之中，神人擂鼓式是威力最大的一種，他打了二十拳，已是極限。如果不是飛劍斃敵，恐怕就會被那個書生耗盡自己的氣力。若是書生騰出手來，使出一、兩件攻伐法寶，他怎麼辦？逃倒應該不難，可想要勝出並且殺敵，挺難。不過能夠將自己的拳法和初一、十五的出擊配合起來，甚至還有那麼一點點天衣無縫的意味，也是一樁收穫，可他內心深處還是覺得不夠酣暢淋漓，終究是差了一點意思。似乎真正的答案再簡單不過了，還是他出拳不夠快！不夠猛！

陳平安收起思緒。練拳也好，將來練劍也罷，急不來的，總之一步一個腳印，踏踏實實往前走就是了。

他拍了拍腰間的養劍葫，輕聲笑道：「這次謝了啊。」

葫蘆內有所感應，十五開始飛來掠去，十分雀躍。

陳平安突然說道：「但是以後你們倆登場的時候，能不能別那麼……光彩奪目？咱仨又不是跟人切磋武道，出手之前需要報個名號、亮個兵器啥的，上陣殺敵，咱們就不講究這些了吧？偷偷摸摸溜出養劍葫就好了，你們覺得是不是這個理？」

十五瞬間懸停，靜止不動，似乎有些生悶氣，初一更是掠出養劍葫，闖入陳平安的氣府之內興風作浪。好在陳平安如今對於這點疼痛淡定得很，滿臉笑呵呵地小跑向前，去灶房那邊幫忙。

駕馭本命飛劍只是消耗心神，無須動用真氣，但是飛劍殺敵存在著距離限制，與劍修境界，或者說神魂凝結程度有直接關係。初一的路程瓶頸是方圓十丈，十五則是八丈，想要打破飛劍距離瓶頸也無捷徑可走，對於劍修就是上升境界，對於陳平安這個剛剛贏得

「劍仙」美譽的武夫而言，就需要十八停劍氣運轉的那一口真氣一鼓作氣闖過沿途更多的氣府。

不遠處就是灶房了，裡面依稀有些光亮。

「張山峰這個名字，哪裡就比陳平安好了？」陳平安放緩腳步，想到這裡，便有些不服氣，只是突然咧嘴，自顧自偷著樂，「嘿，劍仙！」

老嫗正在灶房裡忙碌，看到陳平安的身影後，有些訝異。

「君子遠庖廚」，這可是聖人教誨，雖然也有「食不厭精，膾不厭細」的講究，但不意味著君子、賢人們會自己動手下廚。不過老嫗很快釋然，眼前少年遠遊四方，風餐露宿，看著也不像出自書香門第，但是老嫗還真不覺得陳平安能幫上大忙，便讓他幫著做些擇菜的活計，順便盯著燉菜火候。陳平安沒有堅持什麼，就幫著打雜。溫暖的灶房內，砧板上發出老嫗嫻熟切菜時的清脆聲響，陳平安坐在小板凳上剝筍，帶著清新的草木香味。

老嫗隨口問道：「陳公子，你的左手怎麼了？」

陳平安瞥了眼包紮有棉布的左手，笑道：「不小心摔了跤，不礙事。」

難得有人跟自己聊天，老嫗笑道：「雨天地滑，害公子受傷了。咱們這棟宅子啊，本就有些年頭了，先前又是虎狼環伺的艱難處境，更不敢大肆張揚，夜間也很少掛燈籠。

這麼多年，怕嚇著了老百姓，不敢請磚瓦匠人過來幫忙，都是我胡亂搗鼓的，手藝當然很差，好些個青石地磚坑坑窪窪，連平整都算不上，這要是在州郡大城的大家門戶裡頭，不說自家人瞧著礙眼，若是給別家人看見，會被笑話死的，背後肯定要嚼舌頭的，什麼難聽的話都會有。好在老爺和夫人從來不計較這個，這是我的福分。」

老嫗的語氣平緩，如水靜流深，百年光陰，喜怒哀樂，悲歡離合，都一點點沉澱在心田了。「這是我的福分」，這應該就是老嫗對自己人生的總結。

陳平安輕聲道：「宅子能有老婆婆妳忙前忙後，也是他們夫婦二人的福氣。」

老嫗愣了一下，帶著笑意，轉頭打趣道：「你這孩子，瞧著憨厚本分，怎麼也這麼會說話？」

陳平安已經將所有剝好的筍都放在一只乾淨竹籃裡，抬頭道：「老婆婆，我說的是實話啊。」

老嫗看著少年那雙清澈有神的眼眸，「嗯」了一聲，轉過身去，臉上笑意更多了些，隨口道：「陳公子有沒有喜歡的姑娘啊？咱們彩衣國胭脂郡的女子可是出了名的漂亮，若是不著急趕路，可以去那邊逛逛廟會，說不定就有一段美好姻緣呢。再說公子你雖然武道境界不高，可在胭脂郡這般無正神、無地仙的小地方真不算差了，若是願意扎根在此，當個將軍、都尉什麼的綽綽有餘，到時候娶一個書香門第裡的大家閨秀不也挺好？」

陳平安有些羞赧，囁囁嚅嚅，不敢接這個話題。

老嫗轉過頭，瞥了眼眉眼頗為周正秀氣的少年郎，會心一笑，輕聲道：「知道嘍，陳公子肯定是有心愛的姑娘了。」

陳平安憋了半天，紅著臉問道：「老婆婆，如果我喜歡的那個姑娘曾經問過我喜不喜歡她，我當時說不喜歡，結果現在去找她，又跟她說我喜歡她，妳說，她會不會覺得我是個騙子啊？」

「陳公子你這話說得可真繞。」老嫗情不自禁笑出聲，一鍋菜燜著，她便坐在灶臺旁的小凳上笑問，「那你當時為什麼不說喜歡她？膽子小，難為情？還是覺得點頭說『是』會在姑娘面前丟了面子，所以故意逞英雄？」

陳平安認真地想了想，給出一個誠心誠意的答案：「我傻唄。」

老嫗這下子是真被逗樂了，笑得整張蒼老臉龐都柔和起來：「我覺得你喜歡的那個姑娘應該不會生氣的。一個姑娘如果被人喜歡，而且那個人喜歡得乾乾淨淨，怎麼都是一件美好的事情。」

陳平安有些苦惱，將一籃筍端到灶臺旁邊：「可是那個姑娘跟我說過，她只喜歡大劍仙……」

老嫗忍住笑：「喲，那可真是難為你了。大劍仙，怎麼都該是第六境的神仙，我家老爺天資多好，曾經還在神誥宗那樣高高在上的洞天福地修行也不曾躋身中五境。陳公子，婆婆給你一個建議，你就跟那個姑娘商量商量，看能不能把大劍仙這個要求變成小劍仙、一般的劍仙？要知道，天底下的劍修，境界再低，還是很吃香的，四境、五境已經很了不起了。」

陳平安欲言又止。寧姑娘所謂的大劍仙，肯定至少也是十二境啊！哪怕她再好商量，答應往下降一降，估計怎麼也得是風雪廟魏晉那種劍仙境界吧？

陳平安嘆了口氣，突然提醒道：「老婆婆，菜好了。」

老嫗趕緊起身，掀開鍋蓋。很快，一道色香味俱全的山珍野味就進了菜盤。老嫗讓陳平安端著那盤下酒菜送去三進院子的正房大堂，還讓他送完這盤菜就不用回來，就在那邊吃喝，之後她來端菜送酒便是。

陳平安一溜煙跑去又跑回，看到老嫗佯裝生氣的模樣，笑問道：「婆婆，我來拿酒，我跟楊老爺打過招呼了，他答應送我酒喝……」說到這裡，陳平安摘下酒葫蘆晃了晃，笑容燦爛，「裝滿為止。」

老嫗從一只紅漆老舊櫥櫃裡拿出酒勺，然後笑著指了指牆根幾個大酒罈子：「搬一罈子沒開的過去，邊上還有小半罈子喝剩下的，你可以裝酒葫蘆裡，怎麼都夠的。」隨後便不管蹲在牆根舀酒入葫蘆的少年，自顧自炒菜。

陳平安將酒葫蘆裝滿，跟老嫗打了聲招呼，抱著酒罈離開。

老嫗笑著轉頭看了眼少年腰間的朱紅色酒葫蘆，心想這孩子小小年紀就是個酒鬼啦？就不知道見著了心儀的姑娘後，是變成一葫蘆喜酒還是斷腸酒呢。她當然還是希望少年能夠得償所願。

三進院子的正房其樂融融，古宅主人楊晃和鶯鶯坐在左邊，徐遠霞被請上座。他是豪爽性子，也懶得推託，張山峰坐在右邊，陳平安端菜送酒過去後便開始暢飲。

鶯鶯戴著厚實面紗遮掩容貌，徐遠霞先前便問過了是否有什麼仙家術法能夠幫助這個可憐的女子恢復容顏，楊晃苦笑搖頭，並不藏掖真相，詳細說出其中緣由。其實最關鍵的還在於古宅陣法與古榆木芯融為一體，無法挪動了。

兩百年前，彩衣國遇上一場可怕瘟疫，十數萬人染病暴斃，大多胡亂葬在此地。歷代彩衣國皇帝都希望改變此地風水，當初一位觀海境的道家神仙雲遊經過彩衣國，被皇帝召見，親臨此地，諸多布置，光是兩次羅天大醮就耗費了近百萬兩銀子，只可惜好了沒幾年便又恢復成瘴氣橫生、鬼魂遊蕩的淒厲場景，真是連神仙都束手無策。

根子還在這處地界的風水之上，雖是鶯鶯的救命藥，也無異於飲鴆止渴，終有一天她還是會淪為惡鬼。他倆早已約好，真到了那一天，便雙雙自盡，以免禍害一方百姓。

其實古榆木芯天生清潔，只是他當時著急挽留住鶯鶯的魂魄，加上之後病急亂投醫，才使得她一步步惡化。若是能夠持續汲取天地清靈之氣，其實她有望恢復靈性，甚至反哺當地氣運，成為類似淫祠山神的存在，但是她的神祇本性因為古榆樹的關係，必然與姓秦的截然不同，她是造福一方，姓秦的卻只能腐壞山水。

最後楊晃豁達笑言，最多再有三十年，這棟宅子就該無人無酒也無菜了，所以希望徐遠霞三人最好在這之前多來此地，好歹還能有個乾淨廂房作為歇腳的地方，還能如今夜這般天南地北，相談甚歡。

涉及一地數百里山水的龐大氣運，徐遠霞和張山峰都無言以對，實在拿不出行之有效的法子，因為只有十境鍊氣士才有資格對此「指手畫腳」。

十境可稱「聖」是一條不成文的規矩，最早是世俗王朝的恭維奉承，因為上五境的神仙實在太過少見，十境修士卻需要牢牢占據靈氣充沛的洞天福地，需要長時間積攢修為，面壁破境，偶爾也會跟山下的帝王將相打打交道，因此儒家聖人、道家的陸地神仙、佛家的金身羅漢等俗稱皆在此列。

陳平安如今喜歡喝酒不假，但是每次喝得不會太多；徐遠霞卻是大碗喝酒、大塊吃肉的性格；張山峰酒量比陳平安還不如，偏偏臉皮子薄，被楊晃和徐遠霞一勸、兩勸，就半碗半碗一口飲盡，使得陳平安每次只敢給他倒些許。即便如此，張山峰還是搖搖晃晃，滿臉紅光，說話嗓音也大了許多，跟徐遠霞聊江湖見聞、跟楊晃聊詩詞，很是開心。老嫗隔三岔五就會端來一盤菜肴，見一罈酒空了，又去搬了一罈過來，賓主盡歡。

在第二罈酒就快要見底的工夫，一聲哀號驟然響起：「楚兄、楚兄！你上哪裡去了？莫要拋下我一個人在此啊！」

很快又有哭腔響起：「小道士、姓陳的，你們怎的也不見了，難道是給惡鬼抓了吃掉了嗎？不要啊，宅子裡的妖怪，你們要吃人就一起吃啊，不要最後單獨吃我啊……」

老嫗當時正端來一盤菜，就要去安撫那個姓劉的官家子弟，解釋緣由，陳平安趕緊起身說讓他去。老嫗一想也對，若是她去了，估計那個可憐書生就要嚇暈過去了。

劉高華被陳平安拉著走入三進院子的時候，兩腿打戰，嘴唇鐵青，上了酒桌便只管喝酒，不敢看人。

徐遠霞笑問道：「你這書生運氣怎麼這麼背，交了那麼個不地道的精怪朋友？還一路遊山玩水，把你騙到這裡來。不過你能夠活到現在，跟我們一起喝酒，也算你福大命大。看你穿著，是彩衣國的富家子弟？」

劉高華顫聲道：「家父是胭脂郡的太守，但是家裡真沒錢，算不得富家子弟。」

徐遠霞哭笑不得：「怎麼，我徐某人像是那種劫匪草寇？」

劉高華抬起頭瞥了眼大髯漢子，心想：『不能更像了。』

徐遠霞不再嚇唬這個文弱書生，突然有些擔憂地對楊晃道：「楊兄，那老道士當真會解決了淫祠山神？會不會故意放過，留下來噁心你們？」

楊晃搖頭笑道：「既然此事有那位傅師叔盯著，神誥宗外門就一定會追查到底。何況每一撥外門子弟下山磨練，最終結果的勘驗評定極為縝密嚴謹，容不得趙鎏擅作主張。」

他突然臉色微變：「我現在只擔心姓秦的在官府那邊有靠山，若是趙鎏彎彎腸子，打著不願仗勢欺人的幌子跟州郡高官『商議』此事，估計就懸了。一旦趙鎏說服彩衣國朝廷和禮部主動要求留下那座淫祠，甚至乾脆讓姓秦的成為一方山水正神，事情就會很棘手。

雖說彩衣國的五嶽正神比不得大國王朝的同類，只是六境鍊氣士的修為，在自家地盤上才能發揮出觀海境的實力。姓秦的那位，畢竟是塑有金身的山神，只要趙鎏從中作梗，幫著他名正言順獲得皇帝敕命，說不定就能擁有洞府境的實力。來自神誥宗的仙師隨便說幾句話，彩衣國皇帝都會好好掂量的。」

聽楊晃說完這些，徐遠霞、張山峰和陳平安幾乎同時望向那個戰戰兢兢的讀書人。

劉高華有些茫然，怯生生說道：「我爹只是個四品郡守，什麼山神不山神的，我爹估計聽都沒聽說過，他幫不上忙啊。」

徐遠霞笑道：「放心，不是要你爹幫忙，只是防止他幫倒忙而已。明天一大早我就陪你返回胭脂郡城，快馬加鞭去拜見郡守老爺，怎麼都不能讓那趙鎏捷足先登。相信只要趙鎏在郡守府見著了我徐某人就會心裡有數了，曉得他的算盤打不響，即便是打響了，也要小心咱們去神誥宗給他鬧，學那老百姓在官衙門口擊鼓鳴冤，口呼『青天大老爺要為民做主』。」說到最後，徐遠霞自己都大笑起來。

楊晃站起身拱手道：「那就先行謝過徐兄！」

徐遠霞的臉色突然古怪起來，喝了口酒，悶悶道：「徐什麼兄，我這歲數給你當孫子都嫌小了！」

楊晃哈哈笑道：「英雄不問出身，朋友不論歲數！」

便是鶯鶯都有些輕微笑聲從面紗後滲出，把好不容易積攢出一點膽氣的劉高華又給嚇得臉色慘白。

當晚，張山峰喝高了，劉高華沒敢敞開了喝，生怕這一醉倒，就再也看不到明早的太陽。最後四人同住二進院子，一夜無事。

天亮時分，張山峰起床推門，看到陳平安已經在院子裡練習走樁，比起初次見到時，感覺像是越來越慢了。

吃過了老嫗準備的早餐，四人便一起告辭離去。

日頭高升，古宅男女主人因為不喜陽光就沒有出門送行，站在繡樓那邊遠遠揮手。

徐遠霞打著哈欠，瞇眼看著越來越耀眼的日頭，懶洋洋道：「又是新的一天了。」

張山峰在跟劉高華聊著胭脂郡的風土人情，劉高華在走出這棟古宅後，整個人的精氣就渾然一變，跟打了雞血似的，滔滔不絕。

陳平安突然轉身走到門檻那邊，對老嫗輕聲說道：「老婆婆，如果，我是說如果有了麻煩事情，妳可以寄信到最北邊的大驪龍泉郡，給披雲山一個叫魏檗的……人，就說楊晃大哥是我的朋友，陳平安欠了你們好多酒呢。」

老嫗笑著點頭，雖然沒有當真，可還是沒有拒絕這份好意。有些善意，就跟春寒料峭時的陽光一樣，雖說在與不在差別不是很大，可為什麼要拒絕呢？

陳平安伸出手，遞過去七、八枚雪花錢：「大驪龍泉與彩衣國路途遙遠，這是到時候老婆婆妳寄信的錢。」

這棟宅子早已耗盡了楊晃所有家底，處處捉襟見肘，故而連酒水都是自釀，菜肴更是老嫗去遠處採摘而得。老嫗猶豫了一下，還是收下了那幾枚雪花錢。

寄信去往東寶瓶洲最北邊的大驪王朝當然花費不少，可也絕對不需要七、八枚雪花錢這麼誇張。少年一把錢幣遞過來，好像拒絕了，或是故意少收幾枚，略顯不近人情，或是矯情；大大方方收下了，也不至於欠下如何天大的人情。

老嫗一時間有些唏噓。年紀這麼小就曉得照顧別人的感受，也不曉得小時候吃了多大的苦，才有這份分寸火候。

張山峰笑著招呼道：「陳平安，走啦！」

陳平安應了一聲，跟老嫗告別，跑出去一段距離後，突然轉身望向繡樓那邊，大聲喊道：「書上說了，願有情人終成眷屬！」

楊晃和鶯鶯聞言，相視會心一笑。

雖然夫婦二人早已不是「人」，但是這又有什麼關係呢？

背負劍匣、腰懸葫蘆的少年就那麼倒退著跑去，再一次跟老嫗揮手告別：「老婆婆，妳的菜做得好吃極了！下次我還來啊！」

老嫗站在門口，笑容溫暖，看著那個沐浴在陽光裡的少年，輕輕應了一聲。

第四章　有些離別可再會

一行人到了胭脂郡城的太守府，太守大人正在官廳處理政務，徐遠霞和張山峰坐在素雅簡樸的客廳，喝著婢女送來的茶水，劉高華則帶著陳平安一路去往他爹的書房，做賊似的，因為陳平安跟他討要了一幅胭脂郡堪輿圖，而且必須是有朝廷蓋章的那種。

劉高華雖然不明就裡，但是一想到這次不僅活著離開古宅，還親眼見識過了精怪鬼魅，還他娘的跟她坐在一張酒桌上喝了酒，就豪氣沖天，看誰誰順眼，便拍胸脯答應了下來，要幫陳平安去偷，結果陳平安二話不說給了他五十兩銀子。

他原本想說他倆一場患難之交，談錢傷感情，結果一看那些沉甸甸的銀錠，頓時覺得傷感情就傷感情吧，反正以後重逢的機會也不多了。

劉高華躡手躡腳地領著陳平安來到書房，關上門後，一陣翻箱倒櫃，好不容易抽出一幅老舊卷軸，正是胭脂郡堪輿圖，不過是候補的。這也正常，這類朝廷欽天監繪製的形勢圖通常有兩幅正選圖和一幅候補圖，兩幅正選圖的其中一幅必然懸在官衙大堂，另一幅則交由當地武將保管，只有候補圖才會放起來吃灰塵。

陳平安確認無誤後，點頭道：「是這個。」

他要花五十兩銀子來買一個極小極小的可能性。

齊先生曾經說過，如果看到瞧著舒服的形勢圖，就可以拿出那一對山浮水印，無須印泥，往上一蓋即可。

陳平安在問過劉高華那棟古宅在地圖上的方位後，便找了個藉口，讓他去書架上挑幾本山水遊記。趁著劉高華轉身的工夫，陳平安手心瞬間多出一對好似「山水相逢」的印章，正是齊靜春雕刻篆文而成，質地是最好的驪珠洞天蛇膽石。

陳平安朝兩枚印章重重呵了一口氣，看準古宅所在位置，「啪」一下輕輕壓下，沒等出現什麼花頭，便捲起堪輿圖夾在腋下，對劉高華道：「行了，咱們趕緊走吧，免得你爹發現。到時候我可不管，給過了錢，不會還你的，你被太守大人打得半死，我最多支付藥材錢。」

劉高華隨便拿了兩本書丟給陳平安，一起離開書房。

陳平安悄悄嘆了口氣，覺得自己心中所想的那個謀劃多半是不成的。不過這也正常，哪有隨便蓋個印章就能改變數百里風水氣運的事情，自己又不是神仙。

只是陳平安算錯了一點。

他當然不是神仙，可是篆刻印章的齊靜春，那是神仙中的神仙。

於是，以古宅為中心方圓數百里山水顛倒，汙穢退散，轉為清靈。秦山神所在的山神廟瞬間崩塌，他自己也金身粉碎。哪怕趙鎏已經放他一馬，與他私下會面，傳授錦囊妙計，讓他喜出望外，只覺得否極泰來，自己終於要行大運了！不再是那個苟延殘喘的淫祠小山神，馬上就會成為神誥宗神仙傾力扶持的一方正神！

當金身粉碎的那一刻，他始終沒想明白緣由，只是怔怔地高坐於神臺之上，就那麼煙消雲散了。

趙鎏當時正帶著幾個小祖宗離開小鎮，瞬間感知到了這番天地變色的異樣，頓時呆若木雞。難道是宗門金童親自出馬了？恐怕金童如今也未必有這等神通吧？

其餘神誥宗晚輩更是惶恐不安，只有那個看似惶恐的小道童的眼眸裡滿是笑意，心想：『我就說吧，那傢伙是活了幾百歲的老王八蛋，這件事情肯定是他做的。哈哈，到時候回到山門見著師父，我一定要跟他老人家吹噓，這次我見著了上五境的仙人！』

繡樓那邊，楊晃顧不得什麼陽光普照、神魂灼燒，迅猛飛掠來到屋脊之上，凝神望去，四周皆是生機盎然，靈氣從四面八方絲絲縷縷彙聚而來，滿臉震驚和狂喜。

鶯鶯更是直接破開屋頂，任由衣裙下邊的醜陋身軀暴露在陽光之下，深吸一口氣，百年以來，第一次感到心扉清新，呼吸順暢。

楊晃紅著眼睛，無比激動道：「必有聖人相助！說不得就是因為傅師叔的出現，此處景象落入了神誥宗某位老神仙的法眼，便施捨大恩下來。不管如何，這都是天大的好事，做夢都不敢想的好事啊……」

他哽咽起來，猛然驚醒，一下子跪下去，向四方各自磕了三記響頭。

鶯鶯跪不下去，便向四方虔誠作揖。

站在三進院子裡的老嫗也拜了拜天地四方，這輩子幾乎從不喝酒的她沒來由地想起去給自己倒上一碗酒。難喝就難喝吧，這輩子活得足夠久了，已是別人的兩輩子。

老嫗來到灶房，一手端酒碗，一手拿酒勺，探入一個早已開啟泥封的酒罈。酒水怎麼只剩下這麼點了？沒道理啊。

老嫗愣了愣，有些疑惑，然後皺緊眉頭，最後一陣頭皮發麻，丟了酒碗、摔了酒勺，猛然站起身，喃喃道：「怎麼可能，怎麼可能！」

她抹了抹額頭汗水，突然笑了起來，重新去舀了小半碗酒水，然後走出灶房，坐在遊廊長椅上，望著安安靜靜灑落在院子地面上的陽光，小口小口喝著酒。

白髮蒼蒼的老嫗難得這麼閒適無事，手頭無事，心頭也無事。

之前也是這般陽光和煦的日子裡，有個名叫陳平安的北方少年，背著木匣倒退小跑，笑著與她揮手告別，腰間掛個朱紅色小葫蘆，裡頭有酒有劍有江湖。

原來是一個酒鬼劍仙少年郎。

老嫗喝著酒，笑著想著，這麼好的一個少年，那麼他喜歡的少女得是多好的姑娘啊？

胭脂郡，太守府邸。

偷過了自家老爹的一郡堪輿候選圖，家賊劉高華有些心虛，覺得五十兩銀子有些燙手，便想著補救一二，就將徐遠霞三人晾在客廳，自己跑去他爹處理政務的官廳，說是自己這趟出門遊歷，遇上了書本上的神仙中人，其中用刀的大髯漢子是一位名動江湖的豪俠，便是郡內第一高手都未必是他的三合之敵，萬萬怠慢不得。還有一位龍虎山張天師，背負一把桃木劍，家學淵源，斬妖降魔，手到擒來。最後一位姓陳的更是了不得，別瞧著少年模樣，其實是八、九十歲的高齡了，只是「修道有成，顏如少童」而已。

劉太守將信將疑，略帶著一絲忐忑，帶上一名見多識廣的府邸幕僚，一同前往客廳招待貴客，結果大失所望。他雖然沒見過諸多神怪精魅，可看人的眼光並不差，打過招呼之後，落座喝了杯茶就興致缺缺，讓劉高華好生款待三位貴客，找了個由頭返回官廳。

一路上，劉太守搖頭道：「什麼豪俠天師，名不副實，坑蒙拐騙到了我府上，真是膽大包天，若是之後膽敢提出非分要求，本官非要讓他們牢底坐穿、牢飯吃飽。」

老幕僚輕聲笑道：「混吃混喝倒也不至於，年輕道士和背匣少年不好說，那大髯刀客是確有幾分真本事的，府上護院肯定不是對手。劉大人，要知道我入府之前曾經遊歷江湖二十餘年，見識過數位大名鼎鼎的江湖宗師，在咱們彩衣國南方都是屈指可數的頂尖高手，僅論氣度，那大髯刀客毫不遜色，目露精光，氣度森嚴。」

劉太守點了點頭：「如此說來，還真有幾分道理。」

老幕僚小聲提醒道：「劉大人，你想一想，駐守本州的那位將軍大人是公認的四境大宗師，咱們曾經在筵席上遠遠觀望，當時就覺得哪怕喝酒談笑，也有一股不怒自威的氣概，很是嚇人。仔細回想，那刀客是不是與之有幾分相似？」

劉太守皺了皺眉頭：「聽你的意思，是要好好拉攏一番？可是聽說跟江湖人打交道，都是一擲千金才算英雄氣概，若是只拿出幾兩銀子做盤纏什麼的，不是客套情誼，反而是羞辱，會得罪那幫江湖莽夫。本官向來為官清廉，並無盈餘能夠出手，這可如何是好？難不成還要跟郡城富豪借銀子？」說到這裡，他的神色有些不快，「若是這般滿是銅臭氣的關係，本官不要也罷。」

讀書人看待江湖漢，尤其是有了朝廷官身的讀書人，其實心底還是瞧不上眼的。

老幕僚心中嘆息。自己送上門的江湖關係都接不住，也怨不得做得一手好文章卻只是四品官了。更何況劉太守的座師、房師如今還是彩衣國的公卿高官，如果換成他，別說是跟富人借錢，就是砸鍋賣鐵也在所不惜。

假設那個大髯刀客是一個三境小宗師的江湖高手，只要關係到了，那麼桌面底下能做的事情多了去了。再說，人情人情，沒有人情往來怎麼有人情，想著事事別人求己可不是為官之道啊。與郡城豪閥大族有點往來，借幾百兩銀子而已，真是你劉太守丟了面子？錯啦，是你給那戶人家面子呢。只是這些事情，劉太守不愛聽，覺得有辱斯文，老幕僚說過一次、兩次後，就心裡有數。

一想到這裡，老幕僚又有些心灰意冷。官場如此彎彎繞繞，江湖上何嘗不是如此？他在隱姓埋名之前，事實上曾經在一個彩衣國南方江湖的盟主麾下擔任心腹謀士，快意恩仇是有，可更多的還是人間細事多如毛，任你英雄蓋世、滿腔意氣，用不了幾年就會被磨損殆盡。想當年老盟主何等豪氣干雲，最後不一樣落得個妻離子散、家破人亡？

劉太守不冷不熱地離開後，劉高華有些尷尬，加上一座郡守府邸竟然寒酸到連幾間客房都騰不出來，徐遠霞便讓劉高華帶著去往最近的客棧落腳，只要趙鎏進入郡城府邸，就趕緊通知他們三人，劉高華連連應下。

因為地段好，又是老字號，客棧生意興隆。好在郡守嫡子的面子還值點錢，硬是拿出了三間客房，而且沒敢坐地起價。劉高華從頭到尾也沒領這份情，全然沒意識到客棧掌櫃的心疼割肉，這讓徐遠霞看得好笑，就連張山峰都直搖頭。

人情世故也是學問，這些學問，聖賢書上教得不多，但是江湖裡頭有，陳平安便看在眼裡、記在心裡。

三人在徐遠霞房間閒聊，自然而然便說起了這趟古宅之行，說起了張山峰的那張神行符。徐遠霞問過了價格之後，得知竟然如此昂貴，便覺得有些對不住他，笑言下趟斬妖除魔一定要有些收穫才行。

張山峰雖然窮怕了，但是絲毫沒有怨天尤人，這倒是讓徐遠霞刮目相看。他知道修行路上，鍊氣士積攢家底何等重要，如果張山峰一直這麼入不敷出，肯定很難往高處走，再好的心性都經不起這種鈍刀子割肉。

經過閒聊，陳平安第一次具體瞭解了鍊氣士下五境銅皮境、草根境、柳筋境、骨氣境、築廬境的風光。

其中前四境分別修練皮肉筋骨，說是鍊氣士，其實對養育出一副堅韌的體魄也很重視，道理倒也淺顯：人身若是一只水碗，練出一斤氣，水碗只能裝下八兩，其餘二兩就成了空談。最後一境則是融會貫通、熔鑄一爐，是為人身這具鍊氣之器的大成之境，大概意思像是在說，可以正式登山了。

因為楊晃多次提及柳筋境，說成是「留人境」，徐遠霞便著重給陳平安這個外行解釋了一番。他說得津津有味，充滿了純粹武夫對山上神仙的調侃，讓剛好停滯在三境的張山峰十分無奈。

「曾經有一個驚才絕豔的柳姓修士，單憑練筋一事就直接登入上五境，成就無上仙身，堪稱前無古人、後無來者，故而專門以『柳筋』命名此境。而之所以有『留人境』的說法，是因為許多奢望走捷徑的修士誤入歧途，在這個境界上對柳姓修士遺留的殘缺祕笈去鑽牛角尖，耽擱太久，貽誤終身。」徐遠霞喝茶也有喝酒一般的豪邁，言語之中頗多調侃，「咱們武人總被山上修士看輕，可有一點怎麼都比鍊氣士強，就是步步扎實，沒那亂七八糟的捷徑可走，最為腳踏實地。下五境的鍊氣士只要不是兵家和劍修之流，遇上了咱們第三境的純粹武夫，可討不了半點便宜！」

張山峰身為在座唯一一名鍊氣士，悶悶道：「你們武夫躋身三境，我們鍊氣士躋身中五境之後再來比比看？肯定是我們鍊氣士勝算更大。」

徐遠霞嘿嘿笑道：「咱們只做同境之爭，第九境的金丹境鍊氣士夠神仙了吧？遇上咱們山巔境的純粹武夫試試看？大驪藩王宋長鏡，你們幾個十境鍊氣士敢在他面前橫？宋長鏡是我們東寶瓶洲純粹武夫裡頭的這個！」他伸出大拇指，「這等武夫才是世間真豪傑，身處山下卻能傲視山上。只恨我徐遠霞不能見他一面，否則死皮賴臉也要敬他一碗酒！」

陳平安臉色古怪。藩王宋長鏡，可不就是宋集薪的親叔叔，曾經在泥瓶巷路過，還跟他打過照面來著。再說了，跟宋長鏡差不多境界的純粹武夫，只說在龍泉小鎮，就還有李槐他爹，更別提還有崔瀺的爺爺……陳平安只好默默喝茶。

之後三人去客棧一樓吃飯，大堂酒桌上議論紛紛，原來有位老神仙即將大駕光臨，一手神通變化莫測，能夠丟紙為美人。那些個儀態萬方的婀娜女子在一張張黃紙落地現身之後，一個個與大活人完全無異，能歌善舞，對答如流。

老神仙這一路南下，已經讓彩衣國沿途各地的達官顯貴都忍不住嘆為觀止，所以老神仙尚未駕臨胭脂郡，這座以美女著稱於世的郡城就已經翹首以盼了。男子期盼那些由紙張變化而來的神異美人別有韻味，稍有姿色的女子則是都起了爭勝之心——豈有一張薄紙勝過她們真人的道理？

陳平安對此興趣不大，徐遠霞和張山峰倒是躍躍欲試。一個信誓旦旦說那老神仙說不定就是披著人皮的精怪妖魔，一個使勁點頭附和，說決不允許妖魔蠱惑人心。

陳平安看著兩個滿身正氣的傢伙，心想：『你們兩個能不能擦乾淨口水再說話？不就是想看漂亮女人嗎，直說啊，我又不會笑話你們。唉，說到底他們就是沒見過真正好看的姑娘。』

這一點，陳平安底氣很足。因為他覺得自己已經見過天底下最好看的姑娘了。

她眉如遠山啊。

落魄山，竹樓後邊新開闢出一方小水塘。水至清且無魚，空蕩蕩的水塘不知是要做什麼，魏檗卻經常在此蹲著，一看就能看上半個時辰，還要青衣小童和粉裙女童最近半年好好盯著水塘，切莫讓外人靠近。約莫是不太放心這兩個傢伙，魏檗甚至讓那條腹下生出金線的黑蛇從洞穴老巢搬出，就在竹樓附近盤踞守候。

陳平安離開之後，青衣小童沒了對比，何況春寒漸退，每天的日頭暖洋洋的，修行就懈怠下來。粉裙女童提醒了兩次，青衣小童卻振振有詞，說這叫張弛有度，厚積薄發，可不叫三天打魚、兩天曬網。

今天魏檗又來到竹樓，青衣小童屁顛屁顛跟在後頭。之前不管如何詢問，魏檗只說讓他拭目以待，就是不願道破真相，害得青衣小童整天撓心撓肺，恨不得現出真身，跳入水塘掀個底朝天。只是忌憚魏檗的身分修為，以及這位山嶽大神那笑裡藏刀的陰柔脾性，才硬生生壓下好奇心，免得寄人籬下的同時還要被穿小鞋。

魏檗還是蹲在池塘邊，仔細凝視著水塘裡的細微水流。水塘看似死水一潭，實則不然。腳下這座落魄山的山水氣運之根本其實不在山巔的山神廟，而是山根在於竹樓、水運在於眼前水塘。

山神宋煜章本就與魏檗交惡，加上又是醇臣本色，死心塌地為大驪宋氏賣命，便將這樁祕事一五一十稟報給禮部和欽天監，得到的答覆卻是讓他守口如瓶，不許洩露絲毫。既然是大驪朝廷的旨意，宋煜章也就不再糾纏，至於自身修為因此受到禁錮約束，無法完整統轄落魄山，他反而看得很淡。不過他跟頂頭上司魏檗的關係，算是越行越遠了。

青衣小童同樣蹲在池塘邊，眼巴巴瞪著池塘清水，只恨無法看出一點蛛絲馬跡。他全然沒有察覺身邊蹲著的魏檗在自家地盤上竟是臉色緊繃，額頭沁出汗水，肩頭如負山嶽，想要起身都沒有辦法。

光陰如水流逝。百無聊賴的青衣小童打了個哈欠，這才發現魏檗身邊站著個陌生人，正彎著腰，雙手負後，笑咪咪凝視著水塘。他身穿道袍，頭頂蓮花冠，年紀輕輕，長得還挺俊，就是笑起來不太正經，一看就像是會假借看手相的幌子趁機偷摸姑娘們小手的人。

若是以往在御江附近，就青衣小童那火爆脾氣，早就讓這個年輕道士有多遠就滾多遠了。如今在龍泉郡見多了風風雨雨，他收斂了許多，只是一想到身邊有一尊金身燦燦的北嶽正神，竹樓裡頭還有一位可怕至極的武道巔峰大宗師，咱這還怕什麼？

青衣小童趕緊站起身，潤了潤嗓子：「喂喂喂，你這道士，咋這麼不地道呢，不打聲招呼就闖了進來。你曉不曉得我家老爺陳平安是整座山頭的主人？而且竹樓附近就有條賊凶的大黑蛇，最喜歡吃人，你能活下來，得虧大爺我每天苦口婆心勸那條大黑蛇要吃齋、要吃齋，否則你這會兒……哼哼！」

他雙臂環胸，鼻孔朝天，心中大笑：『哇哈哈，憋屈了這麼久，總算碰到個自己能夠訓斥幾句的凡夫俗子了，不容易啊！』一想到這個，青衣小童就越看那年輕道人越順眼，恨不得就要跟他稱兄道弟一番。

「這樣啊，如此說來，貧道托你的福，逃過一劫了。」陸沉笑容燦爛，連忙道謝。

他這副做派落在青衣小童眼中，比起魏檗那種綿裡藏針的陰森笑容可就真誠太多了。

不過青衣小童在這狗屁龍泉郡一朝被蛇咬、十年怕井繩，混得有些草木皆兵了，便再次將他仔細打量了一番，確定沒有半點錬氣士的氣象後，激動得差點熱淚盈眶，一路晃蕩過去，跳起來就在陸沉肩頭上一拍：「謝什麼，我家老爺陳平安下山前就說了，他不在家的時候，我就要挑起重擔，當家做主。你作為客人，哪有讓你受到驚嚇的道理。」

崔姓老人看到這一幕後，笑呵呵道：「你有本事再拍一下他的肩頭。」

青衣小童心生警惕，抬頭望向陸沉，又看了幾眼瘋老頭，再看了看陸沉的蓮花冠，試探性問道：「咱們有話好好說啊，你是道家的十境大真人，還是十一、十二境的天君？」

陸沉笑著搖頭：「都不是。」

青衣小童半信半疑，低聲道：「這位仁兄，咱們行走江湖，無論輩分高低、修為深淺都講究一個以誠待人，可不許騙人哪。」

陸沉點頭道：「真不騙你。」

十境以下，在落魄山，自己哪怕打不過，這不還有魏檗和瘋老頭嘛，這要還畏畏縮縮就真說不過去了！青衣小童迅速掂量一番，覺得自己已經立於不敗之地，頓時眉開眼笑，又跳起來拍了一下陸沉的肩膀：「我一看你就根骨清奇，別灰心，道家元嬰境的陸地神仙而已，你努力個幾百年，總歸還是有點希望的。實在不行，以後給人欺負，就報上我的名號，就說你認識……御江浪裡小白條或是落魄山小龍王，這兩個綽號怎麼樣？一個風流，一個威風……」

崔姓老人肆意大笑，朝青衣小童伸出大拇指：「小水蛇，算你本事，要是今天不死，以後夠你吹噓一輩子了！」

青衣小童咽了咽口水，眼珠子一轉，咳嗽一聲，耷拉著腦袋就要撤退，嘴上念叨著：「修行去、修行去，今天的修行可不能耽擱了。」

陸沉笑了笑，點頭溫聲道：「修行是不能懈怠，走走走，貧道對於修行略有心得，你問我答，可以幫你參謀參謀。」

青衣小童眼前一花，突然發現有人與自己並肩而行。這還不算奇怪，奇怪的是魏檗旁邊也有個人蹲著，更奇怪的是，二樓窗口還有人與瘋老頭相對而立。

在朝這邊探頭探腦的傻妞兒身後，也有個人陪著她一起鬼鬼祟祟望過來，一個個全是那個頭戴蓮花冠的年輕道人！

青衣小童閉上眼睛，假裝瞎子往前邊摸去：「我什麼都看不見，什麼都看不見。我在夢遊，我又在夢遊……」

竹樓那邊，粉裙女童眨著水靈大眼眸，比起青衣小童的不敬在先，她好奇多於畏懼。站在她身邊的那一個年輕道人雙手攏袖，看著牆壁上顯現出來的一個個符籙文字，嘖嘖稱奇道：「字還是這般有意思，不愧是幫著……哈哈，天機不可洩露。」

崔姓老人旁邊的年輕道人則斜靠窗臺，笑問道：「聽說你想要打架？」

老人先以崔氏讀書人的身分恭敬長揖行了一禮，然後直起身，後退兩步，又以武夫身分抱拳行禮，再無半點敬畏，眼神炙熱道：「還望陸掌教賜教一二！」

陸沉故作恍然和釋然，哈哈笑道：「好說好說，只是一二就好，討教三四五六的話，貧道還真為難，畢竟如今身在你們浩然天下，兩條腿跟蹚泥似的，走不快，蹦不高。」

水塘旁邊那個陸沉跟魏檗並肩蹲著，問道：「魏大山神能否告訴貧道這池塘裡的積水以及裡頭種下的那粒金蓮種子都是什麼來歷？」

魏檗仍是無法起身，只得苦笑道：「回稟掌教老祖，水是神水國覆滅前夕我偷偷讓人取出的三萬斤泉水。那粒金蓮種子則是神水國皇庫裡頭的老古董，當年就連皇室和欽天監老人都說不清楚其來歷，只是一代代都作為珍藏傳承了下來。神水國亡後，逃難經過棋墩山被我遇上，最後便有了這粒種子，我想著能不能靠著靈泉之水孕育出一株傳說中唯有小蓮花洞天才有的那種紫金蓮花。」

因為魏檗是北嶽正神，是所有山脈的主人，命運一體，但這既是天時、地利、人和，當天災地禍降臨時，也會成為山水正神的負擔。陸沉出現後，魏檗就被他一腳踩得無法動彈了，哪怕他只是踩在落魄山上而已，其實卻與踩在魏檗頭頂無異。如果陸沉一腳踩得落魄山塌陷，那麼魏檗在披雲山之巔的那尊金身可能就會斷掉大半條胳膊。

陸沉搖頭反駁道：「不是只有小蓮花洞天才有，中土神洲的龍虎山天師府也有三株品相極好的紫金蓮花，長勢還不錯，高達十數丈呢。」

魏檗無言以對。

跟青衣小童在一起的陸沉拍了拍他的腦袋，微笑道：「行了，別裝聾作啞了，貧道若是真想把你怎麼樣，你覺得這樣有用嗎？」

青衣小童到現在為止還不知道陸沉的身分，但是僅憑他當著魏檗和老瘋子的面施展出來的這一手神通，青衣小童就曉得自己又撞上鐵板了，而且極有可能，這次比先前任何一次都要硬。

陸沉陪著青衣小童一起走向崖畔，笑問道：「掩耳盜鈴這個典故聽說過嗎？」

青衣小童抬起手背，擦了擦額頭，哽咽道：「聽說過。」

陸沉又問道：「覺得如何？說心裡話。」

青衣小童抽泣道：「只是覺得好玩兒。」

陸沉感慨道：「孺子可教也。」

青衣小童突然蹲下身，雙手抱住腦袋，癡癡望向遠方，滿臉生無可戀的可憐模樣。

他有點想念陳平安了，如果陳平安在身邊，哪怕這個老爺的境界根本不夠看，可是他就是會覺得更心安一些。

陸沉破天荒露出一抹慈祥神色，側身低頭望向呆呆的小傢伙輕聲問道：「小水蛇，想不想跟隨貧道去往青冥天下？」

青衣小童抬起頭，滿臉淚水，皺著一張臉蛋，嘴角下撇，苦兮兮道：「如果我拒絕，你是不是就會抬起一腳踩爛我的腦袋？」

陸沉搖頭：「當然不會。貧道只會搬走那水塘，裡頭的泉水也好，金蓮種子也罷，都算是貧道遺留在這的東西，那麼陳平安就算失去一樁很大的機緣了。你不是經常自詡為英雄好漢嗎，這一路混吃混喝，不講點義氣？好歹為陳平安做點什麼。」

青衣小童緩緩搖頭，淚眼朦朧：「我不講義氣一、兩次，陳平安也不會怪我的。」

陸沉撫住額頭。碰上這麼個不開竅的呆貨也是沒轍，罷了，機緣未到，就先這樣吧。

他嘆了口氣，對青衣小童說道：「回頭跟陳平安說一聲，水塘一事，他欠我一個人情，以後是要還的。至於你，走江化蛟之時，可以去往貫穿北俱蘆洲東西的那條大瀆，如果能夠支撐著走上半截，就算你成功了，到時候可以讓陳平安幫你保駕護航。嗯，這就是他需要還給貧道的人情了。」

青衣小童試探性問道：「仙長為何對我這麼好？」

陸沉看穿小傢伙的心思，沒好氣道：「一、貧道不是你失散多年的親爹或者老祖宗。二、貧道對你化蛟之後的蛟龍皮囊看不上眼。三、貧道之所以點化你一次，是因為你的出身比較特殊，而且以後說不得還要再問你一次，要不要去往青冥天下。」

這個陸沉一閃而逝。

青衣小童起身望去，傻妞兒和魏檗身邊也都沒了蓮花冠道人的身影，瞬間破涕為笑，大搖大擺走向粉裙女童，趾高氣揚道：「傻妞兒，曉得不！老仙長誇我天賦太好了，差點就要跪下來求我當他的徒弟，還說要帶我去那啥啥天下吃香的、喝辣的！我誰啊，既然認了陳平安當老爺，就要講點江湖道義對不對？便毫不猶豫地拒絕了。妳是沒看到老仙長當時眼中閃爍的晶瑩淚水，唉，可憐老仙長一片赤誠之心。要怪就怪陳平安運氣太好，收了我這麼個小書童。也怪我太講義氣了！哦，對了，傻妞兒，老仙長跟妳說了啥？」

粉裙女童揚起一隻小手，上邊金光熠熠生輝。

她尷尬道：「老仙長跟我聊了些寫字的規矩，最後說你一定會胡說八道，要我代勞，賞你一耳光。」

一聲清脆悅耳的響聲，青衣小童被金光璀璨的手心狠狠甩在臉上，整個人在空中旋轉數圈才墜地。

他趴在地上，想著乾脆裝死算了。

魏檗站在水塘邊，望向靜謐竹樓二樓，憂心忡忡。

古榆國，一棟名為「大茂府」的私人府邸，一個身材高大的英俊書生，臉上帶著幾分病態的蒼白，左手一支特製銀鉤，右手一雙綠竹筷子，正在吃著一尾清蒸出來的桃花鱖魚，手邊還有一壺古榆國貢品佳釀，時不時就放下筷子喝上一口。

儒雅書生餐桌前站著四名古榆國最頂尖的武道宗師和鍊氣士，各個名震一方。

一個武道四境巔峰的劍道宗師，自學成才，殺心極重，在古榆國和周邊數個國家的江湖上毀譽參半，公認此人功高而無德。而他的崇拜者則堅信這位宗師對上任何一名宗門之外的下五境劍修都可以穩操勝券。

一個不起眼的粗樸漢子是一名四境刺客，臉上明顯覆有假的面皮。此人是古榆國買櫝樓樓主，買櫝樓是名動數國的刺客機構，意思是價格公道，雇主只需要花木盒子的錢，就能收到明珠的回報。他曾經親自接下一單生意，刺殺中五境鍊氣士，差點就成功了，若非對方擁有一件祕不外傳的師門法寶，恐怕就要得手。

在那之後，買櫝樓遭受到一輪雷霆萬鈞的報復，差點就要銷聲匿跡。不過在這期間，買櫝樓也展現出足夠的江湖血性，不惜代價，專門刺殺那門仙家下山遊歷的弟子。在長達二十餘年的漫長糾纏中，一個幾近覆滅，一個傷筋動骨，最終在古榆國國師的親自調停下，雙方停戰。

如此說來，江湖門派，不只有苟延殘喘和仰人鼻息，也有這般捨得一身剮，敢把神仙扯下山的雄邁氣概。

其餘兩人是鍊氣士，其中一個妖嬈婦人是散修出身，擅長使毒，手段層出不窮，能夠使人神魂腐敗，無論是江湖武夫還是山上神仙，都不願招惹這個「蛇蠍夫人」。另外一人倒是一個從未在古榆國朝野現身的陌生面孔。

能夠讓這四個大人物齊聚一堂，原因很簡單，那個瞧著像是進京趕考書生的年輕人就是古榆國國師。在吃過了肥美鮮香的桃花鱖魚後，他從袖中掏出三張紙，其上各繪有一幅人物畫像。

他彎曲手指，敲了敲繪有陳平安的那張，笑道：「國庫裡有一件玄字號法寶，誰成功截殺了此人，誰就可以拿走。事先說好，這少年極有可能是六境劍修，三境純粹武夫只是假象，千萬不要被他蒙蔽。我只管收取頭顱，至於是怎麼殺的，我不在乎。其餘兩人，若是殺了，也會有些彩頭，諸位儘管放心。」

三人先後離去，只剩下那個名聲不顯的鍊氣士譏笑道：「楚國師，慷他人之慨，不太好吧？」

楚國師微笑問道：「是你的意思，還是皇帝陛下的意思？」

那人沉默不語。

楚國師又笑道：「只要是你拿回頭顱不就行了？東西仍歸楚氏國庫，不過是在我這邊轉一手而已。」

那人冷哼一聲，轉身離去。

在南澗國稍作停留之後，那艘打醮山鯤船繼續升空，御風南下。

鯤船航行在東寶瓶洲中部偏南的上空，依然是雲淡風輕的好時節。

這一天黃昏，那個磕掉一顆牙齒的貂帽老儒生劍甕先生走出獨門獨棟的豪奢院子，來到船頭，視野所及，大日墜入西方，景象壯闊。

劍甕先生一直這麼看著，不知不覺，身旁站了一個同樣是出門散步的女子，以那柄名動北俱蘆洲的小巧飛劍「電掣」作為釵子。電掣尾端掛有一粒珠墜，是女子的父親怕電掣的速度太快，女兒無法駕馭，才找來的一粒從某個龍宮祕境當中獲得的螭珠。他為此不惜重新煉劍，以便穿孔懸珠，用以滯緩飛劍的飛掠速度。

劍甕先生沒有轉頭望向前不久才「結仇」的年輕女子，臉上笑呵呵，嘴唇不動，只是悄悄傳遞心聲：『小丫頭，妳不該來見我的，小心露出馬腳，到時候妳爹再寵溺，也輕饒不了妳。』

年輕女子臉色冷漠，以心聲答覆道：『劍甕先生，你為何要如此行事？你無親無故，並無子嗣，也無弟子門生……』

劍甕先生抬手揉了揉貂帽，這次不再遮遮掩掩，直接以言語出聲，笑道：「小丫頭，若是真不喜歡那個斛律公子，便直接說好了。不用覺得一個男人是好人便一定要喜歡的，以後若是遇上了喜歡的男人，也不要因為他是壞人而故意不喜歡。」

年輕女子臉色微紅。

劍甕先生感慨道：「顛簸了一輩子，四海為家，臨了反而覺得還是這鯤船上的小院落能夠讓人心靜。所幸上船之前帶了一箱子書，每天一推開門就是這雲海滔滔，山河日月，賞心悅目啊。回去了關上門，就是一桌子書籍，道德文章，可以修心……」

年輕女子輕輕嘆息一聲。這趟南下遊歷是她爹的安排，說是要她出門散心。一開始以為父親是想要撮合她跟斛律公子，直至到了大驪王朝的梧桐山渡口，才知道根本沒這麼簡單。就在昨天，她才知道真正的內幕，才知道劍甕先生竟然是那枚關鍵棋子。

好大的一盤棋，她甚至都要以為自己也會淪為棄子。

劍甕先生揮揮手：「走吧走吧，我又不是什麼俊小夥，妳一個黃花大閨女，陪著我一個糟老頭在這邊看日落，妳不覺得尷尬，我還覺得不自在呢。」

年輕女子默然離去，返回院子，屏氣凝神，安靜等待變局的到來。

劍甕先生咂巴咂巴嘴，摘下貂帽，重重拍了兩下，隨手丟出鯤船之外，隨風而逝：「走吧，老夥計。」

他年少時也曾是北俱蘆洲君子資質的讀書種子，但是脾氣太臭，恃才傲物，一天到晚罵罵咧咧。罵朝臣尸位素餐，罵武將酒囊飯袋，罵皇帝是個昏君，罵來罵去，還不是罵自己是百無一用的書生，後來等到家國皆無，他便再也罵不出口了。

沒了貂帽的劍甕先生返回小院，一路上打醮山的執事雜役對他畢恭畢敬。他心中有些愧疚，不過臉上笑容如常，打著招呼，開著玩笑，讓人倍覺親切。比起不苟言笑的斛律公子、性情陰鷙的青骨夫人，這個劍甕先生實在是「可愛」多了。

他拿了本儒家典籍坐在院子裡，也不去翻看，只是閉上眼睛開始打盹。

此刻鯤船下方為朱熒王朝的疆土，它是東寶瓶洲劍修最多的一個強大王朝。相傳魏晉當年第一次行走江湖，在朱熒王朝逗留時間最久，幾次生死搏殺，對手都是朱熒王朝的成名劍修。

朱熒王朝的藩屬小國多達十數個，就國土面積而言，僅次於吞併了盧氏王朝的大驪。朱熒老皇帝的諸多龍子龍孫當中，光是早早決意捨棄皇位的九境劍修就有兩人；四大皇家供奉當中，一名十境劍修曾經與那個號稱東寶瓶洲上五境之下第一人的風雷園園主李摶景三次交手，三次落敗，但是差距有限，否則李摶景也不會答應後邊的兩次挑戰。

先前觀湖書院以北的兩大王朝拚死鏖戰，雙方皆是大傷元氣，南邊不遠處的朱熒王朝隔岸觀火，朝野上下很是幸災樂禍。但是今天暮色裡，朱熒王朝境內一座不知名山峰的山巔之上，驀然綻放出千萬縷劍氣，照耀得方圓數十里都亮如白晝。劍氣直沖雲霄，如瀑布由下往上直撲而去，剛好洶湧傾瀉向了一艘浮空鯤船。

一瞬間，跨洲遠遊的龐大鯤船千瘡百孔，數百人當場斃命。

遭遇重創的鯤魚哀嚎著劇烈翻騰，用以穩固鯤魚背脊上諸多建築的陣法本就在劍氣衝擊之下毀於一旦，鯤魚這麼一晃蕩，雪上加霜，加上天上強勁罡風吹拂，又有數百人直接被甩下，摔死在朱熒王朝的大地上。

鯤船毀滅已是定局，連同船主在內的打醮山鍊氣士束手無策，只能眼睜睜看著垂死掙扎的鯤魚不斷衝向地面，其間不斷有大修士驚慌失措地騰空而起，青骨夫人一行就在此列。

身材修長枯瘦的青骨夫人臉色鐵青，眼眸狹長，瞇起之後更是如鋒芒一般。她一手抱著兒子，一手抓住丈夫的脖子，死死盯著那艘迅猛下墜的鯤船，然後視線掠向那些劍氣的起始處，似乎想要找出罪魁禍首。

宛如米粒的修士不斷升空，火速離開鯤船，可是那些無法御空飛掠的鍊氣士註定要聽天由命了。鯤魚若是翻身撞入大地，他們必然全部喪命，根本沒有生還的可能性。

就在此時，從北方高空掛起一道極其漫長的金色長虹，一直來到鯤魚頭部底下。虹光竟是一個面容剛毅的中年僧人，只見他雙手撐住鯤魚，一聲怒喝，雙膝微蹲，腳下浮現出一大片金色蓮花。可是鯤船下墜之勢何等強大，僧人被壓得身形不斷下沉，腳下的金色蓮花紛紛崩碎。他的出現，雖然稍微滯緩了鯤魚下墜速度，可按照這個勢頭，僧人恐怕仍要被鯤魚頭顱直接撞入地下十數丈。

中年僧人七竅滲出血水，不是鮮紅顏色，而是金黃色——竟然是一尊佛門金身羅漢。

僧人絲毫沒有放棄的念頭，暴喝一聲，猛然轉過身去，弓起背脊，如扛物前奔，騰出來的雙手開始在胸口結印。只見他右手前臂上舉豎起，手指向上舒展如座座峰巒，手心向外，正是佛家無畏印。

僧人一身金色鮮血流淌，可依然面容沉靜，渾然不覺自身遭受的巨大痛苦以及辛苦積攢下來的修為流逝。當他雙腳觸及大地之時，鯤船的下墜勢頭已經趨於平穩，但他最終還是被壓得身陷大地。

當鯤船轟隆隆停靠之時，僧人已經不見身影，過了許久，土壤鬆動，滿身塵土和金色鮮血的僧人才刨開泥地，走出鯤魚底部。

他滿臉悲憫之色，轉過身，雙手合十，低頭佛唱一聲「阿彌陀佛」。

夜幕中，僧人行走在已經死亡的鯤魚的背脊之上，建築倒塌，瓦礫廢墟上俱是屍體和殘肢。僧人一一竭盡所能地照顧過去，最後來到一個滿臉血汙的少女身前。

僧人嘆息一聲，見她並無大礙，雙手合十，默默離去。

雙眼無神的少女懷中抱著一名同齡少女，那具看不清面容的屍體腰間頹然懸掛著一只漂漂亮亮的繡袋。

還活著的少女輕輕拍著屍體的後背，重複呢喃道：「不怕不怕。」

彩衣國，胭脂郡。

豔陽高照，郡城內大小街道熙熙攘攘，城外官道上，商賈、旅人如織。

老神仙下榻於郡守府不遠處的一座大宅，主人富甲一方，廣發請帖，邀請城內大小權貴去他家裡做客，為此專門在湖心搭建了一座高臺，不等天黑就已是彩燈高掛，絡繹不絕的客人魚貫而入，拖家帶口，估計不下三百人。

沾郡守嫡子劉高華的光，陳平安三人得以進入其中，只是位置不佳，在湖邊一條遊廊內安排了兩條長凳。不過好歹有一張放著瓜果點心的小案几，比起附近那些只有座位而無款待的客人還是要風光幾分。案几還是因為劉高華不去陪著他爹，要跟朋友待在一起，府上臨時添置的。

陳平安本想練習劍爐，只是擔心太過惹眼，便只好摘下酒葫蘆慢慢喝酒。

劉高華坐在徐遠霞和張山峰之間，跟兩人小聲說著這戶人家的雄厚財力，以及跟彩衣國一名大將軍千絲萬縷的隱祕關係。

老神仙從遠處一座高樓飛掠而至，緩緩飄落在湖心高臺上，落地時，好似蜻蜓點水，大袖飄搖，盡顯仙人丰姿。光這一手就贏來震天響的喝彩，拍手叫好聲在湖邊此起彼伏。

老神仙滿臉紅光，清瘦儒雅，一襲清談名士的裝束，落地之後也不廢話，就連跟郡守大人和駐軍武將的客套都省了，手腕一抖，併攏雙指間就多出一張黃色符籙，若是眼力好的江湖宗師，就能夠看到上邊繪有女子模樣的線條，遠遠算不得栩栩如生。

老神仙輕輕彈指，指縫間的那張黃紙激射而出，觸及地面之時，炸出一團青色煙霧，緩緩蔓延開來。一個身著彩衣的婀娜女子便從青煙之中姍姍走出，向主要貴客所在的一座水榭施了一個萬福。

徐遠霞和張山峰看得嘖嘖稱奇，劉高華更是拚命拍手叫好。陳平安突然抬高視線，剛好有人同時望過來。那人半蹲在遠處的庭院牆頭之上，正朝著陳平安咧嘴而笑。

陳平安不動聲色地站起身，跟張山峰說去找茅廁。張山峰讓他快去快回，可別錯過了精彩畫面，陳平安笑著點頭。

當陳平安走出遊廊、走下臺階的時候，那個與陳平安差不多歲數的黑衣少年也走在了牆頭之上。雙方距離不斷拉近，陳平安深吸一口氣，如臨大敵。

有些離別，雙方就不希望再碰面，但往往在不經意間又不期而遇，比如陳平安和那個名叫馬苦玄的傢伙；有些明明有希望再見的分別，卻偏偏不會有再見了，比如陳平安和那個名叫秋實的少女。

湖心高臺之上，黃紙符籙落地而成的彩衣女子環顧四周，眉眼靈動，顧盼傳神。她哪裡是什麼傀儡死物，分明是大活人。站在高臺邊緣的老神仙在眾目睽睽之下從袖中掏出一只粉彩小瓷瓶，打開瓶塞，隨手丟向高臺中央，滾落在彩衣女子腳邊。

片刻寂靜過後，便有琴聲從瓷瓶當中悠揚傳出，簡直就像是有操琴高手在場撫琴。若是有此道高手，就可以聽出琴聲以慢角調開指，而彩衣女子隨著琴聲緩緩舒展身姿，長袖如七彩流雲。琴聲微頓，彩衣女子隨之停下身形，保持一個蹺腳的俏皮姿勢。另一只粉色繡鞋輕輕踮起，如小荷露出尖尖角。

之後琴聲由慢轉快，美人的舞姿就隨之加速，腰肢擰轉如風，一個回眸，風情萬種。當琴聲變得嘈嘈切切，如一大捧珠子傾倒在玉盤之中，老神仙微微一笑，猛然抬起兩袖，每只大袖分別飄出四張黃紙符籙，落地之後青煙彌漫，將那個彩衣女子籠罩其中。眾人只聞琴聲越發急促，卻不見美人身影，便有些著急，越發期待。

剎那間，琴聲驟然高昂，如銀瓶乍破。就在那一瞬間，只見虛無縹緲的煙霧之中，有八個白衣飄飄的妙齡女子毫無徵兆地迅猛現身，以彩衣女子為中心向四面八方一躍而出，手持長劍。與此同時，那些身形輕靈的白衣持劍女子齊齊發出一聲呼喝，類似古老蠻夷祭祀神靈時的怪聲，非但沒有折損她們的風采，反而生出一種巾幗不讓鬚眉的獨到氣勢。

臨湖水榭內，領兵駐守在胭脂郡附近的中年武將眼前一亮，大為意外。他原本受邀來此只是礙於情面而已，此刻親眼見到這一幕後，情不自禁地拍掌讚賞道：「好一個鐵騎突出！尤其是幾個女子持劍前衝便有此氣勢，殊為不易。」

郡守劉大人撫鬚而笑，點頭附和道：「確實不俗。」

琴聲越發直入雲霄，如春雷在雲海翻滾，而八個持劍白衣少女始終圍繞著居中的彩衣女子飛快旋轉，出劍如虹。彩衣女子則故意放緩輾轉騰挪的速度，與快若奔雷的持劍少女形成鮮明的對比。很多次持劍少女後仰出劍，劍尖距離彩衣女子不過寸餘而已，真是險之又險，彩衣女子始終笑靨如花。

湖心高臺這幅畫面既有行雲流水的美感，又有驚心動魄的魅力。

老神仙微微一笑，輕聲道：「收！」

在高臺持劍少女身姿堪稱快若驚鴻的時候，一大片璀璨的雪白劍光紛紛向四方濺射出去，時不時映照在湖邊看客們的臉上，許多人嚇得趕緊捂住臉龐。就在此時，老神仙說出那個「收」字，八名白衣少女驟然停歇，變成了一張張黃紙符籙懸停在空中。老神仙招招手，黃紙便掠回老神仙大袖之中，如燕歸巢。

彩衣女子彎腰拾起那只瓷瓶，姍姍而行，當面遞給老神仙，朝水榭主位那邊嫣然一笑，這才與白衣少女一樣，重新變作一張符文粗糙的黃紙，被老神仙小心翼翼藏在袖中。

老神仙這一手技驚四座，當場震懾住了胭脂郡所有趕來湊熱鬧的有錢人，讓一些個先前心存挑釁的本土「仙師」實在是沒那臉皮喝倒彩。

張山峰繞過中間的劉高華，輕聲問道：「徐大哥，看出底細沒？是不是妖魔鬼怪？反正我的聽妖鈴是沒有動靜。」

徐遠霞置若罔聞，揉著下巴嘀咕道：「其中一個嘴角有痣的白衣少女，身材似乎不比彩衣女子遜色。」

劉高華還沉浸在心神震撼當中，自言自語道：「真是神通廣大，難怪讀書筆箚上總有人要入山訪仙。我要是學會了這個神仙術法，以後哪裡需要去青樓喝花酒。」

徐遠霞回過神，問張山峰：「陳平安還沒回來？不會掉茅坑裡了吧？」

張山峰無奈道：「陳平安對這些沒啥興趣，說不定偷偷跑去練習拳樁了。」

徐遠霞點了點頭，深以為然道：「這種大煞風景的事情，陳平安絕對做得出來。其實回頭讓劉大公子請咱們去趟胭脂水粉窩，保管陳平安下次再遇到這種好事情，恨不得蹲在湖心高臺邊上。」

劉高華為難道：「徐大俠，我可窮得家徒四壁了，我家的光景你們又不是沒看到，以往偶有風花雪月，也是被朋友拉著去的。說句難聽的，一開始姑娘們還念著我是什麼郡守之子，願意說上幾句奉承話，主動投懷送抱，後來人人背後罵我是一毛不拔的鐵公雞，只差沒給我臉色看了。」

徐遠霞調侃道：「好好一個官宦子弟，竟然當成你這個鳥樣，也算你劉高華的本事了。咋的，讀書沒出息，無法繼承父業，又拉不下面子生財有道，到最後兩頭不靠，就這麼成天遊山玩水，不務正業？」

劉高華臉色黯然，自嘲道：「如果不是家裡就我這麼一根獨苗，爹還想著要我傳承香火，不然我就是死在古宅裡頭，他最多也就是寫出一篇名動士林的祭子稿吧。文章一定寫得字字泣血，實則父子之情也就那般了。」

徐遠霞剝了顆柑橘，遞給劉高華一半，也未說什麼安慰之語。

衣食無憂的太平歲月裡，年輕人才會覺得事事不如意。等到真正的事情臨頭，才會知道之前的種種不幸亦是萬幸。

張山峰有些不放心陳平安，想要起身去找，只是廊道之中早已人頭攢動，水泄不通，只得作罷。

到了僻靜處，陳平安站在牆根下，離宅子外牆還有七、八步距離，就不再往前。

馬苦玄蹲在牆頭，眼神玩味，用地地道道的龍泉方言說道：「以前在溪邊瞧不出你的拳意深淺，現在回頭再看，神仙墳那一架，我確實是打得大意了，輸得不算太冤枉。」

他鄉聞鄉音，可是陳平安一點都不高興。

馬苦玄手裡捧著一把鹽水黃豆，一顆顆丟入嘴中，吃得津津有味。他原本在真武山還擔心這個泥瓶巷的傢伙會死翹翹，或是淪為不值一提的凡夫俗子，那麼神仙墳的仇將來就會報得很沒勁。

這一年多來，他馬苦玄跟隨第二任師父去往真武山修行，上山之後出盡風頭，不敢說名動一洲，真武山周邊大小數十國，誰不知道真武山有個百年不遇的天才橫空出世？山上那些個兵家老祖老怪物，誰敢仗著境界高、輩分高就斜眼看他？短短一年破三境，勢如破竹，如今已是第五境築廬境巔峰，嚇死個人。

真武山上，同境之戰，大大小小十六場架，他馬苦玄無一敗績。只可惜這趟下山尋仇，快意恩仇勉強能算，仍然沒能破開五境瓶頸，一舉躋身中五境，所以他的心情不太好，讓陪同自己下山的師父先行回山，說他還要在江湖上散散心，找幾個三境的江湖宗師練練手，看能否借他山之石攻玉，成功破境。哪怕不用真武山獎勵、賞賜或自己賭贏而來的諸多法寶，馬苦玄獨自走遍五、六個小國的山下江湖，愣是沒找到一個名副其實的宗師，多是四境、五境武夫，沽名釣譽，根本受不住他幾拳。

馬苦玄吃著那把鹽水黃豆，笑呵呵道：「陳平安，看你的樣子，是鐵了心要走純粹武夫的路數？其實也無所謂，運氣好的話，六境武夫就能夠讓咱們大驪看上眼了，到時候撈個有點實權的沙場武將當當，你陳平安也算光宗耀祖了。」

陳平安直截了當問道：「你來找我，還是路過？」

馬苦玄彷彿聽到一個天大笑話，笑得合不攏嘴，好不容易停下笑聲，將僅剩的黃豆一把丟入嘴中，譏笑道：「路過而已，你陳平安也太把自己當回事了。我呢，是因為之前聽說彩衣國有一位不世出的劍神，歸隱山林三十年了，人人都說他劍術通神，比山上神仙還要厲害，什麼手中無劍、心中有劍的，吹捧得很厲害。

我花了好大氣力才找到他，結果他不願出手，說是已經退出江湖了，把我給氣死了。找了他大半個月，哪有一句話把我打發走的道理？不管我如何出手，他只是退避不戰，一味遠遁，哪怕我追上去一拳打死他，也失去了我找人切磋的初衷。我就想了個法子，去江湖上找到他的子孫，提著那些人的頭顱再回去找他，總算讓他跟我打了一架。只不過一個用劍的五境武夫如何當得起『劍神』二字，你說是不是，陳平安？」

馬苦玄在真武山上其實沉默寡言，絕不是這般滔滔不絕的人物，除了偶有所悟，或是破境提升，就出門找人捉對廝殺，其餘時間一直都在閉關苦修。除去名義上的那個師父不提，真武山上僅是給他餵拳和傳授兵家真意的老祖就有兩個，一個是真武山的安排，一個是對馬苦玄青眼有加，主動現身，將馬苦玄視為自家的衣缽繼承之人。

馬苦玄自己也不清楚為何在這個泥瓶巷同齡人面前就挺想說話的，當然，說完想說的話之後，還有更重要的事情要做，比如再打一場！

馬苦玄自登山之後就立下誓言，同境之爭，無論是跟鍊氣士還是純粹武夫，務必全勝，毫無懸念的下五境是如此，即將到來的中五境也該如此，以後上五境更要如此！

家鄉少年陳平安就是他一個小小的心結所在。

兵家修行，這點心結遠遠算不得什麼，但是噁心人啊，馬苦玄心裡當然不痛快。在神仙扎堆的真武山上都能大殺四方，當初竟然輸給了一個會點武夫爛把式的小泥腿子？

陳平安問道：「見了面，是不是要打一架？」

馬苦玄搓了搓手，嘿嘿笑道：「沒事，哪怕是以三境對三境，不欺負你陳平安，可念在同鄉的分上，我還是會盡量收住手，爭取別一不小心打死你。哪怕你今晚傷了殘了，以後的歲月裡頭，等我一步步登頂上五境，神仙墳一戰就足夠讓你引以為傲了。只不過我在這裡先勸你一句，你在心裡沾沾自喜就行了，如果外泄，被我聽到一點風言風語，可就不跟你客氣了。」

馬苦玄低頭看著下邊那個神色自若的同齡人，心中隱隱不悅：『喲呵，還學會了故作鎮定，看來這次出門遠遊，一路走到這彩衣國，還是有所歷練的。』

馬苦玄臉上依然帶著笑意，告訴自己幾拳將這小子打趴下，他也就曉得天高地厚了。

馬苦玄剛要起身跳下牆頭，陳平安已經說道：「去外邊打。」蹲在牆頭的馬苦玄一個後仰，身影就那麼消失，像是摔落在牆外街道上。

陳平安環顧四周，然後腳尖一點，掠上牆頭，看到馬苦玄緩緩行走於空無一人的街道上，朝自己勾了勾手指。

陳平安雙腳踩在街面上，馬苦玄一手負後，一手撓頭，瞥了眼陳平安身後劍匣，笑咪咪道：「你可以隨便使用兵器，不算你占便宜。」

陳平安二話不說，以撼山拳的六步走樁緩緩前行。

水深必然無聲，武人拳意亦是如此。神氣內斂，返璞歸真，拳理即道理。

馬苦玄雖然看似言語輕佻，一直把陳平安當作一隻井底之蛙，但是當他真正潛下心來，正式迎敵之時，氣勢渾然一變，一手握拳貼在腹部，一手攤開手掌負於身後，握拳之手習慣性將指尖輕輕戳在手心。

雙方有十數步之隔。

「光有拳意可不行，你太慢了！」馬苦玄驟然間一步踏出，鞋底地面微微震動，勁道往下滲透極深，卻沒有半點向周邊流散。

馬苦玄轉瞬就來到陳平安身前，右手當頭一拳。陳平安卻是雙手同時遞出，腦袋傾斜，左手拍掉馬苦玄右手拳頭，右手握住對方刁鑽的斜撩勾拳，同時身體前傾，以左手肘部撞向馬苦玄的面門。不承想馬苦玄抬起膝蓋，猛然彈出一腿，擋住了陳平安前衝勢頭，並且身體後仰，順勢拉開雙方距離，躲過肘擊。

行走江湖這段時日，挑戰四方宗師，即便是五境武夫，一旦被馬苦玄打中，無論是拳打還是腳踢，幾乎都要嘔出好幾兩鮮血。但是馬苦玄此刻卻沒能得逞，他發現陳平安右手先行抓住他的腿，一下子就將他橫摔了出去。他整個人在空中迅速更換姿態，最終雙腳踩在牆壁上，甚至就那麼身軀與街面持平著向前行走。

陳平安與他「並肩而行」，並未追擊，以雙拳捶向他的那顆頭顱，沒有用出崔姓老人在竹樓傳授的那幾招拳法。

雙方都不知道對方真正的底細，所以第一次出手更多是蓄力，還是掂量對手的斤兩。陳平安如此小心謹慎並不奇怪，可馬苦玄在真武山見過了山上風光，也在江湖上領教過武道宗師的實力，還如此保守，就有些意思了。顯而易見，馬苦玄對於唯一一個贏過自己的人，內心深處，有著難以言喻的忌憚。

來了！牆面被馬苦玄踩出兩個坑。黑衣少年如一支凌厲箭矢激射而至，陳平安一口真氣下沉丹室，一腳劃出弧度，向後輕盈滑去，然後猛然發力，「砰」一聲，腳邊的街面塵土飛揚，草鞋觸及的地面深處更是磚石碎裂。

馬苦玄出拳如暴雨，陳平安且戰且退。硬碰硬，拳對拳，馬苦玄出拳勢大力沉，且連綿不絕，哪怕身體懸空，雙腳沒有落點，可一樣打出了剛猛至極的渾厚氣象。

兩人之間的空氣砰然作響，就像有人在兩人之間瘋狂擂鼓。

陳平安被馬苦玄一鼓作氣打退了十數步，幾乎就要背靠那邊的牆壁，可是無形中占了地利的陳平安能夠不斷從地面借力和卸力，點點滴滴，就積攢起了微妙的優勢。

此消彼長，正是此時，在這第二回合仍留有餘力、以防不測的陳平安一腳重踏大地，這還不夠，又是一腳扎根地面，擋下馬苦玄一拳後，加倍還以顏色，一拳轟然擊中馬苦玄臉頰，打得他橫飛出去。就在陳平安準備換取一口新氣的同時，橫飛出去的馬苦玄一腿橫掃而至，一報還一報，也是重重鞭打在陳平安脖子上。陳平安整個人旋轉一圈，雙膝微蹲，站穩身形後立即向後退去，像是需要調整呼吸。

馬苦玄咧嘴而笑，白牙森森，大致清楚了陳平安拳法輕重、出拳速度和真氣運轉的路程，一個前掠，快到像是用上了神行符。陳平安被迫擺出一個貌似防禦的拳架，馬苦玄瞳孔微縮，就在雙方即將對撞的時候，馬苦玄身形一轉，腳步急促緊密地一點一點踩出，如陀螺一般圍繞著陳平安轉動，身體始終後傾，欲倒不倒，與陳平安拉開一臂半的距離。

陳平安並未輕易遞出那一拳。

在繞出一個圓圈之後，馬苦玄站直身體，再次圍著陳平安飄然遊走，好奇問道：「這一拳很危險啊，有名頭說法嗎？」

陳平安自然不會開口說話，輕輕挪動腳步，始終跟馬苦玄面對面，雙手拳架依舊，拳意流淌全身，體內一股真氣若火龍遊走。

馬苦玄沒有等到答案，腳步不停，瀟灑遊蕩在陳平安附近，突然自顧自笑起來：「是我蠢了，不怪你、不怪你。說來好笑，我這次行走江湖，見識到很多所謂的豪俠宗師，對戰之時打得你來我往，還有無數傻子在旁邊拍手叫好，跟小雞互啄似的，出手之前還總喜歡嚷嚷『吃我這一招』，要麼就是傻乎乎自曝招式名稱，唯恐對手不知道那一劍或者那一拳的根腳和精髓。」他笑得瞇起雙眼，可是說好了只分勝負的黑衣少年此刻殺心之重，已經不亞於神仙墳之戰。

馬苦玄站定，問道：「咱們總這麼對峙不出手也不是個事，我的三境竟然跟你打了個平手，陳平安，你想不想打得更有意思一點？」

陳平安扯了扯嘴角：「你直接用五境，不算你占便宜。」

之前馬苦玄說過類似的話，現在陳平安這個悶葫蘆直接丟還給心高氣傲的馬苦玄，簡直比一拳捶中馬苦玄腦袋還要可恨。

馬苦玄呵呵笑著，心中怒極，一隻手不斷握拳又鬆開，五指之間有一條條雪白閃電縈繞銜接，滋滋作響。原來之前的這場三境之戰，馬苦玄放棄了兵家鍊氣士的身分，所以打得很江湖氣，很不高明。

陳平安竟是絲毫沒有怯意，拳意反而隨之迅猛攀升，如潮水暴漲。只不過這一次，他將神人擂鼓式的古老拳架換作了鋒芒畢露的鐵騎鑿陣式，最後陳平安說了一句讓馬苦玄鐵了心要打死他的話：「馬苦玄，算我求你了，打架就打架，別叨叨個沒完。」

馬苦玄深吸一口氣，不再有任何懶散神色，眼神寂靜，既無倨傲，也無喜怒，伸手指了指：「敢不敢在我剛才走出的第二圈當中分出勝負？率先退出圈子之人算輸。」

陳平安點了點頭，馬苦玄毫不猶豫地一步向前，走入那個圓圈地界。

泥瓶巷陳平安，杏花巷馬苦玄。

其實兩人心知肚明，馬苦玄不但要分勝負，更要分生死，陳平安則是不願意逃避，或者說一旦生出退意就是死，而且打死馬苦玄這種境界越高、殺人越多的王八蛋，陳平安不虧心。

今夜在別國他鄉的相逢是偶然，而兩人無形之中的大道之爭，早在家鄉就是必然。更何況還有馬苦玄知曉、陳平安尚未知曉的一樁父輩仇怨。

東寶瓶洲彩衣國，胭脂郡城內的這條寂靜街道上，陳平安以鐵騎鑿陣式對敵，率先出手，袖中方寸符早已準備就緒，隨時可以為真正的殺招神人擂鼓式來一場雪中送炭。五境兵家修士馬苦玄雙手的掌心指間，俱是大有淵源的真武山「雷霆」。咫尺之間，方寸之地，皆是兩名少年的充沛拳意和驚人雷電。

這一場近身廝殺，只論境界，一個三境巔峰的純粹武夫、一個五境巔峰的鍊氣士，如果用馬苦玄的話說，其實也算是小雞互啄。如果再看一方的武道拳意和另一方早早孕育出的兵家魂魄，別說是山下江湖，就算擱在山上仙家，都是駭人聽聞。

馬苦玄先打散了陳平安尚未凝聚出拳理真意的鐵騎鑿陣式，但很快就結結實實吃足了十五拳神人擂鼓式，被打得滿臉泛起淡金色，不得不以真武山兵家祕術強行截斷那古怪拳勢的順流直下。

隨後馬苦玄就打得陳平安太陽穴滲出血絲，一張臉龐光是被電光雷球就砸了兩次，那滋味，如春雷響徹耳畔，如大錘砸中面門，只是陳平安在落魄山竹樓吃盡苦頭，對此最是熟悉不過！

馬苦玄越戰越勇，瘋魔一般；陳平安的五臟六腑早已震盪不已，七竅流血。馬苦玄也是氣機紊亂，痛如心絞，手上的真武山雷霆已經所剩不多，但是雙方反而越發心神沉穩，各為磨石，砥礪大道。

兩人最後一次以傷勢互換傷勢，是陳平安心有靈犀，以滋養神魂的立樁劍爐臨時變作攻勢，雙手拆分開來，但是一氣相連，一手雙指戳中馬苦玄眉心，一手雙指彎曲叩在馬苦玄心口，陳平安自己則被馬苦玄雙拳一前一後捶在心口處。

兩人同時踉蹌後退，當馬苦玄踩在圈外的時候，咽下一口鮮血，獰笑道：「陳平安，這次是你輸了，咱倆一勝一負！」

陳平安默不作聲，擰了擰腳尖，死死盯住馬苦玄，抬起手背緩緩擦拭臉上鮮血，不敢遮掩視線絲毫。

就在此時，城牆上有人微笑道：「很好。」

馬苦玄嘆了口氣，伸手點了點陳平安：「下次，勝負、生死會一起分出。」說完轉身就走，滿臉痛苦之色，咬緊牙關，絕不讓自己發出半點聲音。

陳平安站在原地，抬頭望向那個熟悉的身影——真武山兵家修士，帶著馬苦玄離開神仙墳之人。

在神人擂鼓式第十五拳被強行打斷之後，陳平安其實就意識到那個人的存在了，或者說是那個人故意讓他知道，所以陳平安沒有使用兩把本命飛劍。那人以心聲告訴陳平安，不用擔心分出生死，只需全力對戰即可，他會保證兩人只分出勝負，不管是陳平安有機會殺死馬苦玄，還是馬苦玄即將殺死陳平安，那人都會阻攔。

男人一步踏出，與痛得滿臉淚水的馬苦玄並肩而行，轉頭對陳平安說道：「為表歉意和謝意，我已經幫你解決掉了一名躲在暗處的刺客，否則你心弦一鬆，短時間內再難繃起，很容易被那名刺客鑽了空子。」

陳平安點了點頭。所謂的謝意，是因為那個人看出了陳平安踩出圈子的那一腳其實並未真正觸及地面，而是懸停空中，只是當時馬苦玄已是強弩之末，沒能看出真相。

至於為何如此謹慎，是因為陳平安根本信不過那個真武山兵家神仙的話。

齊先生只有一個，阿良也只有一個。

湖心高臺那邊，老神仙又出奇招，以四張黃紙符籙變化出四名美人，環肥燕瘦，各有千秋，姿容氣度不輸先前那名彩衣女子，然後讓早有準備的宅子雜役搬上古琴、琴桌，棋墩、棋盒，以及大書案和琳琅滿目的文房四寶。

凡夫俗子是柴米油鹽醬醋茶，風流名士當然是琴棋書畫詩酒花。

老神仙指了指嫻靜坐於棋盤前的女子，抱拳朗聲道：「胭脂郡城內可有圍棋高手？只要下贏了她，價值千金的棋墩和兩盒棋子就可以拿走。」

這棟宅子裡的物件可沒有便宜貨色，膽敢當著一郡富豪的面拿出來的東西，當然絕非凡品。

彩衣國胭脂郡文風頗盛，熱衷於下棋的高手不乏其人，很快就有一個青衫老人起身走向湖心高臺。當老人露面之後，一些個自視甚高的弈棋能手便只得乖乖坐下，由此可見，青衫老人必然是公認的胭脂郡棋壇第一人。

老神仙與青衫老人相互點頭致意，後者徑直走向棋墩前落座。對弈之前，雙方需要猜先，老人不知是自負七品段位還是同段之間的長者為先，當仁不讓地抓起一把白子，黃紙所化的下棋女子笑意淡淡，彎腰拈起兩顆黑子，結果是老人先行，喝彩聲頓時響徹湖邊。

青衫老人作為彩衣國屈指可數的弈林國手，本就是胭脂郡本土的驕傲，看客為他喝彩也在情理之中，自家人當然幫著自家人。

老神仙指向端坐在書案前的兩名女子，指著左手邊那個道：「聽聞郡守大人最近在憂心一事，新建成的寺廟還缺一副楹聯。她寫完之後，用與不用，郡守大人一手燦爛文章享譽朝野，眼光獨到，大可以看過內容再作定奪。」

劉太守撫鬚點頭而笑，矜持且欣慰。

老神仙再望向水榭中坐在劉太守旁邊的武將，大笑道：「馬將軍是功勳卓著的沙場悍將，曾是彩衣國的邊關砥柱之一，百戰而還，老夫雖是方外之人也是敬佩至極，特意讓她獻醜，為將軍畫一幅大雪滿弓圖！」

馬將軍一口飲盡杯中酒，肆意大笑道：「若是當真能夠畫出沙場之蒼茫，老神仙出城之日，我馬某人親自送行三十里！」

老神仙抱拳先行謝過，而後走到琴臺之前，從袖中滑出一炷香，插在空蕩蕩的黃銅香爐內，親手點燃，香霧嫋嫋，紫氣縈繞。

他對那撫琴女子點了點頭，後者嫣然一笑，開始低頭醞釀情緒。

當悠揚空靈的琴聲響起時，數百聽眾的心神隨之舒緩起來。

蠻荒遠古，聖人造琴，以正天下音。正所謂琴以禁制淫邪，正人心也。

遊廊內，徐遠霞嗑著瓜子，嘖嘖道：「花樣挺多啊，只是溫吞吞的，差了點意思。」

他對琴棋書畫沒啥研究，興致缺缺，還是更願意看女子舞劍。

劉高華也是個棋癡，很好奇青衫老人和那名女子的手談局勢，只恨自己是個沒出息的官宦子弟，沒機會親眼去湖心高臺瞧一瞧。

張山峰是真急了，左等右看，陳平安就是沒出現。總不能是真掉進茅坑裡了吧？便顧不得被人翻白眼，跟兩人知會一聲，就起身去找陳平安。

老神仙袖手而立，笑容恬淡，顯得莫測高深。

他將那湖邊景象收入眼底，知道自己這樁謀劃，已經成了大半。

†

小街上，馬苦玄取出一只瓷瓶，倒出兩粒銀色丹藥，丟入嘴中後，無奈道：「師父，你很是陰魂不散啊。」

看來這趟江湖遊歷，師父就在暗中盯梢。馬苦玄倒是不曾心虛什麼，真武山一位傳授兵家祕法還賜下法寶重器的老祖就跟馬苦玄解釋過宗門規矩，真武山除了山主令，其餘都不是真正的規矩，但是真武山宗主閉關百年，所以就越發鬆散隨意。

男人一言不發。這趟下山，是護送馬苦玄去找海潮鐵騎主帥的麻煩，涉及馬苦玄奶奶之死。海潮鐵騎所在王朝剛好跟死敵大戰一場，雙方打得天崩地裂，一方動用了百丈金身神靈，另一方也出動了一尊鎮國地牛，是上古時代仙人用以鎮壓大瀆水運的水邊鐵牛。

海潮鐵騎在這場戰事中折損嚴重，馬苦玄潛入其中，一夜之間刺殺了三名中層武將，揚長而去。之後馬苦玄說要闖蕩江湖，以江湖磨刀石砥礪體魄，男人沒有拒絕，但仍然偷偷尾隨，以防不測。

馬苦玄伸手抹去淚水，重重吐出一口濁氣，雙手抱住後腦勺，問道：「如果，我是說如果啊，陳平安有機會殺我，師父你會不會出手殺他？」

男人終於說話：「我不敢殺他，也不想殺他。」

不敢，是因為曾經有人去往大驪皇宮，讓飛劍白玉樓損失慘重，而那個人，顯然跟陳平安關係不淺。如果只是如此，隨著時間的推移，還是會有人蠢蠢欲動，沒有想到，飛升之後的上五境劍修竟然這麼快就返回人間一趟。雖說是給道祖二弟子一拳打回來的，但是說句難聽的，天底下有幾個人有資格挨上道老二傾力一拳？

不想，是因為男人對陳平安印象不錯，如果不是宗門規矩使然，他覺得早早悟出拳法真意的泥瓶巷少年其實更適合做自己的弟子。只是收取馬苦玄作為嫡傳弟子是宗主在至關重要的閉關期間發出的一道措辭嚴厲法旨，要真武山上下鄭重對待，不可出現絲毫紕漏，否則他出關之際就是問責之時，所以真武山才會派遣他去往驪珠洞天。

跟神誥宗金童玉女爭搶馬苦玄的過程當中，男人始終半步不退，甚至有些咄咄逼人，顯得極為桀驁。不過他被視為馬苦玄名義上的師父，其實對也不對。佛家有講經師、苦行僧，還有傳法僧、護法僧等等，而他的真實身分，是護道人，是真武山弟子馬苦玄大道之行的看護之人，至於馬苦玄的道路與他是不是一致，不重要。

男人突然說道：「但是你可以殺陳平安，前提是你能做到。」

這當然不是男人在慫恿人心，而是在陳述一個事實。

馬苦玄嗤笑道：「做到？我怎麼就做不到了！一件咫尺物，裡頭法寶有多少，別人不清楚，師父你還不清楚？」

男人笑道：「你有，別人就沒有？」

馬苦玄咧嘴，滿臉不屑：「就算他也有，能跟我比？一副真武山祖傳的金身仙蛻且不提，只說我體內有那兩尊英靈坐鎮神魂，便是殺力再大的劍修，只要不曾躋身中五境，任他飛劍刺我千百次，能傷我分毫？」

男人問道：「那你怎麼不用，非要給人打得這麼慘？」

「這場架，比起真武山上的那種小打小鬧有意思多了，我哪裡捨得仗著狗屁法寶，讓那個傢伙輸得死不瞑目。這不對我的脾氣，我也不願意這麼欺負他陳平安，所以我要在他自以為最強的地方澈澈底底擊敗他。他不是純粹武夫嗎，擁有體魄上的先天優勢嗎，我就只以兵家淬煉而成的肉身跟他硬碰硬。師父，你真當我畫地為牢，是不知道陳平安那一拳的古怪？」馬苦玄笑道，「我知道的，否則最早那一次也不會故意繞開陳平安，避其鋒芒。但是回頭一想，三境武夫我都要繞過，以後六境、九境的大宗師，甚至是宋長鏡之流的止境宗師，我哪怕占著境界優勢，是不是也要繞一繞？」

男人問道：「那麼你的答案是什麼？」

馬苦玄回頭望去，師徒二人走出去很遠，馬上就要到達城門口，早已看不到陳平安的身影。馬苦玄收回視線，眼神堅毅：「將來對陣別的人，可以看情況決定是否繞過他們的最強手，只要我最後贏了就行。但是那個傢伙，不行！我就是要以五境錬氣士的體魄跟三境武夫的體魄狠狠打上一架！」

男人不置可否。

馬苦玄皺眉問道：「陳平安的三境體魄為何如此堅韌？我雖然淬煉體魄一事做得不夠好，更多功夫還是用在招徠真武山的祖宗英靈一事上，但是我所謂的『不夠好』，只是相對自己而言，陳平安怎麼會有這麼不講道理的體魄？」

男人搖頭道：「各有機緣。天底下的好事，不可能被你馬苦玄一人占盡。」

馬苦玄嗤笑道：「只要我視野所及，好事情、好東西，就該是我馬苦玄一人獨占！」

男人一笑置之。很多道理不講，不是馬苦玄做得對；很多誇獎不說，也不是馬苦玄做得不夠好。護道人，只需要保證自己護送之人的腳下大道走得更高、更遠，絕對不可中途夭折，而馬苦玄，註定會走得很高、很遠。至於到底能走到哪一步，能跟歷史上的哪個人並肩而立，如今東寶瓶洲許多幕後大人物其實都在拭目以待。

走著走著，黑衣少年一手摀住腹部，一手扶住臉頰，罵罵咧咧道：「他娘的真疼！」

陳平安強提一口氣，不讓自己的精神氣鬆垮下去，然後在四處尋找那個所謂的刺客。街道上並無那具屍體的蹤跡，他只得掠上牆頭，弓腰而奔，而後驀然停下腳步，往下飄落。就在他和馬苦玄對峙的牆頭下方有一攤灰燼，裡頭安安靜靜擱著一只小白碗和一小截焦炭似的烏木。陳平安沒有靠近，站在原地定睛望去，小巧白碗外邊繪有五嶽真形圖，烏木瞧不出端倪。

這名刺客應該是被那個兵家修士瞬間斬殺，然後被真武山祕法燒成了灰燼。只是那個男人故意留下了刺客隨身珍藏的兩件寶貝，難不成這就是他表達歉意的方式？陳平安猶豫片刻，還是過去蹲下，拿起那截不過尺餘長的烏木，入手極有分量，竟有八、九斤重。再拿起小白碗，手指擰轉小碗仔細凝視，白碗所繪五座山嶽，看名字，如果陳平安沒有記錯的話，應該是古榆國的五嶽圖。

刺客的身分，陳平安其實不難猜到，多半是古宅楚書生的手下，那人言語之中便是古榆國皇帝都要與他平起平坐，死前身軀又化作枯木，分明是用了替死之法，更撂下狠話要找他陳平安的麻煩。後來楊晃聊起了妻子的雌榆木芯一事，這就很簡單明瞭了：楚書生的大道根本，一是一截古榆所化身軀，二是古宅女鬼的雌榆木芯，故而那個樹妖精魅用了

「接連」二字。

既然是仇家死敵的遺物，陳平安拿得心安理得，不但如此，還有些埋怨這名刺客的家底也太薄了些，怎麼連幾十文雪花錢都不帶在身上？他將輕巧小碗和沉重烏木一併收入方寸物中，實在是走不動路了，蹣跚著走出十數步，來到牆邊的一棵粗壯杏樹下，背靠牆壁緩緩坐下，又從方寸物中取出一件潔淨衣衫，仔細擦拭血跡。總不能去了趟茅廁就渾身是血，不說徐遠霞和張山峰會起疑心，恐怕整條遊廊都要起鬨。今天這麼個熱鬧日子，陳平安不希望自己成為焦點，更不願意因此給劉高華惹麻煩。

陳平安能吃苦扛痛，可不意味著這份滋味好受。與馬苦玄在圓圈裡拚死一戰，陳平安內臟受傷不輕，現在就只想這麼坐著，什麼都不用多想。湖心高臺那邊還沒有落下帷幕，喝彩聲不斷，視野被一條遊廊和擁擠看客遮擋，陳平安在這邊看不到什麼，便只好抬頭望。他身旁這棵老杏樹冠大枝茂，杏花盛放，占盡春風。

人和人，太不一樣了。同樣是小鎮出身，馬苦玄對不在乎的事情會格外不在乎，比如別人罵他是傻子，踩髒他的鞋子；在他在乎的事情上，馬苦玄見不得別人比他好半點。劉羨陽會在陳平安做得比他好的事情上直接選擇放棄，比如做竹弓、下套子等等。泥瓶巷的鼻涕蟲顧璨則巴不得陳平安做得更好，那麼他就只需要跟在後頭沾光了。當然，這些除了天生性情之外，也跟遠近親疏有關係。

陳平安摘下養劍葫，灌了口烈酒，這讓他體內氣府的灼燒之感越發雪上加霜。世事就是如此奇怪，明明疼得不行，齜牙咧嘴的陳平安反而更想喝酒。

今天小街一戰，憋屈有不少，痛快更多。雖然馬苦玄此次還是托大，兩人才勉強打了個平手，但是陳平安對於勝負一向看得不重，就像阿良說的，千萬別死，要先活著，才能更好活著。陳平安覺得阿良這句話，真是話糙理不糙。他提起酒葫蘆，高高舉過頭頂，晃了晃，然後愣了一下，哭喪著臉，悻悻然收回酒葫蘆，以至於一些個即將脫口而出的豪言壯語都給咽回了肚子——酒沒了。

陳平安低頭在腰間別好酒葫蘆，突然記起一事，與飛劍十五心意相通，很快手中就多出一只繡花袋子。打開後，裡頭有三塊桃花糕，陳平安低頭嗅了嗅，半點沒壞。方寸物真是神奇，過了這麼久，糕點還跟在落魄山接手時差不多新鮮。陳平安一手托住袋子，一手拈起一塊糕點放入嘴中細細咀嚼，腦袋靠著牆壁，仰頭望向滿樹杏花。

吃過了一整塊糕點就捨不得再吃，陳平安小心繫好繡袋，滿臉笑意，心想自家鋪子的桃花糕就是好吃。他第一個念頭就是想要讓寧姑娘嘗嘗看，想像著下次見面的場景。

陳平安自顧自傻樂和了一會兒，突然給了自己一耳光：「你傻啊。」

沒有魏檗精心搭配的藥桶可以浸泡，當下陳平安身體的痊癒速度簡直就是御劍和步行的差距，不過休息片刻後，正常行走沒有任何問題。

就在陳平安準備起身返回遊廊座位的時候，遠處一陣稀稀疏疏的腳步聲響起，一重一輕，多半是一男一女。陳平安想了想，便選擇繼續坐在牆腳根，有杏樹遮掩，等到他們離開之後再動身不遲。

讓陳平安目瞪口呆的事情發生了，那男子似乎不是彩衣國人氏，雙方便以東寶瓶洲雅言對話，到了光線昏暗的杏樹附近便開始摟抱在一起。

陳平安有些坐立不安。這咋辦？出聲提醒一下那對野鴛鴦，還是盼著他們見好就收，差不多就離開此地？這種熱鬧還是別湊了，萬一被人察覺，就真是褲襠裡掉黃泥——不是屎也是屎了。

陳平安稍作猶豫，還是決定起身，咳嗽一聲。杏樹那一邊的年輕女子尖叫一聲，躲在了男子身後。男子大踏步繞過杏樹，瞪大眼睛，死死盯著面容模糊的陳平安，一看是個個子不高、清清瘦瘦的少年郎，立即膽氣十足：「別怕啊，這等覬覦妳美色的採花賊，便是他打死我，我也不會捨妳遠去。總之他想要占妳的便宜，就從我的屍體上跨過去！」

女子不知是害怕還是感動，依偎著男子寬闊溫暖的後背呢喃道：「柳郎，你真好。」

陳平安愣在當場。談不上生氣，只是覺得哭笑不得，心想你們兩個小時候也被牛尾巴砸過吧……就這麼僵持不下也不是個事兒，陳平安便找了個藉口，故作羞赧道：「公子、小姐，你們可能誤會了，我比你們先到此地，因為第一次進入宅子，不知道茅廁在哪裡，只好……」

不承想，那個男子一聲暴喝：「登徒子，採花賊，還不把褲腰帶繫上！你這是要做什麼，噁心不噁心，世間竟有你這等色迷心竅之輩！」

與此同時，他還不忘安慰身後花容失色的女子：「劉姑娘，躲在我身後便是，別被這種傢伙髒了眼睛。」

最後他偷偷朝陳平安擠眉弄眼，充滿了得意神色，一臉欠揍表情，好像在說「老子今天就要來一回英雄救美，剛好趁熱打鐵，拿下這個小娘們，有種你小子來打我啊」。

陳平安看著他。挺英俊一年輕男人，身材修長，面如冠玉，典型的文弱書生。難怪徐遠霞經常念叨讀書人沒幾個好東西，天底下的大家閨秀和小家碧玉也沒幾個是不眼瞎的，竟然瞧不上他徐某人，反而個個喜歡那些病秧子似的書生。然後陳平安就一步跨出，瞬間走到那書生面前，一巴掌搧過去，打得他橫著倒地，直挺挺昏死過去。

劉姑娘站在原地，張大嘴巴，眼神呆滯，想要尖叫又不敢，苦苦壓抑，唯恐這個出手行凶的歹人連自己一併打殺了，到時候自己與剛剛認識沒多久的柳郎豈不是真成了一對短命鴛鴦？可是才子佳人的書上不都是說父母反對，種種坎坷，跌宕起伏，但最終必然是苦盡甘來，良人美眷嗎？沒有哪本書上寫著書生佳人會給匪徒活活打死啊。

陳平安大踏步離開，顛了顛背後劍匣，頭也不回。等回到遊廊，沒看到張山峰，便問了問。徐遠霞是個愛說笑話的，便說張山峰與一妙齡佳人對上眼，夜遊去了。

劉高華跟著瞎起鬨，陳平安當然不信，不過此刻看著劉高華的面容，陳平安眼神有些古怪，心想天底下不會有這麼巧的事情吧。

猶豫片刻，問道：「你有沒有已經婚配的姐妹？」

劉高華一頭霧水：「沒啊。我有姐妹各一人，如今我沒娶妻，她們沒嫁人，全在家裡混吃混喝。我爹整天埋怨我們是一群酒囊飯袋，俸祿都給我們仨糟踐了，尤其是準備嫁妝聘禮，害得他好些年沒購置案頭清供。」

陳平安鬆了口氣。沒有婚嫁就好，否則那個相貌與劉高華有幾分相似的女子若真是劉高華的姐妹，那麼她一枝紅杏出牆去，說與不說，陳平安都挺為難。

湖心亭高臺那邊很快就落下帷幕，掌聲雷動，劉太守和馬將軍親自走出水榭跟老神仙噓寒問暖。老神仙對答得體，一文一武兩位父母官都覺得如沐春風。其間還有一個士族子弟模樣的年輕人死活要跟老神仙拜師學藝，結果很快就被宅子裡頭的管事雜役拖走。

張山峰比陳平安晚回來幾步，看到陳平安平平安安地就坐在原地，如釋重負，玩笑道：「我還以為你掉茅坑裡了。」

陳平安不願洩露小街一戰，低聲道：「沒找著茅坑，又不好意思去問宅子裡的管事，就想著偷偷找個僻靜地兒，結果找了很久，回來的時候見遊廊人多，不好意思擠進來，就在外邊待了一會兒。」

徐遠霞促狹問道：「一個勁兒往陰暗處鑽，就沒見著卿卿我我的畫面？我可跟你說，這彩衣國，尤其是胭脂郡，書生美人最多，閒來無事就都喜歡看點豔俗禁書，看多了，可不就按照書上寫的路數……」

聽到這裡，劉高華忍俊不禁，使勁點頭道：「就像我家那個小丫頭，十三歲而已，就因為偷看了幾本煙柳書——倒也不是看男女情愛——性子野著呢，從小就嚮往江湖俠義，總嚷嚷著胭脂郡的男子都是娘兒們，不爽利。她只學書上那些偷溜出繡樓、架梯子翻牆的伎倆，好在她精明，我娘親比她更精明，小丫頭片子就沒一次是得手的。」

徐遠霞眼前一亮，拍胸脯道：「嚮往江湖好啊，我徐某人裝著一肚子江湖水，隨便拎出一、兩個故事，都是天底下最好的下酒菜！」

劉高華翻白眼道：「別啊，我妹妹歲數還小，徐大俠，咱哥倆交情歸交情，只在江湖裡談。再說了，成了我妹夫，你輩分不虧？」

徐遠霞笑咪咪道：「你不還有個姐姐嗎？」

劉高華不敢多說什麼，似乎有難言之隱，陳平安欲言又止。

徐遠霞哈哈大笑，一巴掌拍在劉高華肩膀上：「看把你嚇的，我徐某人闖蕩江湖這麼多年，紅顏知己一雙手都數不過來，對繡樓閨閣裡的女子從來不感興趣！」

筵席散去，三人在人流中走出宅子，返回客棧，劉高華被父親派人逮去應酬關係。雖然兒子不成器，制藝不精，基本上斷了仕途前程，可到底是家中獨子，劉太守還是希望劉高華將來能夠撐起門面，混得別太難看。

回去的路上，因為到手兩件東西，陳平安便跟徐遠霞和張山峰詢問法寶一事。

「法寶」是一個很籠統的說法，也分好幾個等級。最底下的物件是匠器，只能算是鑄造精良的死物，吹毛斷髮、削鐵如泥這些江湖說法，多是形容這個範疇的兵器。山上仙家象徵性賜予入門弟子的物件，往往是賣相不錯的匠器，比如張山峰的那把桃木劍。當然，如果是龍虎山天師府賜予下山天師的桃木劍，可就遠遠不止如此了。

匠器再往上是重器，江湖宗師的神兵利器大多屬於此類，材質稀罕，一般鍊氣士，尤其是沒有師門傳承的野修散仙、被視為大道門外漢的純粹武夫以及修行路上的山腰人，運氣好的話，就有一、兩件重器。徐遠霞那把佩刀，其實就是重器當中的佼佼者，接下去的靈器和法器才是真正的法寶。

靈器分先天、後天，先天靈器更為珍稀，天地所鍾情，孕育出充沛的靈氣，讓修行之人操控起來事半功倍，關鍵時刻還能以毀壞根基的代價反哺主人。雪花錢其實勉強能算此類，只是一枚雪花錢蘊含的靈氣太過稀少，可以忽略不計，沒有鍊氣士傻乎乎到汲取雪花錢的靈氣來助長修行境界。

後天靈器，例如高品相的黃紙符籙以及一些被鍊氣士雕刻、打造而成的神異器物，比如老龍城少城主苻南華那枚「老龍布雨」玉佩就是靈器之中的頭等物件，價值連城，還有他從宋集薪那邊購買的「山魈壺」更是珍貴異常。神誥宗那些鍊氣士隨身攜帶的縛妖索、鎮妖木、打鬼竹鞭等，雖然同樣是後天靈器，跟這兩樣比起來，無論價格還是價值，都有天壤之別。

靈器之上是法器。「法」從來都是一個很大的字，否則就不會有道法、佛法之說。法器蘊含著天地大道的無形規矩，專門用以溫養飛劍的養劍葫穩穩占據一席之地。當然，阿良從魏晉那邊取來的銀白色養劍葫，還有正陽山蘇稼腰間懸掛的那個葫蘆，都是養劍葫當中的天潢貴胄，相傳是道祖飛升之前親手栽下的一串葫蘆藤結出的六個葫蘆，後被山巔高人打造成六件養劍容器，自然不是尋常養劍葫可以媲美的。

法器之上還有仙兵，十之八九的山上錬氣士終其一生都無法親眼看到一件仙兵，哪怕是「宗」字頭的仙家府邸也未必每一個都擁有仙兵坐鎮山頭。一洲道統執牛耳者神誥宗掌門祁真這次破境成功，躋身天君，才被中土神洲的上宗賜下一件仙兵。南婆娑洲的劍仙曹曦手腕上所繫的那把本命飛劍，是他遇上一場天大的因緣際會，以一條大江之水煉化而來，能夠算是一件半仙兵，這才是曹曦最讓人忌憚的地方。

世間最拔尖的仙兵無一不是充滿傳奇色彩的存在，擁有之人更是地位超然，享譽浩然天下。比如龍虎山天師府的天師印和那把仙劍，還有潁陰陳氏老祖年少時遊歷天下偶然所得的一只青銅小鼎，相傳曾是遠古聖人懸掛腰間的山河大鼎之仿品。

而本已鳳毛麟角的仙兵之中，又有一種更為傳奇，經過漫長歲月的積澱，孕育出擁有自我意識的「神靈」。此神靈，絕非世俗朝廷敕封的山水正神之流，所謂的正神不朽金身在這一類高高在上的「神靈」之前，恐怕就是連土雞瓦犬都不如。

陳平安心中有數了。哪怕拋開五座山頭不說，自己還是很有錢！自己當下這一身家當當真殷實：今晚剛剛從路邊「白撿來」的瓷碗和烏木、槐木製成的木劍「除魔」，陸沉透過賀小涼還給他的那顆蛇膽石，哪怕撇開是世間蛟龍之屬的心頭愛不提，也肯定屬於最上等的靈器材質；而齊先生留給自己的三方印章，都是用最好的蛇膽石篆刻而成；李希聖饋贈的「風雪小錐」一筆，以及一大摞材質珍貴的符紙；腰間那個在法器中極為特殊的養劍葫是絕大多數中五境劍修都要垂涎三尺的寶貝；最後還有兩把暫時認可他作為主人的本命飛劍「初一」和「十五」。

陳平安獨自走回屋子的時候，腳下帶風，像極了沒在路上遇見某某某的青衣小童。

雖然暫時無法斷定每一樣東西的具體品級，但是從落魄山帶出來的物件絕對差不了。喝酒喝酒！

養劍葫裡已經沒了酒，陳平安就去跟客棧夥計詢問酒水價格。最差的胭脂郡土釀一斤最少也要八錢銀子，至於客棧的招牌胭脂酒一斤要價十兩，而且絕不還價！陳平安的酒葫蘆能裝下十來斤酒水，十斤最貴的胭脂酒也才一百兩銀子而已，又不是一百文山上神仙專用的雪花錢，不喝這樣的美酒，對得起自己身上那一座座金山、銀山？於是陳平安果斷要了十斤土釀燒酒。

原本三人已經各自回屋，結果劉高華又來到客棧，先敲了張山峰的屋門。

他滿臉尷尬，身後還跟著一對郎才女貌的年輕男女，女子面容與劉高華有些相似，估計就是他姐姐了。

劉高華把事情跟張山峰一說，原來是來討要一點江湖兒郎的跌打藥，說是一位柳公子今夜去看老神仙，人太多，又是夜路，不小心摔了一跤磕到腦袋，到現在還暈乎乎的。郡城內的藥鋪早已關門，他姐實在不放心柳公子，聽說弟弟認識江湖豪傑和山上神仙後，就想著請他們幫忙看看，千萬別落下病根子，一切開銷，她來承擔。

張山峰便領著三人去了徐遠霞的屋子，徐遠霞也爽氣，給那柳公子看了看，說不礙事。看那女子不太滿意，便笑著從包袱裡掏出一帖清涼膏，讓柳公子貼在太陽穴上，保證藥到病除，而且絕無後遺症。

女子這才放下心來，坐在凳子上，柔柔的眼神癡癡望向柳公子，滿是愛憐疼惜。柳公子就安慰她不用擔心，咬文嚼字，文縐縐的。徐遠霞最受不了這些，看得直牙酸。

張山峰雖然是出家人，但是湊熱鬧一點不含糊，獨樂樂不如眾樂樂，立即跑去把陳平安扯過來，說是劉高華的姐姐，模樣挺端正一姑娘，今夜帶了個斯斯文文的讀書人過來，估摸著很快就會是郡守府的乘龍快婿了。

陳平安剛將酒裝滿養劍葫，見張山峰不把自己抓去看好戲就誓不甘休的架勢，只好放棄練習劍爐的念頭，跟著他去往徐遠霞的屋子。

等陳平安一進去，月下幽會的那對才子佳人就不約而同地倒抽一口冷氣。

敵不動、我不動。陳平安假裝什麼都不知道，一屁股坐在桌旁，開始喝酒。

柳公子站也不是、坐也不是，劉姑娘更是心虛。畢竟，一個富貴門庭裡的黃花大閨女跟陌生男子私訂終身只差一步，怎麼看都不是可以拿出來說道的好事。雖說胭脂郡民風開放，可是一郡太守的嫡長女跟外鄉書生摟摟抱抱給人撞了個正著，若是熟人，恐怕明天半座郡城都要傳開了。

劉高華納悶道：「怎麼，你們仨認識？」

還是柳公子會瞎編，咳嗽一聲，解釋道：「今夜我與你姐姐在湖邊散步，恰好遇上這位公子，背負劍匣，真真正正是龍驤虎步，氣概非凡。我們頓時被公子的氣度折服，自然過目難忘，此時再會，榮幸之至！」他對陳平安拱手行禮，眼神之中充滿了祈求和可憐。

當時他不過是見杏樹底下的少年細胳膊細腿的，便想著老天爺賞賜下這千載難逢的機會讓自己英雄救美，若是錯過，豈不是枉費了月老牽紅線？於是就有了那麼一場結局不太美好的「誤會」。

陳平安對此人談不上太多好惡，好感肯定是沒有，便呵呵一笑，倒是沒有揭穿他的老底，算是留了迴旋餘地。說到底，他還是不願意摻和劉高華的家務事。這樁姻緣是好、是壞，是良人美眷、天作之合，還是註定一場露水鴛鴦的孽緣，跟他沒關係。

不過話說回來，如果劉高華換成被陳平安當作真正朋友的張山峰，陳平安肯定要直言不諱，哪怕不當面說破，私底下也會提醒一聲，比如「你的未來姐夫做人不太地道，不像是書香門第走出來的翩翩公子」之類。

最後，據說是一路遠遊求學至此、在一場廟會上偶遇劉姑娘的落魄寒士柳公子，竟是窮酸到了要跟人蹭住的份上。因為客棧實在騰不出空屋子，劉高華就在那邊賠笑臉，求著徐遠霞和張山峰他們收留，讓徐遠霞大開眼界：當小舅子當到這個份上，也算少見，不但沒有嫌棄這人的家世，反而幫著姐姐隱瞞這段門不當、戶不對的感情。

柳公子不敢跟陳平安住一間屋子，也不願意跟徐遠霞待在一起，總覺得自己細皮嫩肉的，大髯漢子這輩素不忌的模樣太嚇人，就挑了那個最正常、最順眼的年輕道士。張山峰對此倒是沒有意見。

劉高華帶著依依不捨的姐姐離開客棧，姐弟二人走在即將夜禁的寂寥大街上。

劉高華在快到郡府門口的時候，輕聲道：「姐，我不太喜歡那個人，既然妳喜歡他，我能做的都會做。如果有一天妳發現錯了，也別覺得有什麼，天塌不下來。爹打罵也好，氣急了做出了過火的事情也罷，到時候妳都別怕，有我呢，我是妳弟弟嘛。」

劉姑娘輕輕踢了一腳弟弟，惱羞成怒道：「劉高華！你就不能念一點姐姐的好啊，說什麼晦氣話！」

劉高華轉頭做了個鬼臉，女子故作驚嚇，拎起裙擺，碎步跑向郡守府大門。

劉高華嘆了口氣，快步跟上，又突然停下腳步，猛然間轉過頭去，看見的是空落落的街道。再環顧四周，還是沒看到任何異樣。他搖搖頭，繼續前行。

剛才那一刻，他覺得脖子後邊和背脊都涼颼颼的。他在心裡不斷安慰自己：怕什麼，自己是跟爹一起見過老神仙的人，還跟那位仙風道骨的老仙長當面聊過幾句，沾了那麼些仙氣，就算世間真有汙穢的東西，比如古宅裡的樹妖那般，如今肯定也近不了身。

在雜役關上府邸側門的那一刻，遠處一條僻靜的空曠街道上，剛好有巡夜更夫開始敲更，只是不知為何，明明是三更天的時辰，卻打著四更天的鑼。

在這座胭脂郡內的街上，沙啞聲響幽幽響起：「天乾物燥，小心火燭。」

巡夜多年的目盲老更夫手持銅鑼，原本應該帶著一個負責持梆敲更的啞巴同伴，多年配合，熟稔至極。老更夫並不知道，同伴換成了一個白衣女子，她一次次敲鑼，鑼面上都會有鮮血四濺，但是鮮血不等濺落在街面，就化作縷縷黑煙，迅速散去。

目盲老更夫還是一聲聲嘶啞喊著：「天乾物燥，小心火燭。」

第五章　初一十五始除魔

客棧這邊一夜無事。陳平安獨自住在廊道盡頭的屋子，入睡前，練習了六步走樁和劍爐立樁各一個時辰，最後拿出那只繪有五嶽真形圖的瓷碗以及燒成焦炭似的烏木，翻來倒去，仔細研究了半天，也沒看出半點眉目。

希冀著兩樣東西能夠價值一、兩百文雪花錢，陳平安收起沉甸甸的烏木，將養劍葫裡的土燒烈酒倒入小白碗，然後在燈下翻看劉高華送給自己的兩本山水遊記，時不時小酌幾口，倒也有滋有味。

熄燈上床之後，陳平安閉上眼睛，開始回味跟馬苦玄的小街一戰，反省每一拳的得失利弊。崔姓老人傳授的幾招拳法，陳平安當時哪裡敢藏私，大戰酣暢，時時刻刻面臨生死一線，只得傾囊而出，無形中對於鐵騎鑿陣式在內的那幾式拳法的感悟更深一層。

最可惜的是只打出十五拳神人擂鼓式，直覺告訴陳平安，如果再讓自己一口氣打出二十拳，就像在古宅對付身披甲丸光明鎧的樹妖書生，馬苦玄極有可能早早就要認輸。但是，陳平安思來想去，都覺得讓馬苦玄自以為險勝一招是當時最好的選擇。

不過跟這位真武山天之驕子勉強算是打了個平手，對此陳平安其實沒有太多勝負之外的感觸，一來是根本不知道馬苦玄一年破三境的意義，二來馬苦玄厭惡泥瓶巷的陳平安，陳平安何嘗不討厭這個杏花巷的同齡人。

人和人之間確實講究緣分，有些人一眼望去就會心生好感，就像嚴冬寒春裡的陽光，比如齊先生、李希聖和張山峰；有些人一眼望去則是酷暑時節的日頭，怎麼看怎麼刺眼，就像馬苦玄，還有老龍城苻南華、清風城許氏婦人。

陳平安入睡前那一刻的念頭是，神人擂鼓式肯定是自己目前最壓箱底的拳招了，只是不知道如果一口氣能打出五十拳、一百拳，會不會一條大江都被攔腰斬斷，劈出道路？會不會一座大山都被硬生生開出一條峽谷？

天濛濛亮，陳平安就起床在屋內練習六步走樁，沒過多久，發現有人在一座有假山、有綠樹的庭院朗誦，正是那個柳公子，頗有幾分寒窗苦讀的風範，抑揚頓挫，所讀內容都是聖人教誨。

陳平安繼續練拳，不出意料，果然客棧各個屋子的住客就開始破口大罵，一些個脾氣暴躁的江湖豪客乾脆就裸身跳下床榻，拿了桌上酒水碗碟推開窗砸下去，雞飛狗跳。柳公子也起了強脾氣，蹦跳著四處躲閃，朗讀聖賢經典的嗓門越來越大。這一下就惹了眾怒，好些用被褥蒙住腦袋都沒用的客人罵罵咧咧穿衣起床，在窗邊開始跟柳公子的祖宗十八代打交道。柳公子忙著躲避暗器，不忘回罵幾句，真是亂七八糟，有辱斯文。

一炷香後，陳平安和徐遠霞坐在張山峰屋裡，張山峰正在幫著柳公子包紮腦袋。

客棧掌櫃剛剛黑著臉走出去，氣得咬牙切齒。攤上這樣拎不清的王八蛋客人，還打罵不得，畢竟是郡守之子帶來的貴客，啞巴吃黃連，真是一肚子憋屈。問題在於下榻這家客棧的人物身分都不簡單，不是腰纏萬貫的各地商賈就是行走江湖的各路豪俠，全都是不容小覷的過江龍，給這個讀書人這麼大清早折騰，以後生意還怎麼做？還要不要回頭客了？

柳公子名叫柳赤誠，是白山國人氏。他介紹自己家鄉的時候，著重說了「觀湖書院附近」六個字，好像這比龍尾郡陳氏的那個稱呼還要榮光。之後他們在客棧閒來無事，柳赤誠還會偷偷摸摸溜出去，不用想也知道是跟劉高華姐姐幽會踏春去了。徐遠霞帶著陳平安和張山峰去往郡城裡的名勝古跡，文武廟是必去之地，胭脂郡城隍閣的集會也要去，回來的時候徐遠霞眉宇之間有些陰霾，張山峰問起也只說是舟車勞頓。

這次南下，張山峰是要往老龍城去，跟陳平安一路，徐遠霞則是要去往東寶瓶洲東南的青鸞國，說是給朋友護送一樣東西。那位朋友是江湖上認識的，很投緣。他跟陳、張二人暫時同路，至於雙方何時分道，得看下一處仙家渡口的渡船去向。

三人在胭脂郡足足等了三天也沒有等到神誥宗那夥下山歷練的老少仙師，倒是等到了那個古宅老嫗。她一路尋到了郡守府邸，見著了劉高華，然後由劉高華帶路來到客棧，給眾人報了喜訊。

原來不知為何，古宅周邊的山水氣運好似天地翻轉、乾坤顛倒，汙濁之氣全部換成了清靈之氣，如今女主人不但不用擔心墮為惡鬼，永絕後患，身體肌膚也開始痊癒，順帶著反哺楊晃，讓他得以溫補神魂，境界逐漸攀升，竟然有了一絲破開瓶頸，躋身中五境的希望，真是好事連連。至於其中緣由，老嫗只說猜測是神誥宗某位老祖宗暗中出手。

徐遠霞和張山峰覺得除此之外，實在找不出理由。

陳平安從頭到尾聽著，雖然一肚子驚濤駭浪，可是臉色如常。

老嫗臨行前，說是幫陳平安拎了一罈路上買的好酒，兩人便回到陳平安房間。陳平安剛關上門，老淚縱橫的老嫗就要下跪，嚇得陳平安趕緊攙扶住她，死活都不受這一大禮。因為當時在灶房裝酒入葫蘆的關係，陳平安故意洩露天機，所以老嫗知曉一些內幕，生出一些揣測，也不奇怪。

老嫗沒有多問什麼，陳平安也沒有多說什麼。只是在離去之前，老嫗掏出一包用絲絹包裹的東西，小心翼翼放在桌上，輕聲解釋道：「姓秦的淫祠山神金身崩碎殆盡，從此世間便沒了這個禍害一地山水的神祇，這當然是天大的好事。我家老爺當時聞訊趕去，在那幫神誥宗仙師到來之前偷偷撿了姓秦的大半金身碎片過來，大小總計八塊。按照老爺的說法，他不好全都撿回來，可一尊淫祠山神的金身遺物不該有這麼多才對，想來姓秦的生前也有過一番古怪機緣。不管如何，這些金身碎片可是好東西，可遇不可求，便是一國朝廷密庫都未必有太多珍藏，陳公子只管收下，算是我們主僕三人報恩了。」說到這裡，老嫗又紅了眼眶，「事實上，公子的大恩大德哪裡是幾塊金身碎片能夠償還的，只是宅子如今實在沒什麼家底，我家夫人便為陳公子立起了生祠牌位，懇請公子以後只要路過彩衣國，一定要去宅子裡坐坐……」

陳平安只得點頭。

老嫗最後悄聲道：「夫人如今相當於半個淫祠神靈，遠觀胭脂郡城的氣象，發現這兩天，每夜總有縷縷陰氣在城中嫋嫋升起，讓夫人心神不寧，還望公子早點出城，不管公子如何神通廣大，老爺經常念叨，修行路上，小心駛得萬年船，莫要事事摻和，哪怕次次有驚無險，可畢竟難免耽誤修行，總是不美。」

陳平安毫不猶豫就答應下來，把老嫗送到客棧門口。

老嫗笑道：「惟願公子遠遊順遂，平平安安。」

自始至終，她都沒有去看陳平安腰間的朱紅色酒葫蘆。

陳平安目送老嫗的身影消失於人海，轉身小跑回徐遠霞的屋子，喊上張山峰，將鶯鶯發現胭脂郡城內的氣象異樣大致說了一通。

徐遠霞握住腰間刀柄，點頭道：「這也是我最擔心的地方，先前不告訴你們，是害怕你們兩個年輕人熱血上頭，非要蹚這渾水。若真是妖魔作祟，膽敢公然在郡城內行凶，全然不把城隍閣和文武廟在內三尊神靈放在眼中，必然是了不得的大魔頭，以你我三人的道行，說不得給人打牙祭都不夠塞牙縫。不過一國郡城這麼大的地盤往往藏龍臥虎，更有高手坐鎮，真要打起來，占據天時地利，未必沒有勝算。說到底，還是要看彩衣國朝廷跟山上關係如何。」

陳平安問道：「距離胭脂郡城最近的江河水神和山嶽神祇大概有多遠？真出了事情，他們能夠第一時間趕到嗎？」

徐遠霞略作思量，盤算一番：「水神相距此地三百里，南嶽正神大概有七百里。只是彩衣國的山嶽神祇修為都不會太高，畢竟疆域太小了，遠遠比不得那些版圖遼闊的王朝，恐怕撐死了也就是中五境裡的洞府境。」

張山峰皺眉道：「那麼一旦離開山嶽地界，戰力豈不就只相當於第五境的鍊氣士？」

徐遠霞無奈道：「天地規矩就是如此，沒辦法。」

張山峰問道：「能不能通知一下劉高華的父親，好歹是郡城太守，之前那個駐軍在郡城附近的馬將軍看著也是修行中人。如果早做準備，說不得能夠讓暗中潛伏的妖魔邪祟知難而退。」

徐遠霞嘆了口氣：「並非我嚇唬你們，也絕不是我徐某人貪生怕死，這件事很棘手。且不說郡城那邊一定不會相信，哪怕郡守大人和將軍信了，願意冒著謊報軍情、事後被摘掉官帽子的巨大風險火速通知朝廷，那麼你們知不知道，從郡城傳遞消息到彩衣國京城，再到六部衙門審核、御書房決議，最後到朝廷頒布聖旨，祕密號令山水神靈救援郡城，這期間需要耗費多長時間？再退一步說，聖旨下了，附近的山上鍊氣士、山水神靈都離開地盤趕來，一旦有風吹草動，郡城裡道法深厚的妖魔提前行動，大掠一番，揚長離去，那麼到最後，秋後算帳，算誰的帳？」徐遠霞指了指兩個年輕人，「你們信不信，到時候我們三個會被當成跟妖魔串通一氣的同黨？揭發彈劾我們的人物不是劉太守就是那個馬將軍。更壞的結果，是妖魔一開始就另有謀劃，想要調虎離山，到時候我們這邊風平浪靜，某個仙家門派或是別處州郡大城給掀了個底朝天，我們三人恐怕都不需要別人揭發，當場就會淪為彩衣國殺無赦的賊人。」

張山峰一臉呆滯，有些不敢相信。

徐遠霞倒了一杯酒，感慨道：「不要覺得我是在危言聳聽，這般讓人欲哭無淚的事，我不但親眼見過，也曾親身經歷過，好幾個朋友就死在『好心』兩個字上頭……」他指了指不遠處的包袱，「具體事情就不說了，反正四個朋友最後只活下來我一個，剩下三個有一個連屍體都沒了，另外兩個好歹還能讓我幫著收屍，兩個骨灰罈，一個已經送給他家人，還餘下一個，就是我此次去往青鸞國的原因了。」

難怪當時在古宅，他兩次讓張山峰和自己趕緊離開。

陳平安突然問了一個問題：「徐大俠，你後悔那次選擇嗎？」

徐遠霞低頭悶悶喝了口酒，抬起頭後，扯了扯嘴角：「死了的人，不知道；反正活著的，都快要後悔死了。」這可能是這個滿腔豪氣的刀客頭一次如此不豪氣。

陳平安沒有直白地開口說留下，或者離開。當初帶著李寶瓶他們遠赴大隋遊學，陳平安事事作決定，是因為當時需要他這麼做，容不得他流露出絲毫怯懦和猶豫。如今孑然一身遊歷江湖，已經不需要他一定要為了別人去做什麼。

張山峰顯然束手無策，左右張望，問道：「那咋辦？」

徐遠霞陷入沉默，一口口酒喝個不停。

陳平安又問道：「如果留下來，遇上事情，我們三個強行出頭，是不是極有可能連自保都成問題？」

徐遠霞小心斟酌措辭，緩緩道：「怕就怕對方裡應外合，以有心算無心。換成是我，一定會設法壓制文武兩廟的神靈，更何況看樣子，此地文武神靈受古宅陣法和淫祠山神的影響，早已實力不濟，很容易出現紕漏。好在之前我進入城隍閣，觀其香火、建築格局和氣象，似乎不差……」

陳平安問道：「我們能不能直接找到那位城隍爺，把事情跟他說清楚？郡守和將軍不瞭解這些神神怪怪的厲害，而且真遇上事情，估計能用官場上的那一套推脫責任，那位城隍爺可是與郡城安危息息相關。說句難聽的，劉太守能躲起來，馬將軍可以按兵不動，城隍爺是絕對跑不掉的。而且妖魔若是真有所圖謀，肯定會第一個針對本地城隍爺，所以城隍爺肯定比當官的更上心。」

徐遠霞眼前一亮，重重一拍大腿，沉聲道：「可行！」

張山峰笑著朝陳平安伸出大拇指。

就在此時，敲門聲響起，陳平安開門後，看到了柳赤誠和劉高華姐弟。

三人神色惶惶，劉高華一屁股坐下後，倒了滿滿一杯酒：「你們說奇怪不奇怪，剛才城隍閣那邊的天官塑像竟然大半個身子都裂了，還滲出鮮血來，淌了一地。不但如此，裡邊還有滿地的蛇鼠蠍子，噁心死人了。如今我爹已經派人關了大門，免得嚇到老百姓。」

徐遠霞滿臉凝重，默不作聲，跟陳平安和張山峰對視一眼。

陳平安問道：「文武兩廟有什麼狀況嗎？」

劉高華愣了愣，搖頭道：「這倒是不太清楚。我們當地人都不愛去，沒啥好看的。」

面對陳平安，劉姑娘還是有些不自在，只敢坐在距離陳平安最遠的柳赤誠身邊，嗓音柔柔道：「一次端茶送水，偶然聽父親跟一位來府上做客的老道長提起過，兩廟的香火雖然鼎盛，卻是屬於有人供奉沒誰吃的。老道長也頗為無奈，說朝廷對此也是實在沒法子，彩衣國就這麼點份額，不可能再多出一尊山嶽正神坐鎮此地。還說，若是胭脂郡能夠出現一個讀書種子成功進入觀湖書院，此處風水說不定可以有所改觀。我爹便長吁短嘆直搖頭，說這樣的讀書種子，哪裡是胭脂郡能夠求來的。」

柳赤誠一臉茫然，疑惑道：「你們在聊什麼？什麼文武兩廟？什麼山嶽正神？觀湖書院我倒是熟悉，還曾經數次進去遊覽過，那我能不能算半個讀書種子？劉姑娘，妳放心，觀湖書院每年都會從白山國招收一名讀書人，算是對白山國的優待，說不定哪天我柳赤誠就可以……」

劉高華翻白眼道：「你可拉倒吧，就你肚子裡那點墨水，比我多不了幾兩。」

柳赤誠悻悻然不再說話。他那些亂七八糟的雜家學問，對付女子管用，對付讀書人就不太夠了。

閒聊之後，三人離開。臨走前，劉高華記起一事，提醒道：「聽我爹的意思，明天起胭脂郡城就要開始戒嚴，出城容易進城難，但是保不齊後天就連出城都難了，所以柳赤誠打算今天就離開。你們三人呢？事先說好，如果真的戒嚴，肯定是馬將軍親自出手，到時候我這個郡守之子可沒本事幫你們網開一面。最晚明天，不然就走不了了。」

徐遠霞關上門後，手指輕叩桌面：「城隍閣十有八九是已經出問題了。看來這幫邪魔外道所謀甚大啊，就是不知道胭脂郡的那尊城隍爺目前是修為下降，給人用下作手段拘束在城隍閣內，還是已經澈底遭了毒手。現在形勢惡劣，但是也趨於明朗，郡守府和附近駐軍應該已有所警惕，我們如果這個時候通風報信，可信度就會高出許多。」

張山峰望向陳平安，試探性問道：「不然咱們知會一聲郡守府，再離開郡城？」

陳平安點頭道：「那你和徐大俠一起跟上劉高華他們去他家，我去一趟城隍閣探探虛實，越早知道真相，哪怕只是一小部分，越利於我們做出正確的決定。」

張山峰不疑惑為何要分道揚鑣，而是想不明白為何不是自己代替陳平安去往危機重重的城隍閣。

陳平安笑著解釋道：「你和徐大俠一個需要出刀，最好是罡風陣陣，好顯示自己的宗師風範；一個需要駕馭桃木劍亂飛，表明自己是龍虎山最擅長降妖除魔的張天師。我去做什麼？打拳給郡守大人看啊？」

徐遠霞哈哈大笑，張山峰也想通關節，說是讓陳平安稍等，然後起身回屋，從包袱裡取出三張符籙：兩張是品相最低卻最為實用的邪氣點火符，一有邪祟陰煞之氣，黃紙就會自行燃燒起來；最下邊那張則是又名甲馬符的神行符，澆灌靈氣或是真氣，一炷香內都可以飛奔如馬，御風而行，不耗體力。

陳平安沒有拒絕，將三張符籙收入袖中，打趣道：「就不怕我直接跑了？」

張山峰瞪眼道：「陳平安，你可不能跑！」

陳平安趕緊擺手，張山峰自顧自笑起來。

陳平安獨自跑路的話，張山峰不是不心疼那張價格不菲的神行符，但他最心疼的，還是自己少了一個好朋友。

三人在客棧門口分開，徐遠霞帶著張山峰跟隨劉高華姐弟去往郡城西邊的郡守府邸；

陳平安剛好跟往東出城的柳赤誠順路，不過一個徑直去城東門，一個往東北邊的城隍閣。

沒了劉姑娘在場，柳赤誠就沒有讀書人的心理包袱了，點頭哈腰跟在陳平安身邊，好奇問道：「陳公子，你是不是傳說中的武道宗師？雖然年紀輕輕，初出茅廬，但是因為天資太好，出身名門，其實在江湖上已經是屈指可數的高手了？所以那天夜裡的那一巴掌才能那麼虛無縹緲，讓我看都沒看見你出手，半點煙火氣都沒有，算不算臻於化境？」

陳平安無奈道：「只要是個練武之人，打你一拳，你都看不到對方出手。」

柳赤誠覺得自己受到了莫大侮辱：「不可能！陳公子你一定是隱於市井的江湖宗師，要我猜測啊，說不定你就是那位享譽數國的彩衣國劍神的關門弟子，要不然誰會出門的時候攜帶兩把劍？其中一把就是那位劍神當年行走江湖的佩劍『燭陽』，對不對？給我摸一摸唄？」

陳平安有些佩服此人的想像力，不願再跟他糾纏不休，板著臉點頭道：「對對對，就是『燭陽』。你可得小心，鞘內充滿了凌厲劍氣，只要你一拔出劍鞘，就會立即被劍氣削得皮開肉綻。你怕不怕？」

「不怕。」柳赤誠搖頭道，但原本想要摸一摸劍匣的雙手，此刻已經乖乖放在身後。

兩人分開後，柳赤誠繼續沿著街道去往城東門。

他突然抬頭瞥了眼站在城樓上的一抹身影，正是那位老神仙，身邊還站著身披鎧甲的馬將軍，以及兩個歲數都不小的陌生面孔，老神仙正在對著郡城指指點點。

柳赤誠嘖嘖道：「引賊入室而不自知啊。」

陳平安很快就到了城隍閣外的廣場，凝神望去，因為不是鍊氣士，看不出什麼氣象端倪，但是純粹武夫的直覺告訴他，那棟紅牆綠瓦、龍火琉璃頂的城隍閣，比起先前遊覽之時的安靜祥和，多出了一絲血腥陰沉，就像大雪天的地面上，有人丟了一塊木炭上去，可能尋常路人不會注意，但是只要行人眼力夠好，就能看得到，而且無比扎眼。

胭脂郡城隍閣供奉的城隍爺名為沈溫，生前曾是彩衣國的御史大夫，以剛正不阿享譽朝野，留下過「生為忠臣，死為直鬼」的名言，三百年間一直香火鼎盛。如今城隍閣門口有衙署兵丁、捕快看守，已經不准香客進入。

陳平安深吸一口氣，環顧四周，尋到一處相對僻靜的高牆，悄悄走去，同時拈出一張邪氣點火符，趁著四下無人，腳尖一點，越過牆頭，翻身落在牆內。

他雙腳才落地，指尖符籙就燃燒殆盡，這明擺著是不用如何試探虛實了，已經是實打實的妖魔作祟。

陳平安一手摘下養劍葫，喝了一大口燒酒；一手繞過頭後，拍了拍身後木匣。

槐木劍被取名為「除魔」，阮師傅鑄造的那把暫時命名為「降妖」。不管青衣小童和粉裙女童怎麼瞧不上眼，陳平安還是覺得「降妖」、「除魔」這兩把劍的名字取得很好，既然自己取了這麼好的名字，可不能辜負了。

陳平安一腳輕輕挑開猛躥而來的毒蛇，看似輕描淡寫，可那條毒蛇在空中就已經骨碎肉爛。陳平安更多注意的還是遠處矗立於朱漆大門外的兩尊天官泥塑彩繪神像，一左一右，滿身鮮血流淌不已，還有無數色彩斑斕的毒蛇纏繞蠕動；更有大如手掌的蠍子立於神像頭頂或是手臂之上，通體漆黑如墨，耀武揚威；甚至還有老鼠從破碎的神像腹部、臉頰鑽進鑽出，大膽至極。

陳平安沒來由地想起了家鄉神仙墳的慘澹光景，頓時火冒三丈，沿著牆根緩緩而行，盡量讓自己頭腦清明，呼吸平穩。畢竟出拳強弱，以及一身真氣厚薄和運轉快慢，跟肚子裡的火氣大小沒半枚銅錢的關係。

他邊走邊在心中默念：『陳平安，確定打不過的話，就要跑得足夠快！』

陳平安沿著圍牆走了數十步，見城隍閣廣場仍是沒有邪祟之物露面，便不再猶豫，祭出一張袖中所藏的陽氣挑燈符。黃紙符籙在陳平安身前一臂距離外懸停，微微飄蕩，當陳平安踏出一步後，它便自動往儀門那邊緩緩飛去。

陳平安心中大定，城隍閣雖然遭難，整座廣場面目全非，但是城隍閣後方建築肯定尚有靈氣殘餘，否則挑燈符不會前行，肯定會往高牆那邊退去。

挑燈符散發出淡淡的昏黃光暈，素潔的光輝將陳平安整個人籠罩其中，雙腳所過之處，地上那些蜈蚣、蠍子等五毒之物紛紛避散。經過儀門的時候，大概是被那張挑燈符的光線漣漪波及，左右那兩尊道家天官神像身上的蛇、鼠、蠍子全都從正面繞到背後，或者躲入中空的腹部。

陳平安屏氣凝神，繼續緩緩前行。儀門之後是大殿，懸掛金字匾額，祭祀的神靈不是城隍爺，而是彩衣國一位開國功勳武將，左右是文武判官以及總計八位屬官。那塊彩衣國先帝親筆題名的匾額此刻金漆剝落大半，有一條碗口粗細的黑色大蛇盤曲其上，身軀下掛，探出頭顱朝陳平安吐出蛇芯，像是在示威和警告。

陳平安跨過門檻時，黑蛇驟然間一躍而至，張開血盆大口！

陳平安頭也不抬地擰腰側身，以五指攥住黑蛇頭顱，手腕輕抖，這條畜生頓時酥軟無骨，當牠被扔出去重重摔落在地上時，早已斃命。

陳平安跟隨晃晃悠悠的挑燈符繼續前行，過了大殿，又是一片廣場，只是占地較小，古樹森森，矗立有一塊石碑，是彩衣國皇帝冊封一國城隍神靈的誥文勒石，之前陳平安還專程站在碑前打量了半天，最後得出一個結論——字寫得真一般，甚至比不得崔東山，也虧得當時崔東山不在他身邊，否則肯定要氣得不輕。

挑燈符筆直向前飛掠，陳平安緊緊跟隨，不作絲毫停留。突然，他停下身回頭望去，那塊矗立在古柏樹下的高大石碑旁似乎有白影一閃而逝。

兩側的財神殿和太歲殿裡依稀傳出鶯鶯燕燕的女子嗓音，極其細微，似乎在相互調笑，嫵媚背後，透著一股陰寒，就像是陰間的女鬼在向陽間發聲。笑聲就那麼一點點滲過陰陽界線，藉著古樹樹蔭的遮蔽，從兩殿透過窗戶進入廣場，只是被稀稀疏疏的陽光照射，如雪消融，輕淡了許多，可仍是傳入了陳平安的耳朵。

陳平安皺了皺眉，轉頭前行。只要再往前走十數步，就能夠走入這座城隍閣主殿——供奉有前御史大夫沈溫的城隍殿。

就在陳平安轉頭的瞬間，石碑之上出現了一名白衣女子，一頭青絲遮覆臉龐，看不清面容，但是她伸出的一根手指只剩枯骨而無血肉，那骨指輕輕敲擊石碑頂端，瞬間出現一個鮮血噴湧的泉眼。很快，石碑上邊洋洋灑灑千餘字的古樸碑文就彷彿變成了一封鮮紅血書。奇怪的是，女子一襲白衣依舊纖塵不染，沒有沾上哪怕一滴鮮血。

女子抬起頭，依舊青絲覆面，開始婉轉歌唱，一邊低聲唱著，一邊抬起手臂，伸出兩根骨指，拈起一縷青絲，骨肉相間的雙腳輕輕晃蕩，濺起一陣陣石碑上流淌著的血花。

相較於左右兩殿歡聲笑語的模糊，白衣女子的歌聲清晰可聞，頭頂古柏隨風颯颯作響，像是在與之相和。女子好似唱到了開心處，又抬起一隻枯骨手掌，輕柔翻轉。

兩側財神殿、太歲殿緊閉的房門「啪」一下打開，各自搖搖晃晃走出一名男子。

財神殿那邊走出的男子年紀輕輕，一條胳膊被齊肩砍斷，但是已經止血，剩餘那隻手倒拖著一把青鋒長劍，臉色雪白，雙眼無神。

太歲殿那邊走出的中年青衫男子耷拉著腦袋，一瘸一拐跨過門檻，細看之下，此人竟是給人在脖子上以利器劈砍，頭顱只靠著一點皮肉牽連才沒有離開身體。

隨著石碑上白衣女子手腕的轉動，兩名步履蹣跚的男子剎那之間動作變得靈活矯健，開始在廣場上起舞。原來白衣女子的指尖有一絲絲透明的光線掛在空中，如同一根根雪白蛛絲，蛛絲纏繞住兩名已死男子的四肢，控制他們的每一個細微動作。

開了門的兩座大殿內，不斷有白衣女子拖曳著滾滾黑煙在門口迅速飄蕩，望著男子哧哧而笑，充滿了譏諷和仇恨。只是門外的陽光映照如同一道天塹，讓她們不敢輕易跨出，但是仍然有四、五名白衣女子按捺不住，帶著陣陣黑煙迅猛衝出，圍繞著兩名男子的屍體飛旋，不斷用手指撩撥男子的慘白臉龐，從他們背後繞過，從他們腋下向上飛掠，不過她們也為這一時之歡愉付出了陽光曝曬之後徹底煙消雲散的代價。

陳平安站在主殿的門檻外，那張挑燈符像是撞上了一堵牆壁，一次次磕碰晃蕩，止步不前。黃紙符籙蘊含的陽氣逐漸消逝，陳平安伸出手去，手掌像是貼在一層冬天河流的冰面上，微微加重力道，仍是無法破開。

他雙指併攏，轉過身的同時，手腕猛然一擰，靈氣所剩不多的那張挑燈符急急飛掠向廣場，在兩個傀儡屍體的頭頂繞行一圈。兩名男子「啪啦」一聲，沉沉摔倒在地面，身上光線一根根繃斷，鮮血橫流。

白衣女子收回手，並不動怒，倒是兩側殿內的那些女子張牙舞爪，望向陳平安的視線中滿是刻骨恨意。

只要墮為惡鬼，任你生前如何慈悲心腸，便再無儒家亞聖所謂的人性本善，竹籃打水，最終點滴不剩，這就是冥冥之中自有天意。

陳平安望向石碑女子的背影，輕聲道：「這位小姐，死者為大，不管妳們生前有什麼恩怨，就這麼算了吧？」

白衣女子置若罔聞，繼續歌唱，這次用上了東寶瓶洲雅言，陳平安聽得懂了。

「形若槁骸，心若死灰……真其實知，不以故自持。媒媒晦晦，無心而不可與謀。彼何人哉……」女子聲調平緩，竟然帶著一點平靜祥和之意，聽不出半點憤懣恨意。

陳平安聽得懂文字大概，卻聽不明白其中蘊含的深意。他也沒心思去揣測這些，如今城隍閣主殿與外邊被某種術法隔絕，應該是城隍爺被拘押其中，不得外出巡守郡城，幫助胭脂郡渡過這場即將到來的浩劫。

他見那白衣女子無動於衷，便不再多說什麼，悄悄拍了拍腰間的養劍葫，轉身就是一拳砸在那層「冰面」上，陣陣漣漪蕩漾而起，城隍殿內包括沈溫及左右文武神在內的三座神像都像是在搖晃。

陳平安以六步走樁緩緩行走，一拳一拳砸在冰面上，正是神人擂鼓式。

一聲嘆息在一棵參天古樹上邊響起，是少女嗓音：「傻瓜，那是兩位五境大修士聯手布下的陣法，便是我師父一時半會兒都奈何不得，否則城隍老爺怎麼可能出不來。你一個武把式，也想硬生生捶破？省點力氣吧，趁著那女鬼對你還沒起殺心，早點離開此地，不然下一次又有傻瓜闖進來，你就是那翩翩起舞的牽線木偶了。」

可能是陳平安打拳打得太過「隨心所欲」，所以彰顯不出半點威勢，讓躲在樹上的奇怪少女難免心存輕視。

跟馬苦玄在小街一戰後，如今陳平安的拳意越發內斂，平時練拳的走樁更慢，更加契合「溫養」二字。一般江湖底層的武把式外家拳之所以會出現「招邪鬼上身」的結果，就是因為不得其法，沒有登堂入室，以至於練拳越勤快，越傷體魄神魂。

陳平安雖然走樁慢，練習劍爐立樁時的氣機運轉速度卻是快了無數，如果以前只能說是尋常的驛站傳信，那麼如今就是八百里加急。這種「收起來」的玄妙狀態，不是扎扎實實的六、七境武道宗師，絕對看不出深淺。

白衣女子驀然停下歌聲，轉過頭去，死死盯住陳平安的第十八拳。

一拳下去，如洪鐘大呂，整座廣場的氣機都轟然而動，被鮮血浸透碑文的石碑頓時發出龜裂聲響。她尖叫一聲，刺破耳膜，如將軍發號施令，在兩側殿內飄蕩的女鬼們化作兩道滾滾濃煙，一道融入那層「冰面」，以她們殘餘的陰物神魂加固那座汙穢陣法；一道黑煙直撲陳平安，竭力打斷他的連綿拳意，不讓他遞出神人擂鼓式的第十九拳。

「被你這個冒失鬼害死了！如果我今天死在這裡，到時候咱倆一起走在黃泉路上，看我不把你罵死……死都死了……本姑娘還沒死，就已經煩死了！」古樹頂上，少女氣咻咻埋怨完畢，不再猶豫，曼妙身影躍出，發出一連串叮叮咚咚的清脆聲響。隨著響聲縈繞身軀四周，也帶起了一圈圈淡金色的花朵，身姿之婀娜，堪稱賞心悅目。

白衣女子被濃密青絲遮掩下的那張面容，嘴角微微翹起，眼神帶著冷冷的譏諷。

她伸出兩隻枯骨手掌輕輕一拍，那座城隍閣主殿之內，隨侍於城隍爺左右的文武神像吱吱呀呀，像是活了過來，抖摟出巨大的四濺塵土，同時一步踏出神臺，轟然踩在主殿青石地板上。

兩尊高達兩丈的泥塑神像大踏步衝向門檻，其中手持鐵鐧的神像一鐧對著出拳少年當頭砸下，另外一尊文官神像則手攥巨大鐵印，毫無凝滯地拍向少女。

原本打破陣法就能夠讓城隍爺恢復自由之身，這才是合情合理的形勢發展，哪裡想到真正的殺機根本不在城隍殿外的廣場，不在陰氣森森的白衣女子，而在希望所在的城隍殿內！那麼本該擁有神祇金身的城隍爺沈溫到底去哪裡了？

城隍殿內，居中那座最為高大威嚴的神像，原本金光熠熠的城隍爺此刻暗淡無光，滿地的金色碎屑，只剩下一雙眼眸之中星星點點的金色光彩。任何一個胭脂郡本地人都不敢相信這是那尊他們引以為傲的胭脂郡「金城隍」。

根據胭脂郡縣誌記載，當時用了將近一百兩黃金的金箔貼覆這尊神像，那一代的郡守大人為此跟郡內權貴富賈求爺爺、告奶奶，募捐成功後，還專門篆刻了一塊善人碑，記錄下所有出資之人的姓名家族。

滿身金箔十不存一的主神像艱難出聲，沙啞嗓音傳到門檻那邊：「你們兩個快走，這些來歷不明的邪魔外道人數眾多，此地只是白衣鬼魅一個而已，你們若是能夠逃出生天，一定要去找神誥宗的仙師，或是觀湖書院的君子賢人，就說彩衣國有大難，一旦滅國，古榆國在內的周邊六國無一倖免！」

原來這座本該庇護一郡百姓的城隍閣分明是泥菩薩過河——自身難保了。

主殿門檻外，先是手臂、腳踝都繫有銀色鈴鐺的少女幫著陳平安擋住了那道黑煙，四枚鈴鐺聲響處，綻放出不計其數的淡金色花朵，眼花繚亂，原本氣勢洶洶的黑煙被切割了粉碎，但是少女也被絲絲縷縷的紊亂黑煙撞到身上幾處，嘔出鮮血，可還是執意不退，站在那個冒失鬼附近，手腕搖晃，鈴聲陣陣，金花瓣瓣，繼續一點點消去那些夾雜著哀號的黑煙。

陳平安則雲淡風輕地打出了第十九拳，然後就是剩餘的一道黑煙瘋狂湧入隔絕主殿內外的「冰面」，幫著陣法卸去了神人擂鼓式的十九拳累加之威。

陳平安神色自若，以迅雷不及掩耳之勢遞出第二十拳，打得那座陣法劇烈晃蕩，雖然尚未打破，但是已經搖搖欲墜，最多只差一拳而已。

陳平安心中無奈，神人擂鼓式是沒辦法遞出第二十一拳了，因為他不能眼睜睜看著那個少女給衝出門檻的文官神像一印拍死。

陳平安腳下石板崩裂，整個人瞬間消失，躲過了武將神像當頭砸下的那記鐵鐗，來到文官神像側面，以鐵騎鑿陣式一拳砸在神像腰部。這一拳是為了救人性命，所以陳平安不敢有任何藏掖，以至於出拳之時，手臂環繞著雪白之色的充沛拳意，拳罡大振，隱約有浩浩蕩蕩的風雷聲。

一尊兩丈高的泥塑神像愣是被陳平安一拳打得橫移出去，龐大神像的雙腳在地面上犁出一條溝壑。少女聽到身後動靜，轉頭一看，大致猜出緣由，再望向那個貌不驚人的背匣少年，眼神便有些呆滯。

陳平安可不管少女心中所想，雙手胳膊一頓，看似要出拳，其實是從兩袖中滑出了兩張金色材質的寶塔鎮妖符悄然貼在手心。手持鐵鐗的武將神像一招落空，砸得地面磚石炸裂，直起腰後再度朝陳平安揮動鐵鐗。

陳平安這趟南下遊歷，走了無數次緩慢拳樁，可當他要快的時候，那是真的快！

鐵鐗依然落空，陳平安不知何時已經來到了武將神像身前，腳尖一點，身形躍起，手心重重拍在神像額頭處。

金光燦爛！

武將神像四周憑空出現一座比它略高、略大的金色寶塔，雷電閃爍如遊龍。神像就像是被「供奉」在這座寶塔內，可具體滋味如何，從泥塑神像巨大身軀的寸寸崩碎就看得出來。不管祂如何掙扎，如何揮動鐵鐗狂敲猛擊，寶塔鎮妖符始終將其牢牢鎮壓其中。

陳平安在祭出第一張寶塔鎮妖符後，雙腳在武將神像胸口一點，借勢反彈出去，又是一閃而逝，以更快的速度來到疾速奔向少女的文官神像面前，又是「啪」一下，剛好將金色符籙貼在了精鐵官印之上。

高大神像如山嶽壓頂，雙膝彎曲，膝蓋處不斷有碎屑飄落，差點就要踉蹌摔倒。

陳平安雙腳還是沒有落地，祭出第二張寶塔鎮妖符之後，身形繼續攀升，在神像頭頂一踩，望向已經站立於石碑頂部的白衣女子，沒有任何停滯，御風凌空一般，向古柏樹下的石碑一衝而去，在空中伸手輕拍劍匣，輕聲道：「除魔！」

槐木劍彈出木匣，被陳平安單手握住，對著石碑上的白衣女子當頭劈下，不講劍法招式，木劍上邊也沒有足夠震懾陰物的濃郁靈光。

青絲覆面的白衣女子扯了扯嘴角，雖然心存輕視，但是既然那少年能夠成功鎮壓兩尊神像，她也不敢太過托大，陪他玩玩也好，反正城隍閣此處，守住是最好，丟了也無妨，自有高人會再次奪過來。

只見她伸手在腰間迅速一抹，浮現出一把無鞘長劍，劍身呈現出猩紅色，充滿了令人作嘔的血腥氣息。之前她應該是使用了障眼法，當她的枯骨手心接觸到了劍刃，其上便發出一串石火電光，不但如此，她手腕上滑落了一只碧綠鐲子，滴溜溜圍繞著她飛速旋轉，毫無軌跡可循，以至於瞬間就看不到鐲子，只能看到一陣陣碧綠色的流螢。

世間修士，法寶當然是越多越好，這跟老百姓誰也不嫌錢壓手是一個道理。可畢竟名副其實的靈器、法器太過珍稀罕見，如果能夠僥倖擁有兩件，一般都是盡可能追求攻守兼備，一件用來殺伐退敵，一件用來防身保命，進可攻、退可守，萬無一失，白衣女子的猩紅佩劍和碧綠鐲子正是此理。

槐木劍轉瞬即至，白衣女子迅猛提劍，簡簡單單一劍橫掃，在她頭頂就出現了一道猩紅劍氣，若是少年躲避不及，就要被劍氣攔腰斬斷，但是那個少年突然不見了。

『方寸符！』白衣女子心知不妙。

叮！一點金石聲毫無徵兆地響徹廣場，之後是一連串的敲擊聲響，細密急促如暴雨水滴砸在屋脊上。

白衣女子臉色微變，腰肢擰動，迅速飛離石碑頂部。白衣紅劍，一紅一白，圍繞著那棵綠意濃郁的古柏旋轉向上，似乎在躲避什麼。女子已經刻意與碧玉鐲子拉開約莫兩丈的距離，這樣既能夠隨心駕馭，又能夠避免被誤傷。

是飛劍！少年竟是一名能夠飛劍殺敵的劍修！

什麼木劍、什麼除魔，都是迷惑人心的幌子！真正的殺招，是那把尚未顯出真身的陰險飛劍！小小年紀，心思倒是縝密且歹毒！難怪能夠成為錬氣士中最難修出結果的劍修。

聽著那些連綿不絕的聲響，白衣女子心疼不已。鐲子再有靈性，也經不起一把飛劍如此欺負。

名為「冰糯」的鐲子是老祖宗親自賜下的一件上等靈器，並不以堅韌牢固見長，主要還是為了抵禦那些所謂正道仙師出其不意的殺手鐧。畢竟老祖早有預言，此次密謀奪取彩衣國的鎮國之寶，必然是一場傷亡慘重的血戰，名門仙家的鍊氣士廝殺拚命的膽子不大，可玄之又玄的祕術神通和代代相傳的法寶層出不窮，不得不防。

白衣女子暫時無法推算出那把飛劍的軌跡，又不敢收回鐲子，讓她憤懣至極，第一次生出滔天怒火。若是鐲子就此崩碎，那麼這趟彩衣國之行，不說其他盟友，她是註定要得不償失了，哪怕最終大功告成，論功行賞，她拿到手的獎勵，恐怕還不如這只鐲子值錢。

白衣女子一頭青絲瘋狂飛舞，露出真容，竟是那晚湖心高臺上率先登場的彩衣女子！她當時不知讓多少胭脂郡男子驚為天人，只恨無法摟入懷中憐愛一番。如此說來，那個看上去很是仙風道骨的老神仙至少是主謀之一。

這夥人如此招搖過市，彩衣國就沒有一個修士看穿真相？站在廣場上的陳平安愣了一下，心情沉重，將槐木劍收回木匣，習慣性摘下酒葫蘆喝了口酒。

看到少年竟然還有心情喝酒，白衣女子氣極反笑，衣袂飄飄，露出手腕和腳踝，皆是白骨，想必白衣下邊的「嬌軀」也是如此光景，唯獨一張臉龐血肉俱在，而且美豔異常。

原來是一名枯骨美人……不對，是枯骨豔鬼才是。

大致確定了飛劍無法突破鐲子近身糾纏自己，白衣女子心中略定。那就擒賊先擒王，先宰了那個少年郎再說，他自己找死，怨不得別人。本來還想著逗他玩一會兒的，哪裡想到是這麼個扎手的硬點子。劍修又如何，只要不是那種虛無縹緲的大劍仙，哪怕是中五境靠上的小劍仙，在這座胭脂郡城，只要敢露頭就都得死！

無形之中，城隍殿外的這座小廣場分割成了三處戰場：兩張金色材質的寶塔鎮妖符正在一點點消耗兩尊泥塑神像的魔氣，碎屑四濺，塵土飛揚，無論兩尊神像如何咆哮嘶吼，鎮妖符顯化出的寶塔上閃電交織，如雷部天君手持電鞭鞭笞邪祟，始終穩穩地將祂們壓在其中。

再就是陳平安請出山的飛劍初一，這次總算不講究離開養劍葫的排場了，悄無聲息地飛掠而出，神不知、鬼不覺。只可惜白衣女子有鐲子護身，幫她擋下了一劍穿透頭顱的災殃。初一不知是打出了真火，還是像頑劣稚童般找到了有趣玩物，再也不理睬陳平安的心意，專心致志糾纏那只碧綠鐲子，打鐵似的，一下一下。它還故意放慢了飛掠速度，每次牽扯著鐲子的運轉範圍。

殺機重重的白衣女子決意要先解決掉陳平安這個「劍修」。她手持鮮豔欲滴的猩紅長劍撲殺而下，在此之前，向兩座側殿怒喝一聲，早已蠢蠢欲動的陰物女鬼蜂擁而出，一時間黑煙滾滾，遮天蔽日，全部湧向孑然一身站立於廣場之上的陳平安。

手腳都繫掛銀色鈴鐺的少女本想入場救援，卻被陳平安在第一時間就以眼神示意別摻和。少女沒有意氣用事，老老實實站在第一處戰場，只是手舞足蹈，不斷搖晃出陣陣清靈鈴聲，竭盡全力，讓金色花朵不斷飄出大殿屋簷。

對於陳平安來說，少女能夠這麼做，就已經足夠了。他的雙手迅猛一掄，雙臂拳罡洶湧流淌，璀璨光明，正是崔姓老人傳授的那一招雲蒸大澤式。

瞬間外泄的充沛氣機震盪四周，十數個衝出側殿的猙獰女鬼頓時被一掃而空。她們本就頭頂烈日，加上這一拳走的是一夫當關的跋扈路數，無異於雪上加霜，她們長如手指的尖銳指甲根本無法靠近陳平安一丈之內。

陳平安可不是只有一拳的能耐，他身體後傾，腳尖一點，頓時倒掠出去數丈，躲過白衣女子飄落下來的那一劍。白衣女子亦是如同附骨之疽，腳尖甚至沒有觸及地面，凌空一點，身體前傾，追隨陳平安，一劍直直刺出。

在這個間隙當中，陳平安又是雙拳一掄，擺出先前那個古意無雙的拳架，一下子又將十數個亂竄陰物惡鬼當場打得魂飛魄散。

滿頭青絲肆意飄拂的白衣女子厲聲道：「你真是該死！」手中長劍只差幾寸就要刺入陳平安心口。

陳平安腳尖一擰，學那小街一戰的馬苦玄，身體如陀螺般旋轉開來，恰巧躲過了那一劍不說，還趁機欺身而近，一拳砸向白衣女子的側臉。後者竟是能夠瞬間化為白霧消散四方，下一刻出現在數丈外，五指一扯，沒有跟隨她一起消失的猩紅長劍旋轉半圈，割向陳平安的胳膊。

陳平安毫不猶豫地用掉最後一張方寸符，剎那之間就再次來到女子身側，一身磅礴拳罡如烈陽，讓那白衣女子痛苦尖叫一聲，顧不得牽引駕馭遠處那把長劍，故技重施，再次白霧繚繞，飛快消失。

陳平安臉色沉毅，心中默念：『初一！』

雖然不情不願，飛劍初一還是脫離原先戰場，一抹白虹劃破長空，直刺剛剛現出原形的白衣女子。碧綠鐲子與猩紅長劍在她第二次消失的瞬間本就出現了一絲不易察覺的凝滯，像是失去主人心意連結，便有些猶豫不決。當飛劍初一刺向她眉心處，她終於澈底驚慌失措，雙手護住臉龐，一頭青絲瘋狂倒捲，遮覆在臉上。

那柄雪白色的袖珍飛劍安安靜靜懸停在她眼前，沒有繼續前衝。

她後腦勺一涼，像是被仙人施展了定身術，站在原地一動不動，滿臉匪夷所思，僵硬轉頭，癡癡望向那個衝向自己的少年——你是劍修也就罷了，為何會有兩把飛劍？又為何假裝是一名純粹武夫？

躲得過初一，躲不過十五！

即便她已經被飛劍十五從後腦勺一穿而過，陳平安仍是沒有半點掉以輕心，再也不管那些陰物的糾纏，任由她們近身出手，只是以最快速度來到白衣女子身前，乾脆俐落地使出神人擂鼓式。

一拳到，拳拳到，之後二十拳，打得白衣之下的枯骨一根根粉碎，最終炸裂開來，空中飄落一張繪有女子體態的黃符。

猩紅長劍墜落在地，那只碧綠鐲子如同迷路之人，在白衣女子消失的地方不停緩緩旋轉。而她一死，那些陰物頓時失去了主心骨，紛紛躲入兩側殿內，相當一部分尚未逃回就已經被太陽曝曬得澈底消亡，這次側殿內再沒有嫵媚笑聲傳出，而是轉為一聲聲嗚咽。

陳平安站在原地，既沒有著急去逮住鐲子，也沒有伸手去接那張黃符。

他環顧四周，見再無異樣，便拍了拍養劍葫，初一和十五掠入其中。

蹲下身，陳平安仔細凝視那張黃符，拈出張山峰贈送的另一張邪氣點火符，放到黃符附近晃了晃，點火符只燒了一角就不再燃燒。陳平安這才將那張黃符拈在指尖，發現它不是普通的黃紙符籙，質地極為細膩柔滑且韌性絕佳，估計都不怕青壯男子用力撕扯。

陳平安想了想，還是將這張美人符籙收入方寸物中。那只碧綠鐲子也主動黏上來，陳平安一手持點火符，發現沒有半點動靜，就順勢握住鐲子，一併收入囊中。

去撿那把猩紅長劍的時候，點火符稍微靠近就熊熊燃燒殆盡，這讓陳平安有些猶豫。這把劍肯定能賣不少錢，但是他更擔心貿然收入方寸物會不會給飛劍十五造成影響。最終陳平安拿起長劍，左右張望一番，抬頭看著石碑旁那棵古柏，助跑向前，腳尖一點，掠向古柏，暫時將長劍藏在高枝樹蔭當中。

少女怯生生喊道：「這位神仙……」

陳平安低頭望去，少女指了指腳邊的地上。泥塑神像已經轟然倒塌粉碎，堆積出一個尖尖的小土堆，有幾塊銀色碎片在泥土當中熠熠生輝，十分扎眼。更加出人意料的是，一張寶塔鎮妖符就安安靜靜飄浮在土堆旁，除了金色光澤略微暗淡之外，並無半點損毀。

另外一處的泥土堆也是差不多的光景，但是不同於武將神像手中的鐵鐧在雷電之下消融殆盡，文官神像那邊除了金色鎮妖符、銀色碎片之外，四四方方的精鐵官印沒了，卻多出一只古樸無華的青色小木盒，稚童五指恰好能握住。

陳平安心中泛起驚喜，迅速飄落下去，先將兩張金色符籙和總計六塊銀色碎片收入方寸物，最後小心翼翼提起那只散發出溫暖氣息的青色木盒，哪怕只是輕輕握住，陳平安都覺得有一種莫名其妙的安心。

他只將這不知裝有何物的小木盒收入袖中，並未藏入方寸物。

一旁少女始終瞪大眼睛，死死盯著這個斬妖除魔、大展神通的「劍仙」。暗中教她仙術的師父說過，世上有許多修道大成、顏若稚童的老神仙，那才是真正的逍遙仙人，全然不受天地拘束。

今天見過的怪事多了去，就數眼前這個看著是少年郎模樣的神仙身上的怪事最多。比如說，天底下還有用完了收回去的符籙？她的師父雖然是大半個江湖中人，小半個山上神仙，山下、山上的事情都講過不少，還真沒聽說過這種事情。

陳平安對少女印象不錯，一邊走向城隍殿正門，要以神人擂鼓式澈底打破術法禁制，一邊轉頭輕聲問道：「這裡很危險，早先為什麼要進來？」

『哇，神仙跟我說話了！關鍵是還挺和氣。』

少女開心極了，晃了晃手腕，鈴鐺聲悠揚響起：「神仙老爺，我身上這四盞鈴鐺能夠保護我的，師父說過，哪怕是洞府境的神仙要殺我，我也能支撐一時半刻，但是有個最大的問題……」

「這種涉及法寶祕密的事情，別對誰都說。」陳平安趕緊擺手，打斷少女傻乎乎的言語提醒道，「此地不宜久留，妳趕緊離開吧，而且最好馬上出城。」

少女搖搖頭道：「我爹娘都在城裡，我哪裡都不會去，我既然學了仙術，就要保護他們。」

陳平安只得作罷，不再勉強，只是讓少女躲得遠一點，然後開始對著那道祕術禁制迅猛出拳。第二十一拳之後，「冰面」砰然炸裂，黑煙翻滾，其中夾雜著無數哀號、幽怨、憤懣和仇恨情緒，陳平安全部以雲蒸大澤式的激盪拳罡將其清掃乾淨，偶有漏網之魚，也有後邊的鈴鐺少女幫忙絞殺。

陳平安猛然轉頭望向東邊城牆，雖然看不清那邊的城樓景象，但似乎感受到了那邊的某種凝視。多半是城隍閣此地陣法毀壞，牽一髮而動全身，被幕後主謀的大妖魔頭發現了自己的存在。

為小心起見，陳平安祭出僅剩的一張陽氣挑燈符，剛想抬腳跨過門檻，發現身邊的少女欲言又止，不得不問道：「怎麼了，妳知道裡邊有古怪？」

少女有些難為情，似乎覺得自己太幼稚，既然神仙老爺問了，只好硬著頭皮悶悶道：「我爹娘說過，進寺廟、道觀燒香，男左女右，你們男人是左腳跨入門檻，我們是右腳。」

陳平安笑著說道：「好的，謝謝啊。」他便左腳跨過門檻，跟隨那張飄飄蕩蕩的挑燈符走到城隍爺沈溫的神像下方。

撒落地面的一點點金色碎屑全部倒飛回神像身上，從陳平安打破陣法禁制到走到這裡，神像金身已經補上了七、八分金箔，一雙眼眸散發出淡淡的金色光彩，宛如一尊高達三丈的神人正在俯瞰眾生。

不等陳平安開口說話，城隍爺就威嚴開口，說了一句讓少女勃然大怒的話語。只是實在敬畏城隍老爺的數百年積威，少女敢怒不敢言，只好腹誹不已。

這位城隍爺說的第一句話就是：「年輕人，趕緊將精鐵官印交出來！」

陳平安臉色平靜，就要從袖中掏出那只外邊精鐵官印熔化掉的青色木盒，同時解釋道：「官印已經被我的符籙消融……」

「休得胡言！」陳平安話只說了一半，那尊神像就震怒而動，一腳高高抬起，厲色沉聲道，「真以為收拾了幾個小雜碎就能夠在本官面前任意妄為了？若不是對方三人聯手，加上屬官叛變，裡應外合，才將本官壓制在城隍殿內，否則豈有他們放肆的機會。速速交出精鐵官印，莫要浪費時間，形勢嚴峻，本官還要去城內鎮壓群魔！」

在陣法被破開之前，城隍爺沈溫忙著維持最後一點靈光神性不滅，加上那道充滿汙穢的術法隔絕天地，城隍殿內無法知曉外邊發生的事情。在他看來，走了三頭大妖和魔道巨擘，對方不知此地真正的玄機，就不會留下重要戰力了，所以那少年唯一讓城隍爺感到不解的，是如何破開門口的陣法。難道他是一個精通奇門遁甲和仙家陣法的宗門子弟？只不過不管怎樣，彩衣國的江山社稷、胭脂郡城內十數萬百姓的生死，都跟這座城隍閣的那件東西緊密相連，容不得有絲毫紕漏。

巨大神像一腳重重跨出神臺，一腳踩在陳平安身前一丈處，踩得青石地板碎裂不堪，彎腰伸手：「速速交出官印！」

陳平安紋絲不動，問道：「別人幫了你，說聲謝謝很難嗎？」

神像明顯一愣，憋了半天，嘆息一聲，點頭道：「是本官太過心急，做得不對，此事確實是要謝過你。」

陳平安掏出那只青色木盒：「精鐵官印熔化了，跟文官神像的泥土化為一體，但是露出了這只小木盒。不知道是不是你想要的東西？」

神像緩緩點了點頭。

陳平安高高拋起木盒，神像伸手接住，微笑道：「正是此物。」

陳平安轉身就走，少女連忙跟上。身後風聲驟然呼嘯而來，陳平安心知不妙，瞬間運轉氣機，真氣若火龍，一氣流轉數百里路途，經過一座座氣府竅穴。

剛走到門檻附近的少女呆若木雞，轉過頭，只見城隍爺一條神像大腿狠狠踩在了少年的後背上，少年被壓彎了腰，幾乎就要跪下，強撐著一口氣，才沒有被踩得陷入地面。

陳平安滿臉漲紅，顫聲道：「妳先走！」

少女不敢有任何猶豫，趕緊掠出門檻，落在廣場上，轉頭望去，只見神像四周縈繞著一條條漆黑如墨的濃煙，從神像臉部的七竅進進出出，而那尊城隍爺雙眼也變作了詭譎的暗金顏色。

少女驚聲尖叫道：「小心，城隍爺入魔了！」

陳平安雙膝微蹲，咬著牙弓著腰，背脊上是不斷加重力道的神像大足。

他一點點站直腰杆，伸手迅速一拍養劍葫，同時袖中滑出兩張金色材質的寶塔鎮妖符，分別拈在指間。

陳平安低頭無意間看到自己腳上那雙草鞋，頓時覺得真是痛快，這趟山下人間走得真是精彩，大笑道：「初一、十五，隨我除魔！」

當陳平安去城隍閣一探虛實時，徐遠霞和張山峰就去郡守府，兩人已經做好了碰壁的心理準備。不承想在劉高華的引薦下，滿臉憂色的劉太守很快就在客廳接見了他倆，並在聽過二人帶來的消息後，略作猶豫，就讓他們跟隨自己去往正廳。

正廳內坐著七、八人，既有按刀而坐的披甲武人，也有在郡城堪輿圖上指指點點的年邁文官，還有幾個精神飽滿的男女，一看就是修行中人，如果沒有刻意隱藏氣象和呼吸的話，應該都是三境、四境錬氣士。

劉太守大致介紹了一圈，他們多是胭脂郡本地的世外高人，也有聞訊趕來的外鄉人，跟徐遠霞他們差不多。徐遠霞著重觀察了一個模樣尋常的漢子，他氣勢沉穩，應該是個不出手則已、一出手必然雷霆萬鈞的高手。張山峰則多看了幾眼名號「崇妙道人」的老人。

老人正在悠悠然喝茶，身後站著兩尊身高一丈的黃銅力士。「力士」是道家符籙派獨樹一幟的標誌，多無靈智，只會聽從主人一些最簡單的指令，例如殺敵。高品相的黃銅力士戰力能夠媲美三境武夫，不容小覷，絕不可視為粗劣愚蠢的傀儡。

劉太守給他倆大致說過了當下形勢，然後有些感慨，誠摯抱拳道：「感謝諸位義士相助，若能安然渡過此劫，胭脂郡一定為各位立碑，寫入地方誌。」

幾乎所有坐著的人都站起身還禮，說了些「義不容辭」一類的客套話。

劉太守走到桌旁，上邊擱放有兩張地圖，一張是郡城形勢圖，一張是連同胭脂郡在內的彩衣國六郡圖。

劉太守伸手指了指胭脂郡跟鄰郡之間的某地：「方才得到一個好消息，馬將軍和老神仙在城頭親自盯著，六百精騎已經離開駐地，火速向我們郡城開拔，最晚今日戌時就可以入城待命，另兩千步卒應該是在子時之後才能到達城外。」

劉太守是第一次處理這類事故，急得嗓子眼都在冒煙，趕緊接過老幕僚端過來的一杯熱茶。

在郡守府出謀劃策多年的老幕僚便代替劉太守站在桌旁，一處一處指點過去：「東北城隍閣、正北繡花巷、南邊馬頭橋、西邊垂銅塔及中間地帶的趙府，目前發現這五處地方都有古怪。城隍閣已經緊急關閉，潛入其中的兩位仙師至今尚未出來；繡花巷暴斃六人，當地百姓三十二戶人家已經全部遷出；馬頭橋下邊出現食人的水妖，不知現在是否沿著河水流竄到城內別處，相當棘手；原本用來跟山上仙家示警的垂銅塔如今已經倒塌，看守寶塔的老人也已暴斃；至於趙府上下，目前已瘋了十數人，莫名其妙就發作了，好似瘟疫一般，就連進去查看情況的衙役都瘋了兩個，以至於我們……」

說到這裡，劉太守輕輕咳嗽一聲，老幕僚便不再繼續說下去。畢竟傳出去不太好聽，可能會影響郡守大人的清譽官聲。因為趙府已經跟城隍閣一樣，被官府派人嚴密封住出口，不許府內人士外出。

崇妙道人放下茶杯，笑道：「事關重大，劉大人所作所為極有魄力，是為了郡城十數萬黎民百姓考慮，相信事後趙府只要稍微有點良知，就會感激劉大人今日的決定。」

金刀大馬坐在椅子上的披甲武將斜瞥一眼崇妙道人，扯了扯嘴角，滿是譏諷。

劉太守有些尷尬，輕聲道：「不用感激，若是能夠體諒一二，本官就很欣慰了。」

他很快轉移話題，唏噓道：「虧得老神仙剛好路過咱們郡，夜觀天象，發現了郡城上方陰氣彌漫的異象，否則咱們現在肯定還被蒙在鼓裡，到時候一旦事發，被那夥妖魔打一個措手不及，後果不堪設想，不堪設想啊！」

徐遠霞問道：「那座垂銅塔，作用可是如同邊關烽燧，能夠向附近的山上仙家傳遞信號？」

披甲武將滿臉陰霾，點頭道：「正是如此。只是妖魔陰狠狡詐，下了毒手，使得郡城跟距離郡城九百里的靈犀派失去了聯繫。垂銅塔原本用以傳信的祕術十分玄妙，最多一炷香工夫就能夠讓靈犀派獲知。如今飛劍傳信，呵呵，速度尚可，就是價格貴了點。」他斜眼看向那沾沾自喜的崇妙道人，真是怎麼看怎麼欠揍。

一次最普通的飛劍傳信竟然要價十萬兩白銀，真當自己不知道山上驛站的行情？估計請出那兩尊青銅力士，私底下也沒少讓劉太守掏錢。

武將是馬將軍的副手，一起在邊關馳騁沙場多年，雖然以往一直看不慣劉太守這麼個書呆子，但是這次大難臨頭，看著這個彩衣國著名筆桿子奔前走後，不但沒有嚇得躲在床底，還竭力維持大局，這讓他對這個文官改觀許多，倒是對那個趁火打劫的老道人印象差到了極點。你一個家底子都在胭脂郡城內的旁門道士，憑什麼坐地起價？郡城破滅，就算你崇妙道人能逃走，撒手不管家人弟子和祖宗基業，不怕到最後家徒四壁？

徐遠霞道：「劉大人，敢問靈犀派仙師何時能夠趕來胭脂郡？大概會有幾人趕來？」

劉太守笑了笑：「萬幸靈犀派山門之中有一隻千年高齡的彩鸞，曾是靈犀派開山老祖的坐騎。老祖仙逝後，彩鸞未曾離開山頭，歷代掌門都可以請牠做些事情。彩鸞背上能夠承載五、六位仙師乘風而來，若是飛劍傳信沒有出意外，相信靈犀派大概會在明日正午時分駕臨郡城上空。」

劉太守嘆了口氣，驀然提高嗓門，激勵眾人：「所以需要仰仗各位，幫助郡城撐到靈犀派仙師趕來，至少要堅持到明天中午！」

徐遠霞和張山峰眼神交匯，臉色都不算輕鬆。張山峰更擔心陳平安的城隍閣之行會不會出現意外。

胭脂郡東門有城樓高聳，兩層，重簷歇山式，有龍盤虎踞之勢。

馬將軍身披鎧甲，並不嶄新鮮亮，反而十分老舊，上邊布滿刀劍劃痕，顯而易見，是這位彩衣國邊關武將的心愛之物。近百年來彩衣國邊境戰事不多，只是與北邊的古榆國偶有衝突，而沙場武夫對軍功歷來看重，往往成為軍中進階、廟堂攀升的關鍵，若非這位馬將軍朝中無人幫忙說話，恐怕早已成為年紀輕輕的兵部大佬。

城樓頂層，馬將軍突然看到老神仙望向城隍閣方向，久久沒有收回視線，以為又有突發狀況，問道：「黃老，可是裡頭的妖魔開始現身作祟？」

大袖飄飄的老神仙撫鬚笑道：「無妨，我自有壓勝之法。咱們真正需要留神的地方，還在城中心的趙府，那處距離郡守府太近了，一旦有變，後果嚴重。好在我此次南下遇到兩個至交好友，都是山上正道仙家的魁首人物。他們原本是要一起去觀湖書院遊歷，與夫子們論道的，如今事急從權，顧不上會不會耽誤他們的行程了。我已經傳信給他們二人，要他們速速增援胭脂郡，估計他們很快就可以御風趕來。屆時我與馬將軍聯手守住城東門，兩個老朋友其中一人盯緊趙府，順便庇護郡守府的安危，再有一人去城西坐鎮，加上郡守府內的修士和江湖豪俠，相信此次妖魔作亂，不至於糜爛郡城。」

馬將軍拱手抱拳，感激道：「若非黃老最早發現蛛絲馬跡，趕緊告知我們，這次郡城百姓定要遭了大難。黃老願意以身涉險，仗義出手，我馬某人是個糙人，說不來漂亮話，但絕對銘記在心！」

老神仙笑著搖頭道：「若是山上修行就是為了自己一人得道飛升，不管眾生疾苦，那還修什麼神仙，要什麼長生不朽？」

馬將軍以拳重捶胸口鎧甲，然後伸出大拇指，由衷佩服道：「黃老，就憑這句話，您就真是在修道！」說到這裡，他又憤憤不平，「至於彩衣國某些個只會沽名釣譽的仙師，尤其是京城裡頭那撥人，哼，真是恬不知恥，成天就是跟朝廷伸手要錢，建仙閣造高樓，勞民傷財……唉，不說也罷，越說越氣！」

老神仙雙手負後，淡然笑道：「天底下哪條江河不是泥沙俱下？馬將軍不用太過怨懟，既然世事皆如此，先做好自己就行了。」

馬將軍點點頭，深以為然，心底對身旁這位道法高深，同時還悲天憫人的老神仙越發敬佩。神仙不止山上的洞天福地有啊，山下也有。

老神仙再次運用神通，瞇眼竭力望向城隍閣那邊，由於隔得太遠，具體景象模糊不清。若是米老魔在場就好了，他會一點掌觀山河的皮毛，這麼一段距離而已，應該可以看得一清二楚。不過城隍閣祕術陣法被破一事，他剛才心生感應，確定無誤，定是有不自量力的傢伙在逞英雄。

沒有關係，他在那邊早已安排好後手，金城隍和兩側文武神像早就都被米老魔暗中動了手腳，不惜耗費巨大代價，以持續了二十餘年的特殊香火讓他們不知不覺地浸染入魔。為此，米老魔還死皮賴臉跟他們三人索要了三件靈器。

所以說，城隍閣的些許波瀾影響不到一條大江大河的最終流向。將近三十年密謀，四方勢力合力行事，怎麼可能功虧一簣？除非是一位十境的陸地神仙從天而降，突然揚言要保下這座胭脂郡城，他們才有可能收手。可是神誥宗和觀湖書院，還有幾大仙家山門的動向他們早已摸得一清二楚，絕不可能有什麼十境鍊氣士橫空出世。更何況躋身元嬰境的大佬從來神龍見首不見尾，說句難聽的，便是真見著了這邊的光景，只要不是出身名門正派而且一身正氣的祖師爺，願不願意摻和都還兩說。

大勢已成，大局已定！老神仙心中微笑不已，他其實很想轉過頭去拍拍身旁這位憨直武將的肩膀，笑著打趣他：「馬老弟，你的眼神不太好使啊。我可不是什麼正道仙師，而是你們嘴中人人得而誅之的邪魔外道。你所謂的彩衣國京城仙師，其中兩個名氣最大的，可都是我的嫡傳弟子。」

他們這些外道野修，本來就是田地爛泥裡的賊老鼠，求的就是一個三年不開張，開張吃三年！此事過後，那件法寶到手，大不了再閉關二、三十年，去往更南邊的地方，祕密謀劃更大的買賣，之後又是一條好漢。說不定某一天，有可能成為中土神洲白帝城那樣的存在，雖是天下皆知的魔道中人，可是誰敢當面喊他一聲魔頭？世間絕大多數的上五境大修士同樣不敢！

不過這種美事，老神仙也就只是想一想，圖個樂和而已。他看了眼南方，又轉頭望向北邊，有些猶豫。事成之後往南避難肯定最安穩，若是按照約定去北方，就要富貴險中求了，但是只要活到最後，那就是一份潑天富貴。

按照傳師叔的要求，神誥宗一行人去找那座淫祠山神廟，結果走到半路，山水氣運大變，由濁轉清，讓趙鎏大為錯愕。等他們趕到山神廟，發現秦山神已經金身崩碎，澈底消亡。意外之喜，是眾人竟然在廢墟中撿到了金身碎片，就是趙鎏都大感震驚，決定先行保管。雖然註定要上繳宗門，但是沒事的時候摸一摸，鑽研一下，也是一件舒心事。

之後眾人回到小鎮，趙鎏猶豫了半天，決定獨自去往古宅，與楊晃修復關係。他先是恭賀夫妻二人苦盡甘來，再跟人家認了錯，罰酒三杯，給了一件品相很低但是很討喜的小靈器。

楊晃也是個妙人，他倆才撕破臉皮沒多久，如今趙鎏負荊請罪，他竟是客氣、熱情得很，招呼趙鎏喝酒，就連那件靈器都收下了。但等到喝了個半醉，楊晃又開始大罵趙鎏，最後連鶯鶯都看不下去，勸了半天，楊晃就是不聽。趙鎏在酒桌上什麼話都不說，都生受著。之後趙鎏在古宅住下，傳信給小鎮上的神誥宗弟子，一行人便又多住了一天。

趙鎏離開的時候，知道楊晃一切所作所為都是做樣子罷了，心中對自己只會越發瞧不起。不過趙鎏也算不枉此行，兩人關係能夠這樣就已經很知足，朋友遠遠算不得，這輩子都別奢望，但是已經不會成為敵人，以後經營得好，多花些心思，多來這座胭脂郡城走動走動，甚至有機會成為面子上過得去的點頭之交。

趙鎏心情複雜地帶隊北歸，只是剛走出幾十里山路，就發現胭脂郡城那邊不對勁，但是這位神誥宗的老仙師沉默不語，只是趕路。

當天晚上，眾人露宿山巔，趙鎏的那個年輕弟子找到站在崖畔的他，輕聲問道：「師父，胭脂郡城那邊明顯有妖氣彌漫，聲勢不小，敢在郡城內如此明目張膽，肯定不是尋常妖魔，咱們要不要趕過去看看？」

趙鎏呵呵笑道：「連你都看出了那邊的妖氣沖天，師父又不是眼瞎。」

年輕道人仔細咀嚼了師父的言語滋味，試探性問道：「那咱們飛劍傳信給宗門？就說需要增援。」

趙鎏眯眼眺望胭脂郡城上方的夜空，緩緩道：「傅師叔要我們鎮壓那姓秦的，如今山神廟都塌了，咱們也收回了三塊金身碎片，這趟下山遊歷，你們成果頗豐，遠勝同輩，外門勘驗肯定可以得一個上評，運氣好的話，說不定就是上上評。」老人轉過頭，輕聲道，「熙平啊，世間好事，過猶不及啊。一旦你我師徒選擇飛劍傳信，事後宗門派人來到彩衣國仔細查驗此事，將時間一對比，我們畏縮不前的事很容易就會暴露。這些話呢，只因為你是我最得意的弟子，為師才願意跟你掏心掏肺，記得不傳六耳。」

年輕道人心悅誠服，壓低嗓音道：「師父英明，算無遺策！」

趙鎏回頭看了一眼。遠處篝火旁，另外三名神誥宗弟子都在盤腿而睡，其中年紀最小的那個，呼吸吐納之間隱約有絲絲縷縷的霧氣垂掛於耳鼻，反觀更早進入宗門的姐弟二人氣象就遠遠不如了。

趙鎏皺眉低聲道：「這個事情，還得跟那小屁孩通通氣。那孩子感應敏銳，別看他假裝什麼都不知道，其實咱們騙得過那對姐弟，唯獨騙不過他。如果不說清楚，萬一他回到宗門說漏了嘴，還是一樁禍事。」

年輕道人點了點頭。趙鎏轉頭笑望著嫡傳弟子，和顏悅色道：「熙平啊，要堵住那個鬼靈精怪的小崽子的嘴可不容易，你不是偷藏了一塊金身碎片嘛，這本來就不合規矩，一經發現，宗門那邊是要重重責罰的。拿出來，師父幫你送給他，就看他敢不敢收下這個燙手山芋了。收下了，以後跟你我師徒二人就是一路人，回到山上，以後相互間還有個照應，師父也算是幫你鋪路搭橋了；若是不收，呵呵，師父可是你們這次歷練的領路人，本就身負查勘職責，事後是要向外門遞交文書的，在規矩之內，我要噁心一下那個孩子的靠山，誰都挑不出毛病。」然後他攤開手掌，伸向年輕道人，「拿出來吧。」

年輕道人一瞬間臉色鐵青，只是迅速擠出笑容，沒有藏藏掖掖，更沒有半點不情不願的神色，很快就將一塊最大的金色碎片遞給趙鎏。

趙鎏收起金色碎片，笑道：「喲，個頭還不小，一塊能頂兩塊了，看來那小子運道真不錯，白撿了這麼大一個便宜。」

年輕道人臉色僵硬，牽強笑道：「弟子本來是想著回到了宗門，在師父下個月的大壽之日，當作賀壽禮的。」

趙鎏「嗯」了一聲，拍了拍年輕道人的肩膀：「有心了。」

之後年輕道人悄然返回篝火附近，盤腿坐下，閉上眼睛，始終面帶微笑。

趙鎏獨自坐在崖畔，吐納鍊氣，沉默許久，突然小聲自嘲道：「大道無望，就只能抖這些小機靈。哈哈，真是怎一個『慘』字了得。」

書生柳赤誠從東門出城，沿著官道一路步行，走出去十里後，在驛站外歇腳，沒有功名在身的老百姓可沒資格進去落座。

驛站外，有一處茶攤，書生便要了一碗滾燙茶湯，喝著暖胃，低聲呢喃，像是在自言自語：「你不是總吹噓自己多厲害嗎，真不管這麼大個爛攤子了？劉小姐可是挺好一個姑娘，又給我錢花又讓我抱，解了我多大的燃眉之急，不然我餓死了，你也好不到哪裡去！

啥？攤上我這麼一個主人，是你倒了八輩子血霉？你咋不說如果不是我誤入荒塚，無意間破了那座千年陣法，把你這個大爺從牢獄裡解救出來，你才有機會重見天日？你知不知道，因為你的存在，我如今馳騁花叢都不敢施展十成功力，只敢摸個小手兒，親個小嘴兒，否則豈不是便宜了你這個糟老頭？

狗屁的仙人！藏頭露尾，如喪家之犬，連我給人一拳撂倒在地上都不敢冒頭！就你還是啥玉璞之上的仙人，老子還是那啥金丹仙人呢！聽說金丹仙人那才是真正的神仙，每天沒事情就在天上飛來飛去，偶爾落地喝個酒，帝王將相見著了都要恭恭敬敬的。」

茶攤老闆在遠處看著，憂心忡忡。那個窮酸書生該不會是個傻子吧？嘮嘮叨叨的，自己跟自己說話？傻是不要緊，可千萬別身上沒帶錢哪！

柳赤誠瞪眼道：「啥？金丹境是個屁？你信不信老子喝完了茶湯憋出一個屁就把你給放了，以後咱倆各走各的？罵人不揭短啊，私生子咋了……再有爹生、沒娘養也好過你一個老變態，一大把歲數了還死活要帶上那件粉色道袍。嘖嘖嘖，真是沒羞沒臊，你咋不求我幫你買幾盒胭脂水粉……你大爺……又來……」

柳赤誠本就細若蚊蚋的嗓音到最後幾乎連他自己都聽不到了，他的眼眸逐漸變得渾濁不堪，又瞬間變得炯炯有神，如神靈附體，整個人從內而外氣勢迥異，再不是那個滿身窮酸氣的寒士，更像是一位微服私訪的……帝王。

他滿臉笑意地伸出手，顫顫巍巍舉起那只茶碗，喝完最後一口茶湯，站起身，掏出一大把銅錢丟在桌上，大步離開。一開始他的腳步還有些搖晃不穩，喝個茶跟喝了美酒佳釀似的，眼神也有些醺醺然。但是走著走著，他的腳步就越來越沉穩，最後從官道岔入油菜花盛開的農田，見四下無人，一抖肩膀，包袱繩結自行打開從身上脫落，懸停在空中。從包袱之中飄出一件繡工精緻的絕美道袍，果真是粉色！柳赤誠身上的外衫也自己解開褪去，跟那件粉色道袍恰好換了個位置，乖乖躺入包袱之中。

除了不合世俗規矩的華美道袍，包袱中還有一支金色簪子緩緩飄向書生頭頂，自己別在髮髻上，然後包袱一閃而逝，顯然是沒入了方寸物中。當然，也有可能是咫尺物，甚至可能是傳說中被譽為「妙小洞天」的方丈物。

柳赤誠攤開雙手，仰起頭望向天空，笑容陶醉，粉色道袍竟然給人一種活物的雀躍之感，「嘩啦」一下驟然鋪開，來到書生身後，如有婢女服侍，根本無須書生動手，道袍就那麼穿在了他身上。

本就相貌英俊的柳赤誠穿上這件道袍之後，更加玉樹臨風。

他大步前行，腳步凌空，逍遙御風，步步登天，直入雲霄，大聲吟唱道：「塚中一千年，世上也千年。」

腳下的大地之上，開滿了異鄉黃花。

郡守府，劉太守的老幕僚拉著劉高華走到官邸後門，劉高華看到一輛馬車早已準備就緒，像是要出遠門。

老幕僚伸出手掌，笑咪咪道：「公子，請上車。」

有個女子掀開簾子，梨花帶雨的模樣，見是弟弟劉高華後，略微心安，放下簾子，背靠車壁，思念起了那個柳郎。

劉高華一頭霧水：「宋叔叔，這是要做什麼？」

老幕僚一板一眼道：「郡守大人要我護送你們出城。」

劉高華急眼了：「這個時候出城做什麼？難道胭脂郡真要大難臨頭？宋叔叔，越是這樣，我越不能離開這裡啊，爹出了事情怎麼辦？」

老幕僚笑道：「真要出了事情，你一個手無縛雞之力的讀書人，還能怎麼辦？」

劉高華啞口無言。

老幕僚催促道：「公子，走吧，大小姐還等著呢。」

劉高華搖頭道：「我反正不走！要走讓我姐一個人走……」他話沒說完，就猛然往後門跑去，但是眼前一花，竟然發現老幕僚不知何時已經擋在了門口。

等劉高華停下腳步，老幕僚笑了，像一隻老狐狸，打量著眼前的年輕人：「你宋叔叔好歹混過江湖，會一點花拳繡腿，你是自己上馬車呢，還是被我一拳打暈扛上馬車？說實話，宋叔叔也一把老骨頭了，背著個人跑來跑去，你忍心？」

劉高華硬著脖子：「打暈我吧！」

老幕僚嘆了口氣：「你爹曉得你的臭脾氣，本來有話要我轉告你，我之前怕傷了你們父子感情就故意藏起來不提，現在你這副德行，我只好實話實說了。你爹讓我告訴你：『劉高華，你這二十來年就沒做過一件讓老子舒心的事，就別留在府上礙眼礙事了行不行？』」

劉高華紅著眼睛，嘴唇顫抖，沉默片刻，有氣無力道：「我妹妹呢？」

老幕僚搖頭道：「暫時顧不上了，你和大小姐先走便是，我已經讓人去找她了。」

劉高華又要犯倔，老幕僚也急了，一跺腳，沒好氣道：「我的劉大公子，真不是我說你，一個大老爺們兒，婆婆媽媽，成甚大事！」

劉高華委屈道：「爹娘不管，妹妹也不管，我這種沒心沒肺的王八蛋能成大事才怪！」

老幕僚給這句話噎得不行，氣呼呼道：「走走走，趕緊走。」

劉高華有些茫然失措，總覺得自己好像做什麼都是錯的。

老幕僚嘆氣道：「走吧，你留在這裡只會添亂，害得你爹娘白白擔心。」

劉高華慘然一笑：「那就走吧。」

老幕僚點頭，等到劉高華坐入車廂，他駕駛馬車緩緩駛出家家戶戶大門緊閉的街道，一路去往城南。路上左右張望著郡城景象，大多數街道還是繁華依舊，遊人如織，店鋪林立，熱鬧非凡，全然不知危機已經籠罩整座城池，生死一線間。

按照馬將軍的說法，妖魔如此大張旗鼓，一定是有備而來，若是最壞的情況，那可就不是死幾百人了，歷史上彩衣國許多場朝廷定義為瘟疫的災難，禍害百姓數萬，其中就有魔道巨擘的邪法大陣，或是一些汙穢法寶失去控制。死於這類事故中的老百姓，往往屍骨都任其曝曬，而不敢收殮下葬，當年殃及胭脂郡在內的那場瘟疫便是如此，才有了那處方圓數百里的大型亂葬崗。

天真要塌下，懵懂無知的老百姓誰跑得了？除非是有高個子頂住，頂不住，就只能等死了。老幕僚心中有些感慨，這次郡守府和劉太守的所作所為，讓他刮目相看。

劉太守花錢請崇妙道人飛劍傳信，不假；靈犀派一定會派人救援，不假；彩鸞可以載人御風快速南下，還是不假，但是怎麼一個快，他撒了謊。彩鸞獨自飛行確實能夠在明日正午到達胭脂郡上空，可若是載二、三人，恐怕晚上都未必能臨近胭脂郡北境。

劉太守為何撒謊？因為作為一郡之首，他需要有人在危難之際站出來。如果能夠撐到明日正午，那麼所有拋頭露面與妖魔結下私仇的人其實就已經沒了退路，只能跟著郡城共存亡；若是潛伏城內的大妖魔頭一直按兵不動，等到明日正午還不作亂也沒事，到時候劉太守一樣有法子逼著對方現身；如果胭脂郡主動宣戰，妖魔還能耐著性子熬到後天，更不打緊，那會兒郡城已是八方增援的大好形勢，尤其是靈犀派仙師真的即將到來。所以說啊，讀書人走投無路的時候，發起狠來，一肚子壞水能淹死人。

這也是老幕僚第一次真正認識自己的謀主，他非但沒有失望，反而覺得值得痛飲一番，只可惜機會恐怕不大了。

把劉高華騙到後門之前，老幕僚跟劉太守有過一番肺腑之言。

劉太守坦言若是胭脂郡城這場劫難死個一、兩百人就落幕，他肯定能跑就跑，可若是要死很多很多無辜百姓，他就不跑了。當時一身官服的讀書人指了指自己的心口，說那裡不得勁兒，還說他讀了那麼多聖賢書，跟它們可謂是相識多年的老朋友了，若是這次苟活人世，怕是以後就沒臉面去翻書了，見不得那些老朋友。

「我若是這輩子不再看書，活著還有什麼趣味？」

一輩子從未經歷過戰事和硝煙的胭脂郡父母官說著那些真誠言語的時候，其實牙齒打戰，臉色發白，兩腿打擺子，怎麼掩飾都掩飾不住，讓老幕僚看了個一清二楚。

以這種膽小鬼姿態說著豪言壯語，貌似挺滑稽的，但老幕僚笑不出來也不覺得可笑。有些當了官的讀書人，跟那些自認懷才不遇、生不逢時的酸儒窮秀才，的確不太一樣。

充當車夫的老幕僚收回思緒，加快馬蹄出城。

他忍不住回頭看了一眼。自己偷偷收的那個頑劣徒弟也不知道上哪邊瘋玩去了，怎麼找都找不到，只求千萬別闖禍。這次胭脂郡大難，絕不是她可以搗糨糊的。

老幕僚搖搖頭，無奈道：「江湖水渾，山上風大，哪裡都不好混啊，討口安生飯吃，就這麼難嗎？」

第六章　塵埃落定

胭脂郡城北有家米鋪，開了二十來年，鋪子主人是個高高瘦瘦的老人，終年沉默寡言。店裡的夥計也不太愛說笑，不過經常去城隍閣燒香，這讓街坊鄰居們多出一些好感，加上米鋪子賣的米和山珍雜貨物美價廉，所以生意還不錯。

今天米鋪來了兩個外鄉人——一對看著憨厚本分的中年夫婦。

鋪子因此早早關門歇業，一個米鋪去年冬末新招收的少年夥計對顧客解釋說是米掌櫃來了遠房親戚，也沒誰覺得奇怪。這麼多年沒串門的親戚，見面之後多聊聊才正常。

鋪子關門後，鋪子主人和夫婦二人坐在桌旁，一桌子豐盛飯菜香氣撲鼻，三個店夥計遠遠湊在一起嗑瓜子，顯然是沒資格落座。

遠道而來的男人伸手直接抓起一隻油膩雞腿狂啃起來，一手持酒壺，仰頭灌酒的時候能濺出一半。婦人微微歪過頭，兩根手指拈住下巴處的肌膚，輕巧一撕，竟然撕下了一張纖薄面皮。

她將面皮重重甩在桌上，這才背靠椅子，重重呼出一口氣：「這狗屁玩意兒戴著真是遭罪，呼吸都不順暢了，竟然還要三十文雪花錢……」

遠處三個店夥計倒抽一口冷氣。撕掉偽裝面皮的婦人，長得真是醜！而後他們相視一笑，覺得那張面皮婦人買得實在太划算了。

婦人說著又伸出另外一隻手撕下第二張面皮往桌上一甩，三人頓時愕然，咽了咽口水：『這老娘兒們長得賊好看啊。』

三人開始不約而同祈求莫要有第三張面皮了，於是當婦人再次抬起手臂時，三人心中默默哀號：『得嘞，其實還是個醜八怪。』

不料，姿容妖豔的婦人拋了一個媚眼給他們，嬌滴滴道：「沒啦，姐姐就長這樣，美不美？」

鋪子主人沒好氣道：「趕緊說正事。」

男人揚了揚下巴，示意婦人說事兒，他忙著喝酒吃肉。

婦人拿出一面小鏡子，對鏡整理鬢角青絲，懶洋洋道：「米老魔，我們這趟來是為了跟你分贓。」

米老魔夾了一筷子冬醃菜，嚼在嘴裡脆生生的，皺眉道：「贓物還沒到手就想著分贓，你們夫妻兩個是不是腦子有坑？」

婦人微微放低鏡子，媚笑道：「你與琉璃仙翁關係莫逆，是百餘年的老朋友了，我們夫妻當然清楚。只是大船將沉，米老魔，你總不能陪著他一起溺水而亡吧？」

米老魔停下筷子：「怎麼說？」

「真美，不愧是要價八十文雪花錢的上等貨，就是膽子太小了，我開價兩百文雪花錢都不敢幫我製造一張與賀小涼有七、八分相似的面皮。」婦人放下鏡子後，又撕下一張面皮，露出滿臉雀斑的老態容顏。

男人滿嘴流油，笑嘻嘻道：「就是就是，若是能像賀小涼或是蘇稼七、八分，莫說是兩百文雪花錢，五百文我都願意出！」

婦人白了他一眼，繼續說正事：「一個姓傅的神誥宗小劍仙也加入了靈犀派的南下隊伍，她年紀不大，架子倒比天還大，靈犀派的兩位老祖可都把她當菩薩供起來。」

米老魔放下筷子，臉色沉重：「當真？」

婦人點頭道：「若非如此，我們夫妻便是想要提前拆夥，能有什麼好處？損人不利己的事情我們可不做。做買賣太不講究，生意肯定做不長久。」

米老魔問了一個關鍵問題：「你們怎麼知道神誥宗的人參與其中？靈犀派有你們安插的間諜，而且輩分還不低？」

婦人反問道：「這很奇怪嗎？」

米老魔冷笑一聲，皮笑肉不笑道：「原來做生意都做到山上去了，佩服佩服。」

男人將雞腿骨頭甩在地上，大大咧咧插嘴道：「做到山頂去那才厲害吧？我們這點小打小鬧算個屁。」

婦人直截了當道：「米老魔，事情就是這麼個事情，你給句準話，要是鐵了心跟琉璃仙翁綁在一起，我們夫婦二話不說，吃完飯就走，靈犀派那單子也夠我們大賺一筆了。要是你願意跟我們一條心，那就好好合計合計，做掉琉璃仙翁之後，提前開啟陣法，趁亂奪了那件法寶就跑。」

見米老魔有些猶豫，男人抹了一把嘴道：「宰了琉璃仙翁，不但他的琉璃盞歸你，其他家當，你能找到多少都算你的，但是那方印章必須歸我們。」

米老魔沉吟片刻：「稍等。」

他轉頭望向那個年紀最小的弟子：「丟銅錢，算一卦吉凶。」

少年眉眼俊秀，唇紅齒白，笑容燦爛，掏出一把銅錢攥在手心，蹲在地上，抬起頭問道：「老米，有好處不？」

米老魔淡然道：「每天晚上不用穿那些婦人衣衫了。」

其餘兩名弟子臉色如常，相視一笑。

少年微微臉紅，嬌柔扭捏道：「這算什麼好處。老米你換一個唄？」

米老魔想了想：「分你一成好處。」

少年問道：「得了好處，弟子還有命花不？」

米老魔冷冷瞥了一眼兩個入門已久的弟子，對少年點頭道：「有。」

少年笑容嫵媚，咬破手指，在銅錢上一一抹上血跡，最終一把撒下，端詳片刻，抬頭驚喜道：「大吉！」

米老魔如釋重負，望向夫婦二人：「我讓弟子提前開啟陣法，咱們三人一起對付琉璃仙翁，速戰速決，如何？」

婦人視線從秀美少年臉上緩緩收回，心情大好：「可以呀。」

男人突然陰惻惻問道：「米老魔，你跟琉璃仙翁百年交情，真忍心下手？」

米老魔夾了一筷子菜：「給你一只仙人遺物琉璃盞，讓你宰了你媳婦，你做不做？」

男人悻悻然，婦人倒是半點不傷心，又掏出銅鏡左看右看：「我若是在這個沒良心的傢伙眼中能值一只琉璃盞，這輩子就算活得不虧嘍。」

城隍殿外，少女戰戰兢兢站在第一座大殿後門，甚至不敢站在財神殿和太歲殿之間的小廣場上，因為前方那座城隍殿內打得天翻地覆了。她心目中的神仙老爺先是被入魔的城隍爺沈溫一腳踩中後背，然後瞧著年輕的神仙老爺更是厲害，一瞬間硬生生挺直了腰杆，迫使城隍爺後退兩步。

那尊大名鼎鼎的彩衣國金城隍爆發出驚人的戰力，在寬敞的大殿內疾步如飛，追著神仙老爺四處亂竄。其間一式二十一拳，還是那打破術法禁制的奇怪拳架，明明已經打得墮入魔道的金城隍一身金粉化作碎屑飄散於大殿，身上出現了無數道裂縫，滲出絲絲縷縷的黑煙，但是金城隍大喝一聲，結了一個少女認不得的古怪手印，不但金粉悉數重新彙聚在神像表面，就連那些碎裂縫隙都瞬間合攏復原。三丈高度，每一拳都砸得牆壁凹陷，每一腳踩踏都踩得地磚粉碎，簡直就是一尊坐鎮天庭的威嚴神靈，正在人間降妖除魔。

銀鈴少女滿心憂慮。如此無敵之姿的金城隍，真能被人打敗嗎？她也有些疑惑不解，為何老神仙不祭出那兩張金色符籙，甚至連飛劍都不願使出，反而只是跟城隍爺近身肉搏？這都已經換了多種拳法，好幾次她親眼看到老神仙從城隍殿一頭給打飛到另一頭，後邊城隍爺乾脆就拆了一根大殿棟梁當手中武器，肆意橫掃劈砸。

真是神仙打架，地動山搖。少女看得驚心動魄，手心滿是汗水，默默念叨著加油。老神仙雖然暫時處於下風，可也打得英姿勃勃，比如他雙臂格擋在頭頂，硬抗下一根大梁的當頭砸下。梁柱轟然折斷，他的雙膝則當場沒入地下。少女趕緊閉起一隻眼側過頭不忍再看，心想這一定很疼吧。

又有一次，他被一腳踹出大殿，整個人在廣場上翻滾了十數圈。金城隍就站在大殿門檻後，滿臉冷笑，朝老神仙勾了勾手指，老神仙起身後又衝入大殿。

不到一炷香工夫，城隍殿就被城隍爺沈溫給拆了。五、六根大梁一拆，歷經數百年風風雨雨的大殿就徹底倒塌，塵土遮天。金城隍拔出最後一根紅漆大梁，左手邊的牆壁不似右邊高牆破碎不堪，而是一整面牆向外倒去。

陳平安就站在牆上，雙袖早已稀爛，轉頭輕輕吐出一口血水。他將這尊金城隍當作了第二個馬苦玄，透過大戰，磨礪自己的體魄神魂。

只靠一雙拳頭，應該是打不過了。似乎那尊神像在這座城隍殿不管如何捶打重創，都可以很快恢復到巔峰狀態，這太不講道理了。

陳平安眼角餘光掃了掃廢墟，回想一下金城隍從頭到尾的站立位置，心中了然。

各方聖人有地界一說，例如齊先生和阮師傅置身於驪珠洞天，只要儒家聖人在學宮書院、兵家聖人在古戰場遺址等等，與人廝殺交手，就都會擁有天時地利。想必這位胭脂郡城隍爺在這裡，也符合這點。

陳平安深吸一口氣，繼續前衝，先勾引這位城隍爺離開這座城隍殿試試看，如果可行的話，能夠誘騙他離開整個城隍閣地域是最好。

但是世事不如人願，金城隍雖然入魔，靈智混沌，憑藉本能，死活不願離開已經淪為廢墟的城隍殿舊有地盤，哪怕陳平安兩次不惜以受傷作為誘餌摔出城隍殿外，金城隍最多也只是以一截截梁柱作為武器，瘋狂砸向陳平安而已。陳平安不願繼續在這裡耗費時間，還是得盡快去郡守府揭發那個裝神弄鬼的主謀。

這場大戰真正的酣暢淋漓，在這一刻才徹底展現出來。陳平安出拳不斷，與此同時，養劍葫裡的初一、十五也都已向金城隍飛掠而去，配合陳平安的出拳間隙，縈繞在神像周圍，看得銀鈴少女眼花繚亂，目瞪口呆。

最終陳平安祭出一張金色材質的寶塔鎮妖符，以它徹底暗淡無光的代價才將金城隍鎮壓其中。神像金身寸裂，最後只剩下十數枚碎片以及那只青色小木盒。

陳平安默默收起那些東西，摸了一把臉上的血汙，來到少女身邊，笑問道：「妳叫什麼名字？」

少女怔怔出聲：「劉高馨！」

陳平安道：「高興？」

劉高馨有些臉紅，解釋道：「高處的高，溫馨的馨。不是高興的興。」

爹娘取這個名字，寓意是她的將來能夠一枝獨秀，且在最高處猶有馨香。

劉高馨容顏姣好，心境純然，不願在這件事情上糾纏。眼前這位神仙老爺與入魔的金城隍大戰完畢，正需要調養氣機。

陳平安本來想說，這名字取得真好，雅俗共賞，與自己的名字很像，結果不是「高興」，只好把話咽回肚子，突然又有些犯嘀咕，疑惑道：「妳該不會是劉高華的妹妹吧？」

劉高馨眼前一亮：「怎麼，神仙老爺也認識我哥？」

陳平安笑道：「剛認識沒多久。正好，我要去趟郡守府告訴妳爹，那個老神仙才是罪魁禍首。」

他說完就掠向高牆，劉高馨忙不迭緊隨其後，兩人一前一後飛簷走壁。

劉高馨雖然也曾淬煉體魄，到底遠遠不如陳平安，很快就氣喘吁吁，陳平安便在一處屋頂翹簷停下讓她休息片刻。

劉高馨小心翼翼道：「老劍仙，你怎麼不御劍飛行啊，可以帶我一起御風凌空去往我家，會更快一些的。」

胡亂稱呼劍仙也就罷了，還「老」劍仙？陳平安哭笑不得，乾脆不理睬她，等少女呼吸恢復平穩，又開始率先在郡城一座座屋脊之上埋頭狂奔。

劉高馨心想這位劍仙老神仙真是不走尋常路，而且脾氣還老好了！她之前藉著說話的機會偷偷看了他幾次，模樣還挺俊俏哩，真不顯老！

「大事不好！」城樓之上，俯瞰郡城、掌控全域的的老神仙，米老魔口中的琉璃仙翁驚呼出聲，轉頭對滿臉驚疑的馬將軍解釋道，「城隍殿那邊出了大問題，看樣子，竟是有大妖魔頭凶性大發，直接壞了城隍爺的不朽金身。我必須親自去看一眼才能放心，金城隍牽涉胭脂郡的氣數，若是金身徹底崩壞，哪怕這回渡過劫難，胭脂郡仍是元氣大傷！」他望向城隍閣方向，憂心忡忡，喟嘆一聲，「罷了！便是龍潭虎穴，今日也要闖一闖了！說不得要拚了一身道行，試試看能否將重傷的城隍爺救出來。不承想此次作祟的妖魔如此勢大，原本以為只是以陣法牽制城隍爺，哪裡想得到是要滅絕一城的狠辣手段。馬將軍，沒辦法，城東門暫時就只能交由你一人看顧了。」

馬將軍沉聲道：「需不需要派遣十數名精銳武卒助黃老一臂之力？郡守府內還有數十支特殊箭矢，最能誅殺妖魔。」

琉璃仙翁擺擺手道：「來不及了，而且意義也不大。」

馬將軍到底是沙場悍將出身，沒有拖泥帶水，抱拳道：「預祝黃老旗開得勝！」

「那就借馬將軍吉言！」琉璃仙翁抱拳還禮，微微一笑，身形如飛鳥掠下城頭，落在數十丈外的一處屋脊上，飄然起身，再次向前飛去。

十數次飄逸瀟灑的起起落落，最終身形小如米粒，落在塵沙漸歇的城隍閣高牆外的大殿廣場上，大袖一揮，飄蕩出一大摞黃紙符籙，在空中便煙霧滾滾，眨眼之間就有十數名持劍的白衣少女衝出煙霧，身形曼妙地撲向那座供奉有彩衣國開國元勳的第一層大殿，又飛快掠入財神殿、太歲殿之間的小廣場。

其中一名少女嘴唇微動，像是輕輕呼喚著誰，卻並無回應。

琉璃仙翁環顧四周，皺眉道：「不用喊了，妳們彩衣姐姐早已被打回原形，就連我都感知不到她的殘餘魂魄，出手之人道行很高啊。」他抬起手臂猛然一招手，隱藏在古柏高枝樹蔭間的那把猩紅長劍瞬間被他握在手中。他低頭嗅了嗅劍身，稍稍放心。並無絲毫魔氣遺留，這就好，不是米老魔發現了蛛絲馬跡，搶先奪走了那枚精鐵官印。

隨手將長劍拋給一名嘴角有痣的白衣少女，琉璃仙翁緩緩向前。雖然目前形勢的走向沒有到最糟糕的境地，可是也好不到哪裡去。城隍殿已毀，金城隍沈溫已經變成一地泥土，兩尊文武屬官神像也是一樣的下場，精鐵官印不知所終。

難道是重重幕後的那位大人物對這枚「城隍顯佑伯」印也有興趣，所以瞞過自己，讓人捷足先登？琉璃仙翁不禁作此想，但隨即又打消了這個念頭。

不至於，應該不至於，對那位真真正正站在東寶瓶洲之巔的老神仙而言，這類法寶，遠遠不值得他為此背信棄義，巧取豪奪。那個人所圖謀的，太大、太大了，是一場包括彩衣國、古榆國在內的五國大混戰，是東寶瓶洲中部版圖的擂鼓聲聲，硝煙四起。

琉璃仙翁沉著臉走入城隍殿廢墟，來到一堵整面倒塌在地的牆壁旁邊。雖然牆體維持完整，沒有出現太大的裂縫，但是細微的破損極多。他仔細打量每個細節，壁畫之上所繪的九九八十一個飛天美人，當下只剩下三十多個品相較好的。

他一跺腳，大為痛惜道：「暴殄天物啊！」確定四周無人後，仍是讓那些持劍的白衣少女去往各處牆頭盯著，他則蹲下身來，左手掏出一只流雲溢彩的精美小盞，嘴中默念，壁畫上的各色美人開始緩緩流動，一個個飄蕩著離開牆壁，紛紛湧入琉璃小盞內。

三十個容貌、服飾品相最好的最先進入小盞，之後是十數個面容完整、四肢衣衫損壞的，最後壁上只留下面容、身段俱毀的女子，似有一陣陣細微嗚咽聲，如溪澗清泉流淌過石。琉璃仙翁還不願就此甘休，連整幅彩繪壁畫的底子都給抽出來收入小盞，那些好似丟失庭院住處的殘破女子越發淒婉哀怨，在空落落的牆壁上如泣如訴。

琉璃仙翁收起小盞，起身後俯視著牆壁上零零散散的殘餘女子，又搖了搖頭，心痛不已，抬起大袖，一掌重重拍下，那堵牆壁瞬間化作齏粉。

米鋪再次開門，但不是重新做生意。三個店夥計各自去往郡城一處，尤其是那個俊秀少年，跑出去的時候滿臉喜氣。

米老魔帶著夫婦二人走在一條僻靜巷弄裡，婦人問道：「城隍閣的金城隍已經淪為你米老魔的傀儡，哪怕修為有些下降，怎麼可能突然就金身炸裂？小小一座胭脂郡，難道還藏有中五境的高人？」

米老魔心情不佳。殺手鐧和護身符就這麼莫名其妙沒了，換作誰都沒好心情。他想了想，攤開手心，還是打算冒險嘗試一下掌觀山河的神通。

這等上乘術法，一直被屈指可數的正道仙家所珍藏，祕不示人，米老魔也是機緣巧合得到一本殘缺的外道祕笈，才學了點皮毛。由於殘缺祕笈少了半數運氣口訣，每次使用起來都要耗費他一滴心頭血，代價極大。而且遙遙偷窺之地若是有境界相當的鍊氣士在場，很容易就會察覺，極有可能循著蛛絲馬跡一路殺至。好好一門無上神通，就因為殘缺不全變得無比雞肋。

山上的仙家門閥之所以根深蒂固，大抵上就在於他們擁有代代相傳的祕訣心法，沒有任何後遺症，透過一代代祖師爺的不斷完善，趨於圓滿，根本不需要子孫後代和得意高徒自己摸索。傳聞一些最上乘的宗門祕法，甚至能夠讓修習之人有望躋身上五境，而次一等的旁門左道也能夠幫助躋身中五境的陽光大道。反觀世間有多少野修、散修因此走火入魔？不計其數！

米老魔手心滲出一滴猩紅濃郁的鮮血，突然砰然炸裂，血霧瀰漫。他的掌心也很快出現了一幅景象，正是那座城隍閣。老人瞇眼望去，看到了琉璃仙翁和白衣侍女們的身影，微微晃了晃掌心，原本囊括整座城隍閣的景象很快變得只剩下一座城隍殿廢墟，因此琉璃仙翁蹲在地上的身姿更加清晰。

米老魔呵呵笑道：「天助我也！陳老兒耐不住性子，親自來此查看，他這是自投羅網了！」

婦人眼神發亮，死死盯住圖像中琉璃仙翁手上的琉璃小盞：「那就是琉璃盞？」

米老魔驟然握緊拳頭，手心那團血霧重新回到體內，轉頭冷笑：「怎麼，要跟我搶？」

婦人眼波流轉，媚笑道：「奴家哪敢呀。」

米老魔不理會這妖婦的裝模作樣，心中快速權衡利弊。陳老兒此次所求，一開始就是那幅金城隍眼皮子底下的壁畫，他嘴上說是貪圖那幅壁畫的精氣神，經過數百年香火薰陶，蘊養出了真正有仙氣的美人兒，而且在亂葬崗收集到女子魂魄後，還可以將壁畫作為她們新的棲身之所，一舉兩得，說不定能多養出幾個女鬼陰物。

米老魔此時才恍然大悟，說不定……那枚來自龍虎山天師府的印章根本就不在郡守府或是趙府，而就在那城隍閣！而他這個老朋友一開始就想著獨吞所有好處，根本就沒想過要將他們師徒苦苦謀劃多年的印章留下來。

好一個琉璃仙翁陳老兒！老夥計，你不仁，就別怪我不義！

胭脂郡城上方原本晴空萬里的天色緩緩變得陰暗起來，黑雲壓城，讓人胸悶不已。

一輛馬車安然駛出城南大門，老幕僚一手持馬韁繩，一手從身邊拿起早早準備好的一壺好酒，剛要喝，就看到不遠處的官道路邊，有一個窮書生在那裡使勁招手，大聲嚷嚷：「老宋老宋，我是你家大小姐的朋友，她在馬車上嗎？」

老幕僚心一緊：『難道妖魔早就盯上了郡守府，決意要斬草除根，連公子和大小姐都不放過？』

劉大小姐趕緊彎腰掀開車簾子，歡快道：「宋叔，是我朋友，他叫柳赤誠，是白山國的遊學士子。」

又有一顆腦袋探出來，疑惑問道：「柳赤誠，你不是早就出城了嗎，怎麼才走到這裡？路上又調戲哪家姑娘、小姐啦？」

老幕僚猶豫了一下，還是停下了馬車。是福不是禍，是禍躲不過，只能靜觀其變了。

聽到劉高華這個未來小舅子的調侃，柳赤誠翻了個白眼，屁顛屁顛往前小跑。雖然不知道為何老妖怪要突然從天空降落，還把身體暫時還給了自己，但柳赤誠也懶得管這些，反正老傢伙跟自己保證，只要說服這輛馬車掉頭回城，他就可以只用一根手指頭解決掉所有麻煩。不過這會兒柳赤誠身上還穿著那件粉色道袍，但是老傢伙說十境以下的鍊氣士，包括狗屁金丹神仙在內，全都沒辦法看出他施展的精妙障眼法。

柳赤誠站在馬車旁，氣喘吁吁問道：「咋的，你們也要跑路啊？劉高華，你這個不孝子，忍心把你爹娘丟在水深火熱之中？城內那麼多興風作浪的妖魔，你身為郡守之子就該身先士卒啊，至少也該振臂高呼，守住郡守府大門，誓死不退才對。我這不走出城門很遠了，還是覺得不能就這麼離開。你想一想，哪怕是我這麼一個外鄉人都會覺得大義當前，我輩讀書人就該慷慨赴死……」

老幕僚氣得牙癢癢，恨不得一巴掌朝這個窮書生臉上搧過去。

劉高華一臉看白癡的眼神看著柳赤誠，而他姐已經眼神迷離，淚眼朦朧了，雙手交錯捧在心口，覺得柳郎這麼做肯定是為了見她一面。

劉高華翻著白眼道：「要回你自己回，我要跟我姐避難去了。」

柳赤誠心裡犯嘀咕：『老頭兒咋辦，這小舅子沒啥英雄氣概，我這是對牛彈琴哪。』

突然之間，柳赤誠發現自己管不住自己的腿了，一腳「輕輕」踩在官道之上。

轟然一聲巨響，整條官道之上揚起陣陣塵土，從城頭那邊看來，就像是憑空出現一條長達數里的黃色蛟龍。

柳赤誠咽了咽口水，咳嗽一聲，雙手負後，盡量讓自己多一些高人風範：「實不相瞞，我柳赤誠，就是深藏不露的金丹境神仙！」

老幕僚駭然失色，一時間怔怔無言。恐怕只有彩衣國最最頂尖的江湖大宗師，例如那位隱居世外的老劍神才能有這一腳之威吧？難道眼前這個不著調的窮書生真是遊戲人間的山上神仙？

柳赤誠嘗試著一踮腳尖，想著直接飛到馬車上，但是身體紋絲不動，只好自己灰溜溜地爬上馬車。

擠入車廂後，在面面相覷的姐弟之間盤腿而坐，轉頭望向那個激動萬分的女子，微笑道：「劉姑娘，心誠則靈，對吧？」

陳平安和劉高馨來到郡守府附近的一座屋脊上，劉高馨正要開口問話，陳平安指了指府邸牆頭和高樓，劉高馨順著方向望去，心頭一凜。那裡有一張張墨家特製的強弓，箭尖齊齊朝向他們兩人，十數名挽弓力士一律披掛彩衣國軍方制式甲冑。

劉高馨皺眉道：「好像是馬將軍留在府上的親軍，他們未必認得我，不然我大喊幾聲？只要我露面解釋一番就行，怕就怕官場上一番問詢，要花費不少時間。」

陳平安抬頭看了眼天色，稍有猶豫：「分頭行動，妳不用著急衝進去，被攔下後不妨先跟他們解釋，但我必須馬上找到朋友們。」

劉高馨也是雷厲風行的性子，點頭道：「好！就聽老神仙的！」

陳平安深吸一口氣，一躍而起。一支箭矢迅猛而至，他的身形驟然拔高，踩在箭矢上，輕輕一點，直衝郡守府。

劉高馨高聲喊道：「我是劉太守之女，他是來助陣的盟友，懇請諸位放下弓箭！」

陳平安身形落在官邸正廳大門口，頭也不轉，側身橫移兩步，伸手握住一支從背後激射而至的箭矢。箭身篆刻有古樸雲紋，且鑿有三道細微凹槽，其間光彩流動。

陳平安隨手一丟，將箭矢釘入地面，沉聲道：「徐大俠、張山峰，你們在不在大堂？那晚在湖心高臺顯露神通的老者是這次城隍閣遭難的幕後主使！」

徐遠霞率先飛身而出，披甲武將和張山峰緊隨其後。

一尊丈餘高的黃銅力士大踏步轟然衝來，二話不說對著陳平安就是一拳砸下，陳平安只得伸出手掌擋住那只拳頭。崇妙道人精心畫符打造而成的這尊黃銅力士實力不俗，雖然品相不高，但是戰力足以媲美二境巔峰的純粹武夫，可被陳平安五指擋住拳頭後，身軀關節處劇烈顫動，發出陣陣嘶鳴聲，卻始終無法前進分毫。

劉太守也快步跑出大門，仰頭望去，見著了那個站在牆頭上的銀鈴少女，立即高呼道：「是我女兒，是我女兒劉高馨，諸位猛士莫要誤傷了她！」

徐遠霞也跟旁人趕緊解釋道：「是我們朋友，名叫陳平安，之前是去調查城隍閣的虛實了。」

披甲武將點了點頭，抬起手臂做了一個軍中手勢，潛伏在各處的弓箭手沒有立即收起手中一架架強弓，只是箭頭往下一壓，緊繃如滿月的弧度同時縮回新月形狀。所有人的動作都整齊劃一，連弦的弧度變化幾乎都不差絲毫。

遊歷過許多國家的徐遠霞心細如髮，在見到這一幕後，頓時大為嘆服。不承想彩衣國這般書卷氣彌漫的地方，還有這麼一支訓練有素的虎狼之師。那位如今負責坐鎮城東門的馬將軍，必然是一位治軍有方的大才。

崇妙道人掐訣召回那尊出師不利的黃銅力士，臉色不太好看，冷笑道：「黃老神仙是主謀？哈哈哈，你這紅口白牙的少年郎，我倒覺得你才是想要渾水摸魚的歹人！」

他又轉頭對劉太守和武將說道：「若道法通天的黃老神仙是那居心叵測的主謀，那我等還在這裡謀劃什麼？乾脆等死好了。再說了，黃老是幕後凶手的話，何必脫褲子放屁，主動為我們示警？」

劉太守沉吟道：「道理是說不通。」

武將倒是為陳平安說了一句公道話：「邪魔外道最擅長兵行險著，不可以常理揣度。我們目前最好誰都不要輕信，不妨先聽這少年怎麼說。」

劉高馨跳下牆頭，一路飛奔而來，身法充滿靈氣，尤其是銀質鈴鐺叮叮咚咚，身邊蕩漾出陣陣金色漣漪，分明是修行中人的模樣。

劉太守顧不得深思為何小女兒變成了飛來飛去的神仙，等她來到身邊，立即著急道：「有沒有哪裡受傷？妳這個臭丫頭，現在郡城這麼亂，瞎跑什麼？胡鬧！」

劉高馨指了指陳平安：「老神仙……」她突然意識到自己說錯了話，因為先前趕路的時候，一手飛劍術驚天動地的老神仙專門告訴她不要多說城隍閣的那場戰事，他目前還不願意洩露身分，以免郡守府也有作祟妖魔的內應，早早起了戒心。

她連忙改口：「我和陳少俠在城隍閣遭遇了一個禍害郡城的枯骨女鬼，正是那晚湖心高臺率先露面的彩衣美人。我和陳少俠好不容易將其制伏，不料城隍爺和兩尊文武屬官神像都入魔了，七竅之內黑煙翻湧，就要將我們打殺。所幸有位會飛劍的老神仙從天而降救下了我們，只是老神仙也身受重傷，要我們先來報信，那個姓黃的傢伙與同夥處心積慮圖謀一件法寶，要我捎話給爹，叫咱們絕對不要引狼入室！老神仙還說等他調養好氣海和本命飛劍，一定會再度出手，幫助我們斬妖除魔！」

陳平安神色自若，在心中稱讚少女的靈機應變。

眾人一起快步返回正廳，不等落座，就有一身血汙的披甲銳士進入，說是郡城之內多處出現如同陷入魔障的百姓開始瘋狂殺人，無論是親朋好友還是街坊鄰居都不能倖免。這些百姓有一個共同點，就是眼眶滲出鮮血，而且身形頗為矯健，極為棘手，已經有許多官府兵丁和捕快受傷。不但如此，郡城有數處地方幾乎同時出現了猩紅光芒，方圓十數丈內草木枯黃，游魚翻起白肚。

正廳內氣氛凝重，劉太守強自鎮定，開始排兵布陣。除了派人火速前往城東門通知馬將軍小心那個黃老神仙之外，郡守府內所有胥吏都要離開官邸，通知城內百姓馬上返回家中，暫時不得出門，否則，一經發現，以犯夜禁律從重處置。廳內眾人則兩人組成一隊，聯手去往各處古怪之地，以防不測，只要發現魔障百姓或是妖魔陰物，可斬立決。

徐遠霞和張山峰一路，崇妙道人和披甲武將一路，而在劉高馨的竭力要求下，她追隨陳平安。劉太守再大公無私，哪裡放心自己寶貝閨女去涉險，好在那位江湖武人義士主動請纓，協助陳平安去往趙府門口，劉太守這才千叮嚀、萬囑咐，要劉高馨不許衝動，一切聽從兩位高人的吩咐。

劉高馨當然歡天喜地，滿口答應下來，劉太守怕她不上心，又拉住她叮囑一番，少女便有些不耐煩了。

突然，身邊那位不顯老的「老劍仙」提了一嘴：「劉姑娘，不要讓太守大人擔心。」

劉高馨愣了一下，轉頭望去，看到陳平安既不是生氣惱火，也不是倚老賣老，就像是簡簡單單要她把當下這件事情做得更好一些。劉高馨雖然不明就裡，還是耐著性子跟父親告別，保證自己不會意氣用事。

劉太守略微放心，最後向陳平安和那位姓竇的武人抱拳致謝，誠懇道：「小女就有勞兩位俠士多加照顧了。」

陳平安和竇武人還禮。

三人火速去往跟官邸只隔了兩條街的趙府，竇武人抬頭看了眼天色，搖了搖頭，感慨道：「山上神仙也好，妖魔也罷，骨子裡其實從來不把人命當回事，不該如此。」

陳平安不知如何作答，只好沉默不言。

三人到了趙府門外，已經有眼眶滲血的魔障男女往外衝殺，張牙舞爪，奔跑迅捷。外邊刀客和弓箭手多是郡城捕快和官邸衙役，平日最多是和小毛賊或江洋大盜打交道，哪裡見識過這番場面，大多臉色雪白，弓箭也失了準頭。

那些魔障了的趙府家丁、婢女哪怕身中箭矢也依然能夠繼續向前，弓箭手和刀客的粗劣陣形幾乎是一沖即潰，只得與那些悍不畏死的魔障近身肉搏，若非陳平安三人剛好趕到，源源不斷擁出的趙府人氏恐怕就要流竄各地，形成一股蝗群般的災禍。

陳平安不知魔障是否有化解之法，更多還是以拳腳將那些趙府魔障打飛回大門附近。劉高馨鈴鐺大振，金花朵朵飄散四方，那些魔障只要被金花沾上，就會全身潰爛，變成一攤鮮血膿水，腥臭沖天。竇武人抽刀出鞘後，刀身綻放出刺眼的雪白光芒，每一刀下去，就直接將魔障男女老幼劈成兩半。

他的刀法極其不俗，分明已經到了返璞歸真的宗師境界，直截了當，毫不拖泥帶水。比起徐遠霞的刀法，此人出刀少了沙場粗糲氣息，多了幾分出神入化的氣象，極有可能是一位四境武夫往上走的武道宗師。由此可見，在官邸正廳那邊不顯山、不露水，更多還是江湖上所謂的真人不露相。

劉高馨擋住一撥趙府魔障後，發現自己周圍是滿地鮮血和斷肢殘骸，突然蹲下身嘔吐起來。

趙府內紅光一閃而逝，散發出濃重的陰鬱氣息。陳平安眼見著趙府門口暫時沒有危險，腳尖一點，迅速掠過高牆，直奔紅光起始之地。

循著那抹紅光的蛛絲馬跡，陳平安來到一處雅靜庭院，其內有一棟三層高的私家藏書樓，樓外臺階上坐著一個白衣公子哥，姿態慵懶，手肘抵在椅把手上，一手托腮幫，一手捧古書，打著哈欠，斜眼看向陳平安，微笑道：「怎麼這麼晚才來？這位公子氣宇不凡，是山上修道的仙師，還是行走江湖的宗師子弟？」

坐直身體，白衣公子哥伸出手指沾了沾口水，輕輕翻過一頁書籍，頓時書頁之間又有猩紅光亮一閃而過。紅光彙聚成一條粗繩，像一條蟒蛇在空中扭曲翻搖，在院子高牆那邊略作盤桓，就要衝入府邸某地，試圖依附在府內眾人身上。

陳平安一拍腰間養劍葫，那條猩紅蛇蟒被一斬而斷。

白衣公子哥一挑眉毛：「喲呵，還是位小劍仙？了不起、了不起。聽說下五境的劍修殺力巨大，但是很容易體力不濟，幾口劍氣一吐，光彩耀目，很容易就沒了下文，就是不知道你是不是更厲害一些？」

他一手持書，一手嘩啦啦將書頁從頭翻到尾，數十條粗如拇指的猩紅小蛇從書樓這邊沖天而起，就要往四面八方散去，但是白衣公子哥卻看到那個腰掛朱紅色酒葫蘆的少年郎竟然還有心情摘下酒壺灌了口酒。

他剛想譏笑出聲，便看到天空中那些名為赤鏈的小紅蛇剎那之間就被一抹縱橫交錯的白虹切割殆盡，然後他眉心一涼，驀然瞪大眼睛，彷彿白日見鬼，死不瞑目。

原來，他被飛劍從眉心刺透了頭顱不說，還被滲入體魄神魂的那縷劍氣以迅雷不及掩耳之勢攪碎了所有生機。

陳平安別好酒葫蘆，初一和十五兩把飛劍便悠悠然返回。

院牆那邊，竇武人站在牆頭上，看到這一幕後，朝陳平安抱拳行禮。

陳平安心思一動，對他說道：「跟劉高馨說一聲，我要去一趟土地廟，去去就回。」

竇武人爽朗笑道：「此地已經沒有大礙了，小貓小狗三、兩隻罷了，陳仙師只管放心去。」

陳平安有些無奈，本想著速戰速決，不承想還是被人撞破自己飛劍殺敵的一幕。他對竇武人點點頭，腳尖一點，越過牆頭，按照心湖間歇泛起的漣漪「話音」，按照「那人」的指示，來到一座四下無人的土地廟。

抬頭一看，土地廟內有一個儒雅文士正在對他招手，面帶笑意，只是身影飄搖，如最後一點燈火，稍稍風吹即熄滅。

陳平安稍作猶豫，一掠而去，站在略微明亮的門檻外。

文士先作揖行禮，起身後微笑道：「這是咱們第二次見面了。本官沈溫，正是胭脂郡城的城隍爺，看著這座城池已經好幾百年了。今日果，是往日因，是本官失職在先，若非你破了禁制，成功阻止了本官墮入魔道，說不定堂堂正正的彩衣國金城隍到最後還要為虎作倀，淪為禍害轄境百姓的凶手。本官要謝你。」

說到這裡，他灑然笑道：「之前入魔在即而不自知，種種作為，都讓小仙師笑話了。這次感謝，既謝你幫了本官，不至於出去傷害黎民百姓，在史書上遺臭萬年，還要謝你赤子之心，之前願意主動交還那只青色木盒。」

當初跨入城隍殿，少年交還木盒，是一善，是善事。明明身懷方寸物，遞出木盒之時卻不是從方寸物中取出，而是直接從袖中拿出，這意味著眼前外鄉少年一開始就認定木盒是城隍殿之物，這又是一善，是善心。

陳平安仔細看著這位沈城隍，再看不出入魔的蛛絲馬跡，略微鬆了口氣。

他猶豫了一下，抱拳道：「之前在城隍殿內，為求自保，不得已而為之，壞了城隍爺的金身……」

沈溫擺擺手，換了一個話題，問道：「小仙師可是讀書人？」

陳平安有些汗顏，搖頭道：「不算讀書人，如今只是會翻書做筆記，希望多認識一些字，多學一些書上的做人道理。」

沈溫笑問道：「可知道金身碎片的用處？」

陳平安還是搖頭，確實不知。

沈溫輕聲道：「那些金身碎片務必好好保管，世間享受祭祀香火的神靈，無論是山水正神還是我們這些城隍和文武兩廟，皆有金身一說，先是朝廷敕封，塑造神像，然後是神靈自身溫養那一點靈光神性。只不過金身也分品秩高低，與官場相似，一般都以五嶽大神的金身品相最高，然後是大江水神，以及京城城隍爺之流，以此類推。

那只青色木盒裡頭裝著的，是龍虎山天師府某一代大天師親自篆刻賜下的『彩衣國胭脂郡城隍顯佑伯印』，是一件蘊含浩蕩天威的極強法器，只是需要配合五雷心法才能使用。本官雖然身為現任胭脂郡城隍爺，但是作為一方神靈，是無法使用道統雷法的。

事實上，當初天師府賞賜此物，本就是象徵意義更多，幫助庇護一郡風水，並不是讓彩衣國鍊氣士或是城隍爺掌印示威。若非這方小天師印無形中震懾群魔，城外那座亂葬崗在形成早期，怨氣很重，早就要衝入胭脂郡城了。」

陳平安想了想，問道：「需要我幫你交給劉太守，還是交給你們彩衣國皇帝？」

沈溫仔細看著那雙清澈的眼眸，一揮袖子，朗聲笑道：「聖人教誨，天地神器，唯有德者持之！」

金城隍這句話說得分量極重，便是儒家學宮書院勘定的君子賢人恐怕都不敢自稱「有德者」。讀書人「三不朽」，立德、立功、立言，以立德為首，最為艱難，絕大多數的讀書人終其一生只能退而求其次，甚至會一退再退。

陳平安如今肚子裡的墨水尚淺，還無法理解沈溫以讀書人身分而非城隍爺身分說出這句話的深層意義。對於那只一觸摸到就心安的青色木盒，陳平安當然喜歡，如今曉得裡頭裝著一件龍虎山掌印天師親自篆刻的印章就更喜歡了。

天底下誰不喜歡好東西？陳平安喜歡得很！但喜歡是一回事，不等於可以奪人所好，這跟陳平安出拳有多快、武道境界有多高、飛劍有幾把沒有關係，這其實正是儒家推崇的克己復禮，只是陳平安暫時不知道「道理」而已。

沈溫笑言：「印章你拿著便是。」

看到眼前這位小仙師有點迷糊，沈溫更加開心。數百年香火浸染，見多了香客們的種種祈求、索要和愚昧，也有苦難、虔誠和世事無奈，沈溫從一個生前只知骨鯁報國的純粹文臣變得越發瞭解世情，偶爾甚至會生出一些火氣，氣惱那些只知燒香求神而不自求的男女，惱火那些一肚子齷齪的富賈刁民，也會哀其不幸、怒其不爭。

諸多事諸多人，在自己即將煙消雲散之際一一浮現心頭，沈溫看著站在門外的外鄉少年郎，百感交集，突然硬提起一口氣，渙散的縹緲身影稍稍穩固幾分，道：「沈溫最後有個請求，做與不做，你可以自己考慮，沈溫不敢強求。」

陳平安點頭道：「城隍爺直說便是。」

沈溫問道：「如果彩衣國將來出現英明君主，你能否幫助一二？哪怕是一點點的小忙，例如大旱或是洪澇。你距此不遠，能否施展神通，幫助彩衣國百姓安然渡過天災？一次，一次就好。」

陳平安點頭道：「城隍爺放心，無論彩衣國皇帝是否賢明，我只要聽說彩衣國有難，一定主動來此。但是事先說好，我只做力所能及的事情，還望城隍爺理解。」

沈溫滿臉欣慰，喃喃道：「很好了，這就很好了啊。」

其實這位金城隍心中是有愧疚的，因為他在算計人心。他堅信眼前少年只要修行大道之上不出現大的紕漏，將來一定前程遠大。到時候只要少年對彩衣國懷有情感，越晚出手，境界越高，對彩衣國就越有裨益。

沈溫望向土地廟外的陰沉天色，心中有些苦澀：『我沈溫，也只能為彩衣國做到這一步了……』

回過神，沈溫笑道：「先前金身碎片一事只說了淵源和品秩，至於用處，有點類似屠龍技，用處極大，但門檻很高，換作一般人，握在手中數十上百塊金身碎片恐怕也無半點意義，可如果擁有碎片之人有朋友是走神道路數，那就是貨真價實的無價之寶，是天底下先天靈器中極為珍稀寶貴的一種，或者是一國之君用以賜給自家山河內的山水神祇，必然算是世間頭等恩賞了。退一步說，以後到了靠近山頂的地方，賣給需要此物的識貨人，比如金丹境、元嬰境的大修士，大可以漫天要價，怎麼出價都不過分！」

陳平安神色凝重，一一記在心裡。

沈溫微笑道：「請伸手。」

陳平安有些茫然，伸出手。

沈溫也伸出手，往自己胸口處一掏，將一件東西輕輕放在陳平安手心——竟是一顆鵝卵石大小的金色物品。

陳平安抬起頭，眨了眨眼睛。

沈溫笑道：「古代戰場遺址，無數兵家修士辛苦尋覓沙場陰魂，找的其實是英烈、戰神們的英靈、英魂。我沈溫是讀書人出身，死後被彩衣國皇帝敕封為此地城隍爺，一副金身品相尚可，比不得大王朝京城內的城隍爺，但是這顆金身文膽，不輸一洲任何城隍！」

這一刻的沈溫像是重返弱冠之齡，寒窗苦讀十數載，鯉魚跳龍門，朝為田舍郎，暮登天子堂，意氣風發，以狀元之身帶頭走在皇宮之內，為的不是一家一姓之光宗耀祖，為的是百家姓氏俱歡顏。

沈溫交出那顆金身文膽之後像是如釋重負，數百年兢兢業業庇護一方風水，如今終於可以好好休息了。

陳平安久久沒有收回手，沈溫哈哈大笑，伸出一根手指，在那顆文膽之上輕輕一點，微笑道：「身無彩鳳雙飛翼，心有靈犀一點通。小仙師，以後多讀書！」

陳平安鄭重其事地收起金身文膽，連同青色木盒一起放入方寸物中。

他以讀書人晚輩身分鞠躬致禮，沈溫卻以同輩讀書人身分作揖還禮。

陳平安記起一事，一步跨入土地廟，拿出那對山浮水印，輕聲道：「城隍爺，我叫陳平安，來自大驪龍泉郡，有位齊先生贈送給我這對印章，說是遇見了山山水水，可以在堪輿圖上蓋章。先前亂葬崗那邊陰氣很重，我便從郡守府托人拿了一幅地圖往上一蓋，結果山水氣運好像真的顛倒了。那麼現在妖魔在胭脂郡城內以邪法作祟，還有用嗎？能夠壓制他們製造出來的妖邪之氣嗎？」

沈溫神色肅穆，問道：「我可以拿一下嗎？」

陳平安點頭道：「當然。」

沈溫雙手小心翼翼接過那對山浮水印，然後一手一個高高舉過頭頂，看了印章底部的篆文以及微微沁色的正紅朱印，深吸一口氣，放下手臂，問道：「那位先生有沒有告訴過你，這樣一對價值不可估量的無上法器存在一個缺陷，就是每鈐印一次，靈氣就會消散一分，直到最後靈氣使用殆盡，變成最普通的一對印章？」

陳平安撓撓頭，咧嘴笑道：「齊先生沒跟我說過這些。」

沈溫又問道：「你就不怕你這次鈐印下去，靈氣大損？」

陳平安搖頭道：「這有什麼好怕的，我又不是胡亂揮霍。先前我從一本山水遊記上看到八個字，叫『河清海晏，時和歲豐』，我特別喜歡，還專門刻在了竹簡上。我覺得這也是齊先生送我印章的初衷，如果齊先生在這裡，肯定一樣會這麼做。」

沈溫喟嘆一聲：「只可惜這次妖魔作祟，更多是以邪法蠱惑人心，以及傳播瘟疫，這對山水章的鈐印意義非凡，卻對當下的險峻時局用處不大。陳平安，收好印章，我還是那句話，若是將來彩衣國有明主，你路過彩衣國的時候，可以跟那位皇帝討要一幅京城形勢圖，往上邊一蓋，便可以至少惠澤百年。收起來吧，切記切記，好好珍藏，不要輕易拿出來讓人瞧見。」

陳平安有些失落，只好重新收起印章，這一幕，看得沈溫哭笑不得。

哪有這麼「缺心眼」的孩子，山上人是一個個生意人，都在追求一本萬利，或是不計較眼前得失，卻也深謀遠慮，布局千萬里和千百年，歸根結底，還是要大賺。

沈溫身影越發虛無縹緲，渙散不定，沉聲道：「陳平安，此次妖魔作祟，就像你自己所說，『力所能及』就足夠了。」

陳平安點點頭，摘下酒葫蘆，和城隍爺一起抬頭望向外邊的天空。

沈溫突然問道：「大驪龍泉郡？東寶瓶洲的州郡縣一般都不會帶個『龍』字才對。」

陳平安笑道：「我家鄉以前是那座驪珠洞天，後來破碎墜地，才改名為龍泉郡。」

沈溫一怔，試探性問道：「你說的那位齊先生，可是山崖書院的齊先生，文聖最得意的弟子？」

陳平安「嗯」了一聲，神色黯然：「就是那位齊先生。」

沈溫呆呆看著來自大驪的少年郎——草鞋、酒葫蘆、飛劍、印章、赤子之心，名叫陳平安。

沈溫有點口乾舌燥：「陳平安，那你可是齊先生的嫡傳弟子？」

陳平安猶豫不決，最後決定還是實話實說：「齊先生不願收我做弟子，但是後來遇上了文聖老爺，好像齊先生是想代師收徒。不過我當時覺得自己連讀書人都不是，就沒答應文聖老爺做他的弟子。文聖老爺也沒生氣，就是喝高了，我背著他的時候，他使勁拍著我的腦袋，勸我喝酒……」陳平安笑著舉起手中的酒葫蘆，「所以現在我喝酒了。」

沈溫只覺得五雷轟頂，還不是一頓天雷砸在腦袋上，是一波接著一波。

齊靜春！齊靜春的小師弟！文聖老爺！文聖老爺的閉門弟子！

陳平安給拒絕了，給拒絕了……

沈溫呆若木雞，陳平安怔怔看著他，心想難不成是自己說錯話了？只好偷偷喝了一口酒，壓壓驚。

沈溫驀然大笑，捧腹大笑，差點笑出了眼淚，伸手使勁拍打少年郎的肩膀：「好好好！我們讀書人的事情，別人肯定不明白！這才對，這才對！」

他收回手，雙手負後，大步跨出土地廟的門檻：「痛快痛快，讀書人、讀書人……」

他又回頭一笑，伸出大拇指：「幹得漂亮！」

金城隍沈溫在跨出大門後，最後一點神性靈光也消磨殆盡，就那麼大笑著消散在天地間，整個人的身影砰然粉碎。

陳平安有些傷感，把酒葫蘆在腰間別好，對著沈溫消失的地方輕聲念叨：「碎碎平安，歲歲平安。」

趙府在白衣公子哥被擊殺之後便再無人陷入魔障。劉高馨雖然作嘔不止，仍是不願退回太平無事的郡守府，陪著竇武人尋找漏網之魚。他們來到一處柴房，見大門緊閉，竇武人皺了皺眉頭，一腳踹開，發現裡邊有個男孩，八、九歲，身後就是柴火堆。

竇武人淡然道：「讓開！入魔之後，便沒得救了。」

男孩抿起嘴唇，使勁搖頭。竇武人臉色冷漠，大步向前，按住男孩的腦袋往後一甩，男孩便撞在牆壁上。竇武人以長刀撥開兩捆柴火，裡邊有個面黃肌瘦的女童被繩子緊緊捆綁著，一隻眼眶滲血不止，另外一隻眼眶卻與常人無異。

女童嘴唇鐵青，微微顫抖。竇武人舉刀就要劈下，男孩掙扎著起身，拿起一把柴刀衝到女童身前，咬牙切齒道：「你敢殺她，我就殺了你！」竟然用字正腔圓的一洲雅言開口說話，趙府不愧是胭脂郡第一大豪門，便是府上的僕役孩童也能通曉一洲雅言。

竇武人哂笑道：「不知好歹的東西，知不知道你今天這點狗屁仁慈，有可能會害死成百上千人。」

男孩身材消瘦，衣衫單薄，眼神堅毅，道：「我不管，我要保護鸞鸞！」

竇武人一腳踹飛手持柴刀的男孩，一抹刀罡迅猛劈向那個可憐的女童。

銀鈴響起，刀罡劈碎了飛旋而至的朵朵金色花朵。竇武人手上動作略作停留，可刀鋒仍是在鸞鸞的額頭處向下劃出一條寸餘長的血槽。

一刀被阻，竇武人沒有動怒，只是轉身盯著少女，問道：「劉高馨，妳能救她？入魔一事，別人不知道厲害，妳身為修道有成的鍊氣士，會不清楚？怎麼，到了不可挽救的局面，妳要親手處決這名女童？」

劉高馨臉色雪白，嘴唇顫抖：「我不忍心。」

竇武人「呵」了一聲：「想必是先前趙府門外那些入魔的傢伙被我斬殺得太快了，劉大小姐沒能瞧見他們啃咬百姓血肉的場景。」

男孩再次掙扎起身，渾身劇痛的他連刀都已經拿不穩，朝著竇武人撕心裂肺道：「王八蛋，有本事你先殺了我！」

竇武人冷笑道：「殺你算什麼本事？」就要再次揮刀劈下。

劉高馨紅著眼睛，轉過頭，不忍再看。

門外有人說道：「稍等。」

背對門口的竇武人想了想，竟是乾脆收刀入鞘了，轉身朝來人抱拳一笑：「既然是仙師發話，那我就不多此一舉了。」

原來是重新返回趙府的陳平安。他向竇武人點頭致禮，而後快步走入柴房，蹲在鸞鸞面前，發現她好像在竭力對抗體內魔障，而且哪怕眼眶滲血，痛徹心扉，仍是死死咬緊嘴唇，一聲不吭。

鸞鸞竭力睜開那隻正常的眼眸，眼神中充滿了祈求。

人若能活，誰願死？尤其是這般大的孩子。

陳平安看著倔強的鸞鸞，動作輕柔地拍了拍她的腦袋，溫聲道：「不怕不怕，疼了就哭出來，沒事的，沒事的。」

鸞鸞仰起頭，望向那個微笑著的陌生少年，「哇」一下就哭出了聲。

有些委屈，無論大小，只有受過同樣委屈的人才可以真正體會，否則旁人再好的善心、善意，恐怕都無法讓人真正心安。

陳平安幫她解開繩子，背轉過身，蹲著轉頭道：「來，我背妳去一個安全的地方，讓人救妳。」

在兩隻冰涼小手放上肩頭後，陳平安對那個手持柴刀的男孩笑道：「麻煩你用繩子把我們綁在一起，我怕萬一路上有事，會照顧不到她。你動作要快，做得到嗎？」

「可以！」男孩丟了柴刀，胡亂抹了一把眼淚，趕緊跑到陳平安和鸞鸞身邊，動作利索地把兩人綁在一起。

陳平安緩緩站起身，對劉高馨和竇武人說道：「我先帶小姑娘去郡守府，不能再拖延了，看看那邊有沒有高人能夠救治。你們帶上這個男孩，如果趙府還有問題，劉高馨，妳可以把他安置在趙府門外嗎？」

竇武人笑道：「讓劉姑娘帶他先出去，我一人搜尋趙府就可以。」

陳平安轉頭對男孩說道：「自己小心，不管結果如何，我都會來告訴你，行不行？」

男孩抬起手臂擦拭眼淚，使勁點頭。

陳平安背著渾身冰涼的鸞鸞掠出柴房，躍上牆頭，幾次蜻蜓點水一般的瀟灑飄蕩，很快就落到郡守府的高牆。這一次認清了陳平安的面容，潛伏其中的精銳親軍沒有挽弓勁射，任由陳平安進入官邸，迅速去往議事正廳。

劉高馨帶著男孩走出趙府大門，男孩忐忑不安地問道：「神仙姐姐，妳的朋友真的能救鸞鸞嗎？」

劉高馨還是頭一回被人稱呼為神仙姐姐，有些不適應，擠出笑容道：「我可不是什麼神仙姐姐。放心吧，那位神仙老爺才是真正的山上仙人，一定會救下小姑娘的。如果沒有救下來，你也不可以怪他，知道嗎？」

男孩哭著點頭，劉高馨揉了揉男孩的腦袋，輕輕嘆息一聲。

陳平安進入正廳後，發現除了劉太守在座，還有兩個負責壓陣中樞的鍊氣士：一個手捧長劍的老嫗，腰間掛著一只布袋子，不知裝有何物；一個腰間懸掛一支銀色毛筆的老人，據說都是胭脂郡附近的散修，三境修為，一輩子不曾躋身仙家門第，只靠著機緣和努力才走到今天這一步。三境修為的鍊氣士在龍泉郡可能連走路都不敢喘大氣，在小國州郡內卻足夠叱吒風雲了。

陳平安解開繩子，將鸞鸞小心放在一張椅子上，跟劉太守三人說過了大致緣由，問道：「有沒有辦法救這個孩子？」

老嫗滿臉不悅，但是看到劉太守沒有出聲，她也不好反客為主，只是冷哼一聲，始終站在原地，後來乾脆閉上眼睛，選擇視而不見。

倒是那名老者快步走到椅子旁，蹲下身，伸手撐開鸞鸞那隻滲血眼眸的眼皮，語氣沉重道：「小閨女是好資質，天生一雙陰陽眼，原本都有望踏上修行之路，只是明珠蒙塵，沒有遇上伯樂，才遭此劫難。這隻陰眼淪為了濃郁魔障的棲息場所，好比一座小的亂葬崗，瘴氣橫生，哪怕是陽氣強盛的青壯漢子都要疼得哇哇叫，可憐這小娃兒了。」

老者一邊幫鸞鸞把脈，一邊抬頭仔細凝視她眼眶邊的血跡，「小娃娃的求生之心很強烈，現在急需陽氣充沛的靈丹妙藥……不對，哪怕是對症下藥的上品丹藥也無法祛除這隻陰眼鬱積的瘴氣。難辦難辦，我身上目前只有一顆固本培元的春風丹，只能暫時幫助她維持生機，真正需要的是……靈符，而且必須是品秩極高的靈符，能夠牽引陽眼靈氣渡入陰眼，陰陽相濟，小娃娃靠著自己的毅力和運氣，才有希望活下來。這樣的靈符哪裡去找，小娃娃即便有我的丹藥續命，也已經拖延不得了。」老者在說話間，就從袖中掏出一只紫檀小盒，打開後，露出一顆清香撲鼻的青色丹丸，毫不猶豫就餵鸞鸞吃下。

蹲在一旁的陳平安輕聲問道：「老前輩，陽氣挑燈符行不行？」

老者先是驚喜，隨即苦笑道：「行，怎麼不行！天底下符籙千千萬，這陽氣挑燈符品相極高，是最為對症的靈符之一，立竿見影。你當真有？要知道世間有許多豬油蒙心的鍊氣士，這種符籙的仿品極多，以次充好，多是以『借陽符』充數，賣出百倍的價格……」

陳平安沉聲道：「我手頭有一張！」他繼而站起身，「我很快就回來。」

老者毫不奇怪，只是提醒道：「要抓緊。」

鍊氣士顯露家底，哪裡會當著外人的面。

劉太守低頭彎腰，看了兩眼鸞鸞的慘狀，很快就收回視線，去桌旁觀看形勢圖。

懷抱長劍的老嫗睜開眼，瞥了眼少年的背影，嗤笑一聲。

陳平安趕緊尋了一處僻靜廊道，背靠廊柱盤腿而坐，從飛劍十五這方寸物之中飄出李希聖贈送的那支「風雪小錐」筆和一張金色材質的符籙。

從與馬苦玄小街一戰，再到城隍殿大戰枯骨豔鬼，以及之後入魔的金城隍，陳平安當下的體魄和神魂其實已是強弩之末，就像劉高馨所想那般，最是需要休養生息。

他深吸一口氣，彎下腰，手持「風雪小錐」，視線有些模糊。他輕輕晃了晃腦袋，盡量平穩呼吸，開始憑著一口武人真氣去畫符。

鍊氣士的氣機能夠生生不息，循環不止，畫符一事，雖然也是講究一氣呵成，但是比起純粹武人的畫符還是要簡單許多。而長生橋早已崩斷粉碎的陳平安要想畫出一張靈性十足的符籙，需要消耗大量的心神，半點不比接連不斷的二十一拳神人擂鼓式輕鬆。

落筆畫符，快不得分毫，慢不得些許。在無人知曉的僻靜廊道，少年手持「風雪小錐」彎腰畫符，落筆沉穩，只是七竅緩緩流血。

至於為一個素昧平生的女童耗費一張他已經大致知道價值的金色符籙值不值得，陳平安沒有想過。事後會不會心疼，想必肯定會有的，但那也是事後事，到時候再說，大不了喝酒解悶便是了。

成了！陳平安擦乾淨血跡，腳步虛浮地奔向官邸正廳。當他將手中符籙交給老者時，老者呆了一呆，一臉匪夷所思地雙手接過。

那份沉甸甸的盎然靈氣幾乎就要衝出金色符紙了，老者用不太確定的語氣問道：「那我就用了？」

陳平安點頭笑道：「用！」

老者蹲下身，雙指夾住那張陽氣挑燈符，輕喝道：「起符！」

金色符籙紋絲不動，沒有半點動靜。

老者羞愧難當，漲紅了臉，調動體內所有氣機，再次喝道：「起！」

金色符籙這才轟然燃燒起來，卻不是燒成灰燼，而是浮現出一大團金色靈光，不知道真正玄妙的劉太守看得嘖嘖稱奇，那捧劍老嫗更看得差點把眼珠子瞪出來。

老者不敢有半點鬆懈，再次強撐著運轉氣息，抬起另外一隻手，雙指併攏，指向那團如水流淌的濃郁金光，嘴唇微動：「分陰陽，融水火，去！」

一點金光去往鸞鸞不斷滲血的陰眼，絕大部分金光浩浩蕩蕩融入她的陽眼。很快，她雙眼之間如有一條金色絲線搭建起一座小橋梁，金光從左眼緩緩流向右眼。

鸞鸞疼得牙齒咬破嘴唇，雙手死死按住椅子把手，整個瘦小身軀劇烈晃蕩，臉龐扭曲至極。

陳平安輕輕抓住她的一隻手，不管她能否聽見，始終輕聲安慰：「堅持，一定可以活下來的，活下來比什麼都重要，相信自己只要活下來，什麼都會有的……」

老嫗按捺不住好奇心，走到老者和陳平安身後，低頭仔細凝視著女童鼻梁處那條金色絲線的流動，微笑道：「果然是一位修道大成的劍仙。」

老嫗面皮褶皺如雞皮，蒼老不堪，但是此刻那雙眼眸偏偏嫵媚得像是一個妖嬈婦人，風情萬種。

她已經察覺到陳平安的瞬間變化，大笑著倒掠出去，直接將懷中那把長劍丟了，在門口停下身形，摘下腰間布袋，揚起手後嬌滴滴道：「這位劍仙，是不是覺得體內氣機凝滯不前了？嘻嘻，別緊張，這是奴家專門為你精心配製出來的『大雪擁關』，無色無味，龍門境之下很容易中招的，不丟人！何況只是半炷香的工夫，氣海凝固，氣機不受駕馭而已，嗯，還要加上神魂如同結冰，再無法以心神駕馭飛劍。當然了，只需要熬到半炷香之後，就可以繼續當你的劍仙啦。」

老者作為三境鍊氣士，與中五境的龍門境相差了十萬八千里，早已中招，面如金紙，無比慘澹，在老嫗倒掠出去的瞬間就已經腦袋一歪，倒地不起，暈厥過去。所幸救治鸞鸞一事已經結束，否則恐怕就要兩兩赴死了。

這當然是那老嫗極為小心謹慎的結果，她真正的目標，是陳平安——一顆少年劍仙的項上頭顱，換取一件古榆國皇家庫藏的玄字號法寶！

老嫗撕去覆蓋在臉上的面皮，露出一張成熟美婦的容顏，不但如此，身軀扭曲一番之後，恢復正常體態，婀娜多姿，正是古榆國的鍊氣士蛇蠍夫人，最擅長用毒。

她轉頭笑道：「竇兄弟，該你出手了，奴家體弱，不比你買櫝樓樓主的雄健體魄，便是被劍仙的飛劍刺上兩劍都扛得住。哪怕那劍仙如今已經是尋常人，可萬一還藏著啥殺手鐧，奴家可受不起。」

竇樓主緩緩走到門檻處，望向陳平安，面無表情道：「對不住，我們國師要你的頭顱一用。若只是相逢於江湖，你我說不定還能喝上一頓酒，如今不行了，連你在內，屋內三人都要死。」

陳平安看著門口的一男一女，扯了扯嘴角，沒有說話。

竇樓主抽刀出鞘，大步踏入門檻：「你腰間酒壺的酒水，我回頭會幫你喝掉的。」

劉太守茫然失措——這又是怎麼一回事？

陳平安依舊站在原地。之前馬苦玄的師父殺掉了一名古榆國刺客，現在則一口氣來了兩個，就是不知道還有沒有第四人。

陳平安開口道：「既然早早被你看到了家底……」

略作停頓，他突然笑了起來：「初一、十五，這回出場，咱們可以漂亮一些。」

蛇蠍夫人嘖嘖道：「這位劍仙，你還要垂死掙扎呀，你知不知道咱們這位號稱千面的買櫝樓竇樓主對付中五境的山上神仙最有心得了，平時未必討得了便宜，可今天在半炷香工夫內擰斷你的脖子，真不難。」

陳平安懶得理睬陰陽怪氣的婦人，安安靜靜調養氣機。一抹璀璨白虹、一抹幽綠光彩先後掠出養劍葫，一左一右懸停在陳平安肩頭附近。

蛇蠍夫人驚駭，顫聲道：「怎麼可能！你怎麼還可以祭出飛劍！」

便是見慣了大風大浪的竇樓主都不得不停下腳步，由單手持刀變成雙手握刀。

陳平安環顧左右，向兩柄飛劍笑問：「那咱們一起走一個？先殺話多的，話少的我來對付。」

竇樓主不願貿然前進，陳平安已經動身前衝，一腳踏出就是一地碎裂。與此同時，一雪白、一幽綠光影在正廳空中劃出兩道美妙弧度，瞬間越過竇樓主。

蛇蠍夫人尖叫一聲，腳尖一點躍向空中，就要遠遁，她這輩子都不願意再見到那個少年模樣的怪物了。然而，她在空中的曼妙身姿出現一前一後兩次微妙停滯，再之後，就頹然摔在地面上。她的心口、眉心處，皆有鮮血點點滴滴緩慢滲出。

竇樓主暴喝一聲，雙手持刀，不進反退，小腿處驟然間靈光一閃，整個人後仰倒飛出去，身軀直接撞穿門外影壁。一身塵土的頂尖刺客掌心熠熠生輝，亦是有符籙加持，重重一拍地面，身影瞬間消失不見。

陳平安放慢腳步，走到門檻附近，環顧四周，最後指向遠處一個方向：「在那裡。」

貼地飛掠的初一和十五幾乎同時飛向陳平安手指方位。

分明是堅硬的青磚地面卻出現一陣浪花翻滾的波紋，片刻之後，終於恢復平靜。

陳平安這才伸手摀住嘴巴，肩膀靠著門檻，咽下那口湧至喉嚨的鮮血，摘下養劍葫，兩把飛劍飛回其中。

陳平安輕輕喝了口酒，正是八錢一斤的土燒，味道真不錯，就是不知道十兩銀子一斤的胭脂郡特色美酒是個啥滋味。

一個帶著敬畏的嗓音在背後響起：「陳公子，這是怎麼回事啊？」

原來是劉太守回過神來了。關於山水神祇和妖魔鬼魅這些事，他兒子劉高華只能透過文人筆箚和志怪小說瞭解到一鱗半爪。他則不然，畢竟是執掌一郡民生的高官，而且胭脂郡還是彩衣國頭等大郡，諸多祕史和祕事，劉太守其實早就知道內幕，至少州郡城隍閣和山神水神這些事，劉太守是必須要清楚的，朝廷禮部專門有人為這些地方大員解釋其中的玄乎門道。

陳平安略微平穩氣海，別好養劍葫，轉過頭望向劉太守，欲言又止。他這一戰勝得可謂驚險，本就已是強弩之末，駕馭兩把來歷特殊的飛劍又消耗了精神和心力。如果買櫝樓竇樓主沒有被嚇退，陳平安極有可能會被摘取頭顱，好一點也是兩敗俱傷。那麼陳平安恐怕連純粹武夫這條道路，因為傷及體魄本元和神魂根本，從此都要變得破碎不堪。

陳平安一時半會兒也不知道怎麼解釋，涉及的祕密太多了。好在劉太守見這位仙師面有難色，便不再刨根問底。山上神仙行走人間，其實規矩和忌諱也多，劉太守這點常識還是曉得的，只要確定眼前這名少年劍仙是「自家人」，足矣！

陪著劉太守客套寒暄幾句，陳平安轉身走向老者，蹲下身幫助這位心善的鍊氣士把脈。感覺到他脈象平穩，應該沒有大問題，等到那份「大雪擁關」的藥效袪除，很快就可以清醒過來。

陳平安突然抬起頭，看到鸞鸞正充滿好奇地看著他，一雙天生陰陽眼的水靈眼眸在陽氣挑燈符的牽引下，流溢著淡淡的金色光彩。

陳平安笑著伸手幫她擦拭臉上的血跡，安慰道：「沒事了。還疼不疼？」

鸞鸞嘴角彎起，臉頰上出現兩個淺淺的小酒窩。

陳平安把老者扶起，放在一張椅子上，然後走向門口。劉太守尋思著如今還是跟在這位劍仙身邊最保命，便亦步亦趨地跟著他走出正廳門檻。

陳平安走到蛇蠍夫人的屍體旁，在她腰間那只素白色的棉布袋子裡發現了一只粉瓷質地的小筆洗，裡頭盤踞著一條小白蛇，長不過一寸，極其纖細，正昂首對著天空瘋狂吐芯，只是充滿了色厲內荏；還有一隻病懨懨趴在地上的漆黑蠍子，細看之下，牠的身架子如同一把墨色琵琶。

陳平安心思微動。駕馭初一、十五斬殺強敵是癡人說夢，但是讓它們出來抖抖威風，還是不難。初一化作一抹雪白虹光掠出養劍葫，直撲古色古香的小筆洗，懸停在兩隻小東西的頭頂上空，嚇得小白蛇瑟瑟發抖，纖細身軀緊貼筆洗內壁，小黑蠍子更是做出抱頭狀。初一在筆洗內緩緩盤旋飛轉，如武將巡視駐地，氣勢十足。

劉太守此時此刻再無郡守官威和書生斯文，就那麼跟著陳平安一起蹲著，嘖嘖稱奇道：「真仙劍，真劍仙也！」

陳平安手持筆洗站起身，凝神定睛一看，才發現筆洗外邊靠近底部的一圈竟有細微文字如蝌蚪緩緩流轉不定，總計十六字——春花秋月，春風秋樹，春山秋石，春水秋霜。

陳平安會心一笑，想起了鯤船上遇到的那對姐妹，姐姐春水性子穩重，妹妹秋實孩子氣更重。他忍不住抬頭向南方天空望去，不知道她們如今到了老龍城沒有？如果下次還能見面，陳平安挺想把這只漂亮小筆洗送給她們的，只可惜筆洗上有春水卻無秋實，有一字之差，沒能完完整整湊到一起，否則就更好了。只是現在的陳平安還不知道，有些可惜是沒辦法十全十美，有些可惜是某些長久的遺憾。

陳平安說道：「劉大人，死者為大，能不能幫著將這女子的屍體收殮，以後有機會找一處地方下葬？一切開銷，我來支付。」

劉太守笑道：「這點小事，哪裡需要陳公子費心費力，一切只管交由郡守府，一定辦得穩穩妥妥。」而後收斂笑意，試探性道，「只是這次妖魔作祟，那姓黃的老匹夫包藏禍心，說不得還需陳公子飛劍鎮妖魔啊。」

陳平安苦笑道：「我暫時需要一只大水桶，裝滿滾燙熱水，至於藥材，我自己就有，至少浸泡數個時辰，調養身體。」

劉太守點頭道：「應該的、應該的，本官這就命下人去置辦，陳公子的身體要緊，胭脂郡十數萬百姓的安危如今都繫掛在陳公子一人身上，確實不容出現絲毫紕漏，本官這就讓人去辦……」劉太守快步跑開，這位彩衣國正四品地方高官其實說得並不彎彎腸子，直白得很，陳平安再不混官場，也聽得懂言外之意，但是他對此既不能拍胸脯保證什麼，又不好臨陣推脫，就只能苦笑著不說話。

送劍之外的所有事情，陳平安只有四個字——力所能及，對金城隍沈溫是如此，對這位牧守一方的封疆大吏也是如此。

最後在一間雅靜屋子裡，陳平安整個人浸泡在大藥桶裡，藥材是離開龍泉郡之前魏檗贈送的，足夠三次使用的量。再多魏檗當然拿得出來，但他沒有一股腦準備太多，當時開玩笑說是兆頭不好，他還是希望陳平安這趟行走江湖一路順風也順水，受傷次數不超過三次，就當是討個好彩頭。

陳平安在進入這間屋子前，請劉太守幫著保守祕密，不要洩露他是「劍仙」的事。劉太守滿臉會意，答應得很痛快，只差發誓了。陳平安又遞給劉太守那張神行符，說是還給他的道士朋友張山，還是用的他的化名。

陳平安在浸泡的過程中，明顯察覺到胭脂郡城的城隍閣那邊出現了驚天動地的大動靜，但是他既然顧不上，就乾脆不去多想，安心溫養氣機，配合阿良傳授的劍氣十八停及楊老頭教給他的呼吸吐納法，在水桶裡凝神入定，雙手掐《撼山譜》上的劍爐訣，如一棵冬日裡的枯木，安靜等待春風的吹拂。

這一夜，胭脂郡還是廝殺不斷，一方面是妖魔成功開啟陣法，各地皆有百姓被魔障附身，郡守府上上下下疲於應付；另一方面既是好事又是禍事，好事是城東門那邊馬將軍傳來密信，那個披著神仙外衣的黃老魔頭不知為何跟三個人在城隍殿窩裡反，打得翻天覆地，禍事也因此而起。四人出手絕無收手，看家法寶迭出，邪門法術層出不窮，損傷宅邸房舍數百棟，百姓死傷慘重。

從駐地火速增援胭脂郡城的馬將軍麾下精騎總不能以騎軍姿態穿街過巷，只得下馬步戰，人人身披鐵甲，手持強弓勁弩，但是對上那四個山上修行的妖魔巨擘，除了郡守府庫存的那數十支特製箭矢能夠造成實質性威脅，其餘弓弩箭矢一來跟不上四人飛來掠去的輾轉騰挪，二來往往不等靠近就被一袖拍散拂退，甚至還有一些箭矢被四人在大戰間隙抓住後隨手丟擲回去，又是死傷八十餘名精銳，根本就是連以死換傷都做不到。

馬將軍確實當得起「悍不畏死」四個字，在邊關沙場上驍勇善戰，對陣這些修行中人亦是身先士卒，與那名副將數次找準機會，逮住落單的某個妖魔聯手貼身近戰，後來惹得殺紅了眼的琉璃仙翁和米老魔，一發狠，先休戰片刻，將馬將軍和副將雙雙重傷。若非十數名親軍以墨家特製弓箭阻截以及數名不要命的護衛保護，兩人都沒辦法活著脫離戰場，當夜就要戰死於這座胭脂郡城內。

後半夜，以一敵三的琉璃仙翁被米老魔以一大把「白米」撒在頭頂，全身上下瞬間滋滋冒起青煙，血肉模糊，被灼燒出無數個血肉窟窿，只得以遁地之術潛入地底。三個魔頭開始搜捕，若是遇上膽敢阻擋的郡城捕快、入城甲士，便毫不留情地出手擊殺。

拂曉時分，陳平安穿好衣服，走出屋子，發現劉高馨就坐在廊道盡頭的一張小凳子上打盹。少女睡意淺，很快就醒了過來，生怕自己睡覺流口水，趕緊撇過頭去擦了把臉。她其實回到官邸也才沒多久，換了一身潔淨衣衫就來這裡坐著當門神。

陳平安和她結伴去正廳，一問一答，陳平安大致瞭解了這段時間郡城的動向，聽到妖魔發生內訌之後，還有點不可思議。不過那番廝殺做不得假，雖然不知其中曲折內幕，但只要有利於胭脂郡，到底還是好事，只是多出來的意外傷亡，誰都沒辦法掌控，用崔東山的話說就是「大勢如此」。

在陳平安休養期間，郡城內處處戰火，包括徐遠霞和張山峰在內的江湖高手和山上修士，每次回來稍作休整和包紮傷口，很快就會出去繼續鎮壓各地魔障。徐遠霞和張山峰還對上了一個年紀不大的魔道高手，應該是布置陣法的魔道關鍵人物之一，雙方絞殺了不到一盞茶工夫，險象環生，徐遠霞硬是被赤手空拳的對手撕扯掉了肩頭一大塊肉。後來崇妙道人帶著黃銅力士趕到增援，才逼退了那個出手狠辣的魔頭。

劉高馨還說，她大姐和二哥不知為何，明明已經安然出城，卻又和她師父一起回到了家中，跟她爹在書房裡關上門說了一通後，師父就帶著她大姐和二哥去了後院待著，像是遇上了很古怪的事情，而且暫時分不清是好是壞的那種。是好，就皆大歡喜；是壞，就萬事皆休。總之，爹和師父都不願意她摻和其中，不過她今夜忙著四處救火，也真顧不上。

再就是被陳平安救回的趙府女童鸞鸞，還有那個和鸞鸞相依為命的倔強男孩都已經被安排住在了郡守府內。

當陳平安和劉高馨臨近正廳的時候，就發現氣氛凝重，加快步子進入其中，聞到一股血腥氣。一名道袍破碎的年邁道人癱坐在椅子上，滿臉血汙，披頭散髮，心口處血流不止，一身傷痕累累，包紮都無從下手，竟是到了一口氣幾乎只出不進的淒涼境地了。

劉太守、徐遠霞、張山峰及腰間懸掛一支毛筆的老者都圍在老道人身旁，之前救過鸞鸞的老者對著眾人輕輕搖頭，滿臉苦色和愧疚，劉太守亦是長嘆一聲。

瀕死的老道人正是那個第一次見面就給人留下了驕縱且市儈印象的崇妙道人。他有些迴光返照，原本渾濁的視線逐漸明亮了幾分，抬起頭對劉太守笑道：「劉大人，如果這次靈犀派仙師救下了胭脂郡，剷除了大大小小的魔頭，以後貧道全家老小數十口人可就要勞煩劉大人你這位父母官多加照拂了。」

劉太守點頭沉聲道：「道長放寬心，便是哪天本官不在胭脂郡任職，也會讓新任郡守知道今日戰事，知道道長對胭脂郡的付出。總之，本官絕不會讓道長家眷受委屈。」

崇妙道人艱難抱拳致謝，然後轉頭對眼眶微紅的張山峰笑道：「張山，如果不是你小子傻乎乎不要命，恐怕貧道當時就給人打得氣絕斃命了，說不定還要讓那魔頭逃之夭夭，哪裡會有此次手刃魔頭的壯舉……」

他說著咳嗽起來，所有人便勸他不要再開口說話了。

徐遠霞輕聲問道：「老道長，要不要喊你家晚輩來這裡一趟？」

崇妙道人點點頭，劉太守又吩咐下人，趕緊去通知老道長在郡城內的嫡系家眷。

崇妙道人趁著自己的那一口精神氣提了上來，在心中默默算著子孫趕來這邊的路程和時間，休息片刻後，環顧眾人，緩緩笑道：「貧道其實知道，你們啊，之前是瞧不起貧道這種趁火打劫的貨色。只是在商言商，修行之人別羞於談買賣、恥於談錢，沒辦法，我們這些山野散修沒有大樹可以乘涼，沒有師門祖師爺的祖蔭可以庇護，就只能靠自己掙錢，去掙那一線機會。不這樣，如何可行呢？」

說到這裡，崇妙道人又陷入沉默，神色恍惚，似乎想起了這輩子的榮辱沉浮。

久久之後，他收起思緒，突然感慨了一句：「生意要做，但是修行中人，這個『人』也要做啊。對不對？」他自顧自咳嗽著笑起來，「可能是貧道的資質太差，早早知道自己無望大道，所以才會有這麼幼稚可笑的想法吧。真正的山上修行人哪裡會滿身銅臭呢，又哪裡會顧得上山下百姓的生老病死呢？」

崇妙道人怔怔望向大門方向，似乎是在尋找那些個熟悉身影，喃喃道：「給人喊了一輩子崇妙道人都沒能換一個字，被人恭恭敬敬尊稱一聲『崇妙真人』，憾事！大憾事！」這話一說出口，老人的精氣神好像一下子垮了下去，雙眼視線模糊，呼吸已是微弱至極，嗓音低弱不可聞，「怎麼還不來呢……」

崇妙道人終究還是沒有等到家人，就這麼靠著椅背，溘然而逝。既算不得死不瞑目，也沒有安然閉眼，就像一個老人在眯眼望著遠方，想要看到一些什麼，可又看不清楚。

全場沉默。陳平安走過去，幫崇妙道人擦去臉上的血水。

在他做完這件事沒多久，崇妙道人的家族晚輩就蜂擁而來，多達十數人。

劉太守大致說了過程，也說了他的承諾。

崇妙道人的長子——一個胖胖的中年人自然對郡守大人感恩戴德，婦人們多是在抽泣哽咽。只是一個十歲出頭的男孩毫無徵兆地衝出來，對著所有人憤怒質問道：「為什麼就只有我爺爺死了？」這個滿臉仇恨和怒意的男孩瞪大眼睛怒吼，「回答我！」

徐遠霞皺了皺眉頭，張山峰轉頭看了眼面容慘白的老道人，心中嘆息。

有些答案，如果說出口，才是真的傷人。崇妙道人一開始其實是想著獨吞戰功，中了那示敵以弱的魔頭的圈套，輕敵冒進。如果不是徐遠霞和張山峰為了心中那份江湖道義，豁出性命去救，他的結局只會比現在更差。

話說回來，崇妙道人有私心不假，可這點私心是人之常情。他從昨天到現在，一路廝殺，到最後轟轟烈烈戰死，絕不是什麼「在商言商」可以解釋的。一方水土養一方人，他如果不是對於胭脂郡這塊鄉土有著最誠摯的感情，絕不會如此拚命。

人情世情，最難講理，因為一旦真要掰碎了講道理，好像酒水分了家，沒滋沒味。

那個氣急敗壞的孩子伸出手指，指向眾人，嚷著：「你們全都是兇手！」

崇妙道人的嫡長子趕緊讓妻子扯回失心瘋的兒子，然後向眾人賠禮道歉。

劉太守臉色如常，嘴上說著「童言無忌」，甚至反過來跟那個男人道歉，說這次確實是他這個郡守當得失職，才愧對他們一家人，害得他們家族少了一根頂梁柱，以後一定還要登門賠罪云云。可這位父母官的心裡如何想，崇妙道人跟郡守府結下的香火情會不會因此減去幾分，天曉得。

所以說，世間的祖蔭福緣，哪怕送到了子孫手上，還是各人有各命，有些人抓得住，有些人抓不住；有些人抓得多，有些人抓得少。

這種事情，往往當事人在當下只會渾然不知，只能憑本心而為。

——劍來【第二部】（一）古宅風雨夜　完

高寶書版集團
gobooks.com.tw

DN 293
剣來【第二部】（一）古宅風雨夜

作　　者　烽火戲諸侯
責任編輯　高如玫
封面設計　張新御
內頁排版　賴姵均
企　　劃　何嘉雯

發 行 人　朱凱蕾
出　　版　英屬維京群島商高寶國際有限公司台灣分公司
　　　　　GlobalGroupHoldings,Ltd.
地　　址　台北市內湖區洲子街88號3樓
網　　址　gobooks.com.tw
電　　話　(02)27992788
電　　郵　readers@gobooks.com.tw（讀者服務部）
傳　　真　出版部(02)27990909　行銷部(02)27993088
郵政劃撥　19394552
戶　　名　英屬維京群島商高寶國際有限公司台灣分公司
發　　行　英屬維京群島商高寶國際有限公司台灣分公司
初版日期　2023年10月

本書中文繁體字版由浙江文藝出版社有限公司授權出版。

國家圖書館出版品預行編目(CIP)資料

剣來第二部（一）古宅風雨夜/烽火戲諸侯著. --
初版. -- 臺北市：英屬維京群島商高寶國際有限公
司臺灣分公司, 2023.09
　面；　公分.--

ISBN 978-986-506-810-3（平裝）

857.9　　112014058